Lokval van die Liefde

Marsofine Krynauw

Malherbe Uitgewers Publikasie

Outeur: Marsofine Krynauw
Voorbladontwerp: Ria Richards

Geset in Franklin Gothic Book 11pt

Hoofstuk 1

Allegra en Ivano, is vir die naweek op pad na Carvelli's Ranch, sy het 'n bietjie rustyd voor haar volgende kompetisie en Ivano het spesiaal afgeneem vir die Vrydag om saam met sy donkerkop haar ouers te gaan verras.

"Dink jy jou ouers sal omgekrap wees omdat ek so lank reeds gevra het om jou hand, maar ons nog nie ons verlowing aangekondig het nie, my liefste meisiekind?" vra Ivano effens bekommerd.

Gustavo Carvelli is 'n volbloed Italianer en sy dogters is sy trots, veral hierdie een. Sy is nie net 'n internasionale sportster in Ruitersport nie, maar ook 'n gekwalifiseerde veearts.

"Natuurlik nie, dit is mos jou keuse wanneer jy dit amptelik wil maak. Moeder sal dalk bietjie geraas maak, jy weet mos sy sou verkies het om voor die tyd te weet. Sy en Lara laat gaan mos nie 'n geleentheid verby om partytjie te hou en af te wys nie."

"Ek kan hoor dat jy dankbaar is hulle weet nie ... my meisiekind, jy is enig in jou soort. Jy laat jou net nie afsit van ander se negatiewe plaery nie. Ek is so bly dat jy hierdie naweek bietjie kan rus en natuurlik nog blyer dat ek daardie ring offisieel aan jou vinger kan sit. Ek hoop jy onthou hoe lief ek vir jou is."

"En ek vir jou, Ivano Liberti."

"Kan ons vinnig by Lorenzo stop vir 'n koffie. Ek wil hom vertel van ons planne vir die naweek. Dink jy ons kan hom nooi vir 'n braai?"

"Natuurlik kan ons, jy weet mos Mirabel kom ook môre-oggend vir 'n dood onskuldige braai. Hulle twee sal dan die enigstes wees wat weet wat die doel van die braai

1

nou eintlik is," lag Allegra ondeund. "Sy is mal oor verrassings, veral as sy haar moeder en jonger suster kan verras. Hulle is sulke regte drama godinne. Wil altyd in beheer wees van alles en almal se sake."

Terwyl hulle op pad is na die opstal, sien Lorenzo dat hulle by die oefenkamp besig is, en Ivano ry daarheen.

"Nou kyk nou net wat het die kat hier aangedra! Sowaar die twee mense wat mens deesdae net nie in die hande kry nie, want julle is so besig," groet Lorenzo, bly om hulle te sien.

"Lorenzo, ou vriend, ons wil nie pla nie, net groet en jou nooi." Die twee manne skud blad en Lorenzo druk vir Allegra vlietend vas en kyk dan na haar.

"Ons internasionale Ruitersport sensasie, welgedaan, buurvrou. Ons is vrek trots op jou."

"Dankie, Lorenzo. Ek is dankbaar dat ek my droom kan leef en darem so nou en dan nog 'n siek dier ook kan help."

"Ons hoop nie jy het al vir môreaand een of ander belangrike afspraak nie. Jy het mos byna so baie vroue aanhangers as die popsterre, ou vriend," terg Ivano.

"Nee, man, ek hou hulle maar so op 'n afstand. Mens meng nooit werk en plesier nie, jy weet mos dit kan net 'n gemors raak. Wat beplan julle?"

"Dit is 'n baie belangrike aand vir Allegra en my en jy is die tweede een om dit te hoor – ons gaan verloof raak. Die familie weet nie, ons gaan dit net môreaand by die braai aankondig."

"O, genade! Ek mis dit vir niks nie... Eerstens omdat julle my vriende is en tweedens omdat ek Luna Carvelli se ontploffing moet beleef as sy besef julle het haar van 'n partytjie ontneem." Hulle lag almal vir Lorenzo se spitsvondige waarheid.

"Toemaar, Allegra het reeds haar verlekker in die feit dat haar ma sekerlik nie van die gedagte sal hou dat ons haar so verras het nie."

"Ek sal daar wees, hoe laat en wie gaan almal daar wees dat ek net myself emosioneel kan voorberei?"

"Ja, Lorenzo, jy ken ook al die Carvelli's goed genoeg. Dit gaan net ons gesin, jy en Mirabel wees. Sy is naas jou die enigste ander een wat weet."

"Wel dan is die normale kontingent ten minste groter as die abnormale een," lag hy.

"As my aanstaande skoonma jou nou hoor, is jy sekerlik leeukos."

"Ivano, ou vriend, ek is nie so versigtig vir haar as wat ek vir daardie selfgemaakte blonde bom van 'n skoonsuster van jou is nie. Daardie enetjie is 'n ander een. Bedorwe en 'n regte verwende rykmansdogter. Dat Allegra en sy familie is, verstom my."

"Ja, ja, ja – sy is maar nog net jonk en ken nog nie die lewe nie," maak Allegra vir haar sussie verskoning.

"Ons wou jou net kom nooi en inlaat op ons geheim. Sien jou dan môremiddag, so teen ses uur. Glo my ek sien uit daarna om bietjie te ontspan. Allegra het dit seker nog meer nodig as ek."

"Ek is opgewonde en ons sien jou dan môre." Hulle groet en vertrek na Carvelli's Ranch.

"Ag, hy is 'n wonderlike vriend, en ek hoop hy sal 'n wonderlike jongvrou as maat kry," laat Allegra hoor.

Ivano parkeer voor die ou statige, dubbelverdieping opstal. Dit tref hom elke keer as hy dit sien hoe modern die ontwerp moes gewees het vir daardie tyd toe dit gebou was. 'n Gebou wat spreek van goeie smaak en ou geld en baie daarvan. Hier op Carvalli's Ranch is al waaraan hy daaraan herinner word, want sy geliefde Allegra, is so plat op die aarde en liefdevol. Sy donkerkop, groenoog meisiekind, is 'n nederige mens al trek sy ook aandag waar sy gaan met haar olyfkleurvel, groen oë en welgevormde sportiewe liggaam. Ten spyte daarvan dat Allegra Carvalli 'n huishoudelik naam in perdespring-kringe, nie net in Italië nie, maar internasionaal is, sal jy dit nooit vermoed as jy haar ontmoet nie. Sy is iemand wat omgee vir mens en dier.

Haar jonger suster, Lara, daarenteen is net die teenoorgestelde. Sy het haar donker hare bottelblond gekleur, haar borste laat vergroot en elke nou en dan word die lippe gebotox dat sy daardie oordrewe *pout* kan behou. Haar graad is sy nog steeds mee besig, want haar tyd word meesal opgeneem deur partytjies en inkopies. Verder lyk sy die meeste van die tyd soos 'n seksgodin wat op een of ander volwasse tydskrif se voorblad gaan verskyn. Daar word byna niks aan die verbeelding gelaat deur haar kleredrag nie.

Wanneer hulle voor die huis onder die koeltebome stop, is sy dan ook die eerste een om hulle tegemoet te loop. Weereens so skamel geklee, met die kunsborste wat byna wil uitval.

"Hi Allegra en Ivano, het julle uiteindelik besluit om bietjie te kom kuier op die plaas? Ons weet dit is nou nie die glansryke lewe van die stad nie, maar ons mis julle nogal," koer sy.

"Lara, goed om jou te sien. Ek is mal oor jou sin vir humor kleinsus. Dit is wonderlik om te dink ons kan 'n hele naweek die vars lug hier geniet. Wow, verwag jy gaste, jy lyk uitstekend." Alhoewel dit glad nie haar styl is om so skamel geklee te gaan nie, weet sy haar suster leef op komplimente.

"Nee, hierdie is sommer alledaagse klere. Hoekom het julle nie laat weet julle is op pad nie?" vra sy.

"Jy weet mos ek is mal daaroor om my familie te verras," glimlag Allegra.

Ivano wil verstik vir die aangeplaktheid van Lara. Dit is net sy liefde vir Allegra wat hom dwing om bedagsaam met haar te wees.

"Lara, goed om jou te sien." Hy neem dadelik Allegra se hand, bang dat Lara hom sal wil druk. Daarvoor sien hy eenvoudig nie kans nie. Gelukkig word hy gered deur Gustavo en Luna wat ook intussen by hulle aangesluit het en hulle hartlik verwelkom.

"Ivano, Allegra! Wat 'n wonderlike verrassing," groet Gustavo.

"Ja, julle kon gerus laat weet het, dan kon ek spesiale voorbereidings vir julle gemaak het. Ons sien julle so min," kla Luna.

"Mamma, om saam met julle te wees is mos vir ons spesiaal. Ek hoop nie Mamma gee om nie, ons het Lorenzo en Mirabel genooi vir 'n braai môreaand."

"Glad nie, dan sal dit darem nie so dood wees en net ons nie. So bietjie afleiding is mos altyd goed." Luna is nou meer in haar skik, sy is 'n vrou wat daarvan hou om haar wêreldsgoed ten toon te stel en daarmee te spog.

"My dogter, dit is goed om jou anders as op die televisie te sien. Ek het jou gemis. Dankie Ivano dat jy haar gebring het. Dit is ook seker al hoe sy hier sal kom, anders bly sy aan die gang. Tussen siek diere en kompetisies, weet ek nie hoe sy dit gedoen kry nie." Hy druk haar liefdevol vas en groet vir Ivano.

"Gaan ons nou die hele aand hier staan en oor Allegra se sport en loopbaan gesels?" vra Lara afgunstig.

"Nee, beslis nie, ek wil die naweek bietjie net vergeet van alles. Maandag kan ek weer vasvat, oefen en werk," breek Allegra die ys.

"Wil julle vir my vertel Lorenzo het geweet van julle besoek, maar nie ons nie?" vra Lara aanvallig.

"Nee, Lara. Ons het hom nou net genooi," probeer Allegra die vrede behou. Soms as sy so na Lara kyk, wonder sy wat van haar gaan word. Wanneer sy gaan besef hulle ouers gaan nie vir ewig lewe en haar kan onderhou in haar duur smaak en rojale leefwyse nie. Die geld wat hulle gaan erf sal ook nie vir ewig hou nie. Sy is erg bederf. Wanneer haar pa nog sy voet neergesit het, het sy haar net na Luna gewend en in elk geval haar sin gekry.

Lara is vas onder die indruk dat sy met haar lyf en opgeboude borste vir haar 'n baie ryk man gaan vang en net die lewe gaan geniet.

Waar Allegra nog geen minuut op haar ouers se rykdom pyl getrek het nie, maar hard geleer en sovêr sy kon, beurse gekry het om haar studies te voltooi. Sy voel haar vader het haar nog al die jare in haar sport ondersteun, maar sy moet darem 'n bydrae maak vir haar studies.

Ivano het haar op universiteit ontmoet. Vir geen oomblik sou hy kon raai dat haar familie die multimiljoenêr Carvelli's is van Fermo, San Gregorio nie. Die bekendste perdetelers in die hele Italië. Daarvan het hy eers bewus geraak toe hy haar aan sy vriend Lorenzo wou voorstel en uitgevind het hulle is bure en jarelange vriende.

"Lara, wat maak dit tog ook saak as Lorenzo geweet het hulle kom die naweek plaas toe, hy is soos familie."

"Nee, hy is nie familie van ons nie. Hy behandel my soos 'n kind," kla Lara.

"Dit glo ek nie, hy is 'n baie oulike jongman. Miskien tree jy dan teenoor hom op soos 'n kind," gee Gustavo sy mening tot Luna en Lara se ontsteltenis.

Allegra en Ivano kyk net na mekaar en weet albei dat haar vader tien teen een die spyker op die kop slaan.

Lorenzo sal hom beslis nie dit laat geval as Lara haar oordrewe aandag-soekerige manier op hom afdwing nie.

Die aand verloop sonder enige uitbarstings van Lara of Luna. Ivano gesels met Gustavo oor die perdetelery. Buiten dat dit hom interesseer, weet hy dit is veilige terrein en Lara sal nie sommer haar pa onderbreek nie. Nou en dan druk hy Allegra se hand net om haar te laat weet, hy weet van haar hier langs hom. Sy praat nie veel nie, maar luister net na haar moeder en Lara se stories oor hulle inkopies en hulle invloedryke vriende en wat hulle na die en na daardie partytjie gedra het. Sy is baie lief vir haar moeder en sussie, maar hulle deel net glad nie enige belangstellings nie.

Allegra is baie dankbaar as haar ouers hulself verskoon om te gaan rus. Ivano maak ook dadelik verskoning dat hy moeg is na die lang hofsaak wat hy die laaste week mee besig was.

"Ag nee, jy is soos 'n regte ou man, Ivano, die aand is mos nog jonk," verklaar Lara met 'n pruil van haar mond en baie uitlokkend.

"Lara, jy is reg, maar na so 'n hofsaak is ek geestelik en liggaamlik gedreineer. Ek sal môreaand weer myself wees," probeer hy haar so sag as moontlik antwoord. Sy is maar 'n moeilike entjie mens.

"Ja, Lara, ons is albei maar bietjie gedaan en jy weet mos Rome is ook nog ver van hier. Ivano het die hele pad bestuur ook. Verskoon ons maar, môre is ons weer uitgerus," maak Allegra ook verskoning. Sy is gedaan, en vir een aand het sy genoeg gehoor van partytjies en die nuutste modes.

Hoofstuk 2

Allegra word wakker en is vir 'n oomblik verward oor waar sy haar bevind. Dan onthou sy. *Ons raak vandag verloof! Ek raak verloof aan die man van my drome, so 'n wonderlike mens. Ek kan nie wag om almal se reaksie te sien nie. Ah, ek beter opstaan en reg maak, Mirabel is sekerlik al op pad. My liefste vriendin ... altyd daar. Te midde van die feit dat sy 'n groot funksie aan het, wat ek glo sy self sal wou oorsien dat alles reg gaan, kom sy om vir my daar te wees. So onselfsugtig.*

Sy rek haar uit, as sy 'n ligte kloppie aan haar kamerdeur hoor.

"Binne."

"My meisiekind, het jy lekker geslaap? Ek het vir jou koffie gebring."

"Pappa, dit is nou groot bederf. Ek kan nie eers onthou wanneer laas in my lewe het ek koffie in die bed gehad nie."

"Ek kry so min die kans om jou te bederf, dit is wonderlik om jou en Ivano hier te hê."

"Sit hier by my op die bed, Pappa."

"Dankie, my kind. Ons kry so min tyd alleen. Ek verstaan dat jou program baie vol is tussen die perdespring kompetisies oor die wêreld en dan nog die praktyk ook. Hoe lyk dit, is die nuwe vennoot ook so hardwerkend soos jy?"

"Ja, Pappa, Stefania is baie passievol oor diere en beslis die regte persoon wat ons Vader net op die regte tyd oor my pad gestuur het. Ons het nou nog 'n veearts aangestel, want die werk is net te veel vir haar as ek weg is. Dit is 'n jongman, en van die twee maande wat hy daar is, lyk dit of hy baie pligsgetrou is. Sy praktiese ondervinding is ook goed, want hy werk al sedert hy begin swot het, vakansies, by 'n veearts. Dit help baie."

"Dit is goeie nuus, dit neem dan die druk van jou af. Wanneer en waar is jou volgende kompetisie?"

"Oor sowat twee maande is daar 'n grote wat in Duitsland plaasvind. Dit is deel van die Rolex Grand Slam, die CAIO AACHEN. Dit is die laaste been en baie belangrik. Pappa weet mos ek het die ander drie reeds ingepalm, hulle was in Spruce Meadows, Geneva en Hertogenbosch."

"Natuurlik, dit is die een met die fenomenale prysgeld en bonusse. Stuur my die datums, ek dink hierdie een moet ek bywoon om jou te ondersteun, dit is die grote van alle grotes."

"Ah, dit sal wonderlik wees. Gaan Pappa vir Mamma en Lara saamneem? Hulle mag dalk verveeld raak."

"Ek sal hulle saamneem, maar hulle kan hulle stokperdjie gaan beoefen in die Duitse winkelsentrums, terwyl ek by jou is. Gaan Ivano saam met jou?" Hulle lag vir sy uitlating, maar weet dit sal die beste wees.

"Dit is die plan, hy sal die vorige aand invlieg en daar wees en na die Gala-aand weer die volgende oggend terugvlieg. Pappa weet mos hoe 'n optog dit elke keer is na so 'n byeenkoms. Ek moet eers sorg dat Fire versorg en gereed is om gelaai te word. Hy hou nie altyd van vlieg nie, soms kan hy baie onrustig wees. Ek gee hom maar 'n kalmeerinspuiting om hom te help. Dit is darem die laaste groot kompetisie hierdie jaar. Daarna is dit net nasionale uitdagings."

"Ja, dit raak daarna stiller, ek dink ek moet sommer 'n bietjie bemarking vir ons perde ook daar doen. Daar is al 'n paar Duitse kliënte op my boeke, maar meer kan nie skade doen nie. Jy besef sekerlik dat as ek eendag wegval, jy hier sal moet oorneem? Sal jy dit wil doen?"

"Pappa, jy is nog jonk en vol lewenslus. Daarby is jy gesond. Ek weet ons weet nie wat môre wag nie, maar my gebed is dat jy nog lank gespaar sal wees vir ons as dit ons Vader se wil is. Perde is my passie en ek sal sekerlik ook nie vir ewig die hele wêreld vol kan vlieg en aan perdespring kompetisies kan deel neem nie. As ons Vader my hierdie jaar guns gee en ek wen die Rolex Grand Slam, het ek byna al die titels al ingepalm. Ophou spring sal ek nooit, maar ek mag dalk bietjie afskaal."

"Ek is voorwaar baie, baie trots op jou, my dogter. Van baie jonk af het jy alles gegee en hard gewerk, en jy het die vrugte gepluk en pluk nog steeds dit. Ek bid so hard dat Lara ook moet rigting kry, maar sy wil net nie. Moeder het ook 'n groot aandeel daaraan, want sy sterk haar in haar kwaad, dit is asof sy haar as haar permanente inkopie-metgesel sien. Ek vrees vir die dag dat ons nie meer hier is nie."

"Ons kan net bid, Pappa. Ons sal dit nie verander nie, ons kan net vir hulle lief wees en dit in ons Vader se hande los."

"Ja, my kind ... ek bid ... veral dat hulle Jesus ook soos ons sal aanvaar as hulle Verlosser, dan sal alles verander. Dit is asof hulle na iets soek en dit net nooit vind nie. Daardie onversadigbare ondier wat hulle net laat koop en van die een partytjie na die ander laat fladder."

"Die tyd sal kom, ons moet net aanhou vertrou. Ek moet seker my agterstewe uit die bed kry. Ivano wag seker al vir my om ontbyt te eet."

"Ek sal hom gaan sê dit is my skuld en hom geselskap hou. Ons gesels lekker. Sien nou-nou."

Allegra trek 'n fleurige somerrokkie aan wat tot net bokant haar knieë kom, en haar welgevormde bene tentoonstel. Daarby trek sy 'n paar wit platform *sneakers* aan. Sy verpes dit as daar sand in haar skoene kom en dit gebeur gereeld as sy net sandale aantrek. *Ek wil gemaklik op die plaas kan beweeg en nog goed lyk ook.* Haar donker bos lang hare, maak sy in 'n hoë bolla op haar kop vas dat dit nie in haar nek hang en haar warm maak nie. Sy is nie groot op grimering nie, en beklemtoon net haar mooi oë met oogpotlood in 'n helder turkoois, wend maskara aan en ligroos lipglans. Dan is sy reg vir die dag waarna sy so oneindig uitsien.

Ek sal my opgewondenheid mooi moet wegsteek, ek wil beslis nie die verrassing bederf nie. Vir moeder en Lara sal ons seker eers met middagete sien. Hulle tweetjies hou mos van laat slaap en dit is immers Saterdag.

"Ah, my mooiste meisiekind, jy lyk so vrolik in jou helder somerrokkie. Ek is so gewoond om jou of in jou uniform of in jou ryklere te sien."

"Môre my liefste. Ja, hulle vertel my 'n verandering so nou en dan is so goed soos 'n vakansie. Dink nou net watter moeilikheid sal dit wees om in so 'n fraaie rokkie my pasiënte te dokter, of selfs te gaan oefen."

"Nee, liewer nie. Jy lyk in jou uniform en rydrag net so pragtig. Hierdie is net meer vrolik." Hy soen haar op haar wang en druk haar teen hom vas.

"Dankie, het jy lekker geslaap?"

"Ja, ek het, die lug is net baie skoner hier. Ek het my kamervensters wawyd oopgemaak, want dit is ook meer veilig hier as by ons in Rome. En jy, skoonste van die skones?"

"Beslis. Pappa het my bederf met koffie in die bed. Verder het hy belowe om die CAIO AACHEM by te woon. Ek kan nie vir beter vra nie, albei die manne in my lewe gaan daar wees."

"Ek kan dink dat oom Gustavo dit vir niks sal mis nie. Ek gaan natuurlik weer my naels afkou terwyl jy besig is.

Tog is dit alles die moeite oor en oor werd. Fire moet net sy beste gedrag uithaal."

Dit is net soos Allegra vermoed het, net hulle drie by die ontbyttafel.

"Ry julle na ontbyt saam, ek gaan kyk net 'n slag of alles nog in orde is met die gewone perde in die groot kamp. Deur die week is ons so besig met die stoetperde dat ek nie altyd by die ander uitkom nie. Hulle is gelukkig meer gehard as die ander, dié kan soms maar pieperig wees."

"Ons sal beslis saamry, ek het lanklaas die geleentheid gehad om op die plaas rond te ry. Vanmiddag wil ek vir Ivano my koppie gaan wys, en sommer so bietjie oefening inkry."

"Ja, jou koppie. Wanneer sy gedurende haar tienerjare net so stil-stil verdwyn het, kon ek maar net daarheen gaan en sou haar daar vind. Dan het sy so op daardie platklip gesit met haar bene wat oor die afgrond hang en my hart wou altyd gaan staan. Jy sal vanmiddag self sien waarvan ek praat."

"Ja, my meisie wat nie vrees nie," glimlag Ivano vir haar.

Na ontbyt ry hulle met die oop Jeep na die groot kamp wat oor etlike heuwels strek. Daar is baie perde in die kamp, en hulle hardloop vry, een plek loop die rivier ook deur die kamp. Hulle het dus die hele tyd vars water. Wanneer hulle aangery kom, hardloop die perde en Allegra se hart klop opgewonde.

"Dit is altyd vir my so pragtig om hulle so uitbundig te sien hardloop. So vry, so sonder kommer, so gelukkig met hulle maanhare wat in die wind speel."

"My kind, ek is ook baie lief vir hierdie deel van my boerdery. Die stoetery is wel die deel wat die plaas aan die gang hou, maar hierdie is pure vreugde."

"Verkoop oom van hulle ook?"

"Ja, Ivano, hulle word as gewone ryperde, wat mense net vir die plesier aanskaf, verkoop. As 'n perd verkoop word breek ons dit eers in, anders bly hulle so semi-wild, maar tog ook mak."

Hulle vertoef bietjie daar en gaan dan terug huis toe omdat Allegra vir Mirabel verwag. Wanneer hulle tuis kom, is Luna en Lara net besig om tee te drink en 'n ligte versnapering daarby te geniet.

"Ag, nee, man Sus, jy lyk dan soos 'n tiener met jou rokkie en wit tekkies!" groet Lara, wat 'n spierwit sjoebroekie en toppie aan het wat byna nie haar borste toegemaak kry nie.

"Goeiemôre aan jou ook, Lara. Ek verkies gemak bo die mode, dit weet jy tog."

"Môre Allegra, my kind. Ek verstaan dat jy gemaklik wil wees, maar vanaand gaan jy seker iets meer deftig aantrek. Ons kry mos darem gaste."

"Middag Moeder. Ek is nou nie heeltemal seker wat so verkeerd is aan my kleredrag nie. Ek is oneindig jammer as dit julle nie aanstaan nie. Daar is een ding wat egter baie seker is, en dit is dat ek geensins van plan is om klere te dra waarin ekself of die mense om my ongemaklik sal laat voel nie. Ons liggame is 'n tempel van God, en dit is hoe ek van plan is om my liggaam te hou." Allegra het nou bietjie teveel gehad van haar moeder en Lara se aangeplaktheid en sy skaam haar in die stilligheid vir Lara se halfnaakte liggaam waaroor niemand 'n woord rep nie. Sy word gered deur die aankoms van Mirabel.

"Verskoon my asseblief, ek gaan vir Mirabel ontvang." Ivano neem haar hand en stap saam met haar weg. Hy weet sy is baie ontsteld en kan dit ook goed verstaan. *Hoekom laat selfs oom Gustavo dit toe dat Lara soos 'n goedkoop straatvrou aantrek en dan nog haar suster waag aanvat? Daar is niks verkeerd met haar uitrusting van vandag nie, sy lyk pragtig.*

"My meisiekind, ek weet jy is nou baie ontsteld. Daar is niks met jou klere of met jou verkeerd nie. Lara is soos 'n stout kind wat net haar eie mening het en altyd haar sin wil kry."

"Hoekom sy dit doen weet ek nie. Al steek haar kleredrag en gedrag my so in die skande, probeer ek altyd vriendelik optree. Ek maak nooit enige aanmerkings om haar te verneder nie ... tog sal sy nooit 'n geleentheid verby laat gaan om my te laat sleg voel nie. Ek is lief vir haar, maar soms raak dit net te veel. Ag, vergeet net daarvan my liefste. Ek is net dankbaar dat Mirabel nou hier is."

"Allegra, ag, vriendin, jy lyk so pragtig," groet Mirabel wat pas uit haar motor geklim het.

"Welkom liefste vriendin, het jy goed gery?" Die twee jongvroue druk mekaar voor Mirabel vir Ivano ook groet.

"Ivano, goed om jou ook te sien. Julle twee bars seker van opgewondenheid?"

"Ja, beslis. Lorenzo kom ook vanaand en is die enigste ander persoon wat weet..." antwoord Ivano.

"Het jou suster jou weer ontstel, ek kan sien jy is ontsteld."

"Los dit net, ek moet by nou al 'n dik vel ontwikkel het, maar vergeet elke keer as ek so lank weg was hoe bitsig sy kan wees. Nou is jy hier en ons gaan vanmiddag vir Ivano my koppie wys."

"Jou koppie, ja. Daar het ons baie ure deur gebring en lang kopstukke gesels vriendin. Ivano, jy moet werklik geëerd voel as sy jou daarheen neem. Dit was nog altyd haar geheime plek en veilige ontvlugtingshawe."

"Mirabel, glo my ek besef dit na al die stories wat sy my al van haar koppie vertel het. Ek sien baie uit na die uitstappie, want ek weet daar het my mooiste meisie baie ure al deurgebring."

"Kom ons gaan binne, jy wil sekerlik jouself verfris na die lang rit. Ons waardeer jou moeite opreg, vriendin."

"Vir jou of nou vir julle, doen ek dit enige dag. Ja, ek wil graag gaan stort en van die sweet ontslae raak voormiddag-ete."

Wanneer hulle binnegaan, merk Allegra dat die ander verdwyn het en wonder waarheen.

"Allegra, my meisie, ek gaan bietjie na die stalle terwyl julle meisies gesels."

"Alles reg, ons sal jou daar kry, my liefste."

Sy gaan saam met Mirabel op na haar suite en maak haar tuis op die stoel terwyl dié uitpak en haar klere regsit.

"Wie het jou ontstel, vriendin?"

"Ek dink jy ken reeds die antwoord daarop. Sy het aangegaan dat ek soos 'n tienerdogter lyk met my rokkie en wit tekkies. Daarna het moeder ingeval met sy hoop ek gaan vanaand met die braai meer deftig lyk, want ons kry immers gaste."

"Wat de hel! Wat is verkeerd met jou kleredrag? Niks! Op die flippen aarde niks. Ek wil nie eers waag om te vra hoe sy lyk nie. Nee, kom ek raai ... die materiaal van haar hele uitrusting is seker nie eers genoeg om die lyfie van 'n tweejarige kind te bedek nie. Alles hang seker weer uit ... en dan spring jou moeder ook nog op die *bandwagon*? Nee, man."

"Soos ek vir Ivano sê moet ek seker al hieraan gewoond wees, maar ek was te lank uit hulle geselskap uit weg. Ag, los dit net, ons gaan na middagete bietjie rus en daarna met die perde na die koppie ry. Daarna gaan ons gereed maak vir vanaand en dan kom die groot aankondiging. Ek is verskriklik opgewonde."

"Dit is mos my *girl*. Wat wil sy vir jou vertel? Vir jou wat jou eie veearts-praktyk het, en sekerlik voor hierdie seisoen verby is die wêreldkampioen in perdespring gaan wees. Wat het sy om te wys, behalwe haar vals borste en lippe wat so *gebotox* is dat sy heel onnatuurlik lyk? Mens kan haar net jammer kry, sy is mooi, maar ongelukkig weet sy nie om daardie skoonheid te dra nie."

"Ek het vir vanaand vir my 'n baie klassieke rok aangeskaf. Een met 'n halternek, en wye romp. Die romp is in bane en val tot bokant my knieë oop as ek stap of sit. Dit is heldergeel. Miskien sal hulle daarvan hou en as hulle nie doen nie, weet ek Ivano, jy en Pappa sal beslis. Ek moet my nie steur aan wat sy sê nie, ek weet immers wat my Vader van my sê."

"Dit klink baie eksoties en sal besonders by jou blas vel pas. Jy lyk altyd eksoties in helder kleure vriendin. Ek is gereed, kom ons gaan kyk na daardie pragtige perde van jou vader."

Die moment wat Allegra en Ivano die vertrek verlaat, staan Gustavo op.

"Kom, kom nou dadelik saam met my na my studeerkamer! Albei van julle..." gebied hy ernstig.

"Gustavo?"

"Luna, ek het gepraat. Loop voor my uit."

Lara trek haar mond op 'n pruil en lig haar wenkbroue vir haar moeder. In 'n baie ongemaklike stilte stap hulle voor Gustavo uit. Luna weet al hierdie volbloed Italianer het 'n hart van goud, maar as hy boos is, keer niks hom nie. Hy maak die deur agter hulle toe.

"Nou luister julle vir my. Dit wat daar in die eetkamer gebeur het was heeltemal ongevraagd. Ek het nou lank genoeg na julle twee se giftige aanmerkings op Allegra geluister. Dit stop nou net hier, vandag! Lara, en terwyl ek

16

nou besig is, kom ons praat sommer oor die een wat eintlik haarself moet skaam vir haar kleredrag – jy. Luna hoe jy dit kan toelaat dat sy so in die publiek verskyn, slaan my stom. Ek het dit nou lank genoeg verdra. Die werkers, die gaste, enigeen wat haar sien, dink sy is 'n bespotting. Hoekom loop jy nie net maar kaal nie, my kind? Dan hoef my hardverdiende geld nie te betaal vir daardie paar lappies wat jy en jou ma mode noem nie. Selfs ek wat jou pa is kan nie na jou kyk nie, in die vrees dat ek dalk jou borste sal sien. Dit is nou klaar – daar is perke aan mode en ook aan kleredrag. Ek weet nie waar jy ordentlike klere gaan uitkrap nie, maar ek verseker jou, jy sal nie vanaand so by daardie braai verskyn nie.

"Verder is dit tyd dat jy iets met jou lewe doen en gou ook. En jy Luna, gaan van vandag af ophou om haar in haar kwaad te sterk. As ek moet, sal ek julle albei se toelae wegneem. As dit al is wat sal werk, doen ek dit nou. As ons vannag te sterwe kom, wat dink jy gaan van Lara word? Waar gaan sy 'n werk kry as die geld wat ons haar nagelaat het op is? Sy het geen ander belangstelling as om halfnaak rond te loop en van partytjie na partytjie te fladder soos 'n vlinder nie. Teen Maandagoggend soek ek 'n plan van jou af Lara. Ek gee jou nog een kans om te gaan leer as jy wil, of ek wil weet watter tipe werk jy wil doen en sien dat jy aansoek doen. Verstaan ons mekaar baie, baie mooi?"

Dit is vir etlike sekondes so stil in die vertrek dat jy 'n spel sou kon hoor val.

"Is jy ernstig, sal jy werklik ons toelaes wegneem, Gustavo?" vra Luna.

"Ja, Luna, ek sal. As dit al is wat julle twee tot julle sinne sal laat kom, dan doen ek dit dadelik. Die lewe gaan nie oor inkopies doen en ander verkleineer en verneder nie. As julle albei 'n selfbeeldprobleem het, sal ek selfs vir 'n sielkundige betaal. Wat is fout met julle? Jy het alles wat jy wil hê, maar jy moet ander afkraak en slegmaak om beter te voel. Daar is met jou niks verkeerd nie, jy is gesond en bo alles meer geseënd as baie. Dieselfde met Lara. 'n Pragtige meisiekind, met al die kanse wat ander meisies nie het nie, maar wat doen sy daarmee? Sy mors dit net op. As sy haar mond oopmaak spoeg sy gal. Meer liefde en voorsiening as wat ek gegee het, kan ek nie gee nie. Wat is die probleem?"

Lara praat nie. In haar binneste kook dit en groei haar jaloesie en afguns net nog meer. *Waar sal ek ander klere kry? Ek wil nie ander klere dra nie. Hoekom kan ek nie my bates tentoonstel nie? Hy is so outyds. Ek sal moet fyn trap, wat sal ek sonder my toelaag doen? Dit mag nie gebeur nie.*

Met middagete is almal weer vir die eerste maal saam. Allegra is verstom om te sien dat Lara 'n denimbroek en hempie aan het wat tot op die broek se band kom. Geen naaktheid nie. Wat gebeur het weet sy nie, maar dit is verfrissend anders en sy hou baie daarvan. Ivano druk ook haar hand onder die tafel om aan te dui dat hy verstom is. Verder is haar moeder en Lara so gaaf dat sy byna nie kan glo dit is dieselfde mense wat sy vroeër agtergelaat het toe Mirabel aangekom het nie.

"Mirabel, dit is wonderlik om jou weer te sien. Hoe gaan dit met jou besigheid?" vra Lara baie belangstellend.

"Lara, baie goed. Dankie dat jy vra. Ons het juis vandag 'n baie groot troue in Rome – een van die sterre van 'n televisie series trou. Gelukkig is my span so bekwaam dat ek nie daar hoef te wees nie. Alles is gedoen en hulle kan net toesig hou. Ek kon nie die kans verbeur om 'n slag saam met Allegra plaas toe te kom nie."

"Dit is opwindend, werk jy baie met filmsterre en ander *celebrities*?" vra sy nou baie nuuskierig.

18

"Ja, heel dikwels. Ons doen mos ook troues in ander lande of op interessante plekke. Jy weet, maak daardie droom wat onmoontlik lyk, moontlik."

"Dit klink of jy 'n baie unieke en suksesvolle besigheid opgebou het, Mirabel?" gesels Luna saam.

"Ja, tannie, alles die guns van ons Vader. Die deur het net oopgegaan en harde werk word altyd beloon. As jy een filmster vir 'n kliënt kry en die persoon tevrede stel, is jy verseker van 'n hele aantal ander wat jou ook gaan nader en gebruik. Daar is niks soos die goeie getuigskrifte van jou kliënte nie. Jou naam loop jou vooruit, dit is 'n waar woord."

"Mirabel, die waarste woorde wat jy nog kon uiter is dat harde werk beloon word. Niks val net in mens se skoot nie," voeg Gustavo by. *Van die vyftal om die tafel, is dit net my vrou en dogter wat nog nooit een dag se werk in hulle hele lewens gedoen het nie. Dit is 'n skreiende skande. Dit sal nou verander.*

"Dit klink nie vir my of jy enige tyd vir jouself het nie."

"Lara, ek het meer as genoeg tyd vir myself. Wanneer ek vlieg na die verskillende plekke waar ons werk, sorg ek dat ek 'n dag ekstra bly nadat die span klaar is om net die omgewing te waardeer. Dan ontspan ek heerlik en bederf myself, want ek weet alles is nou afgehandel. Verder is ek heeltemal uitverkoop op wat ek doen, net soos Allegra, is dit my asemhaling."

"Wat van 'n man en kinders?" vra Luna.

"Dit sal op die regte tyd self gebeur, tannie. Die Woord leer ons mos dat daar 'n tyd vir alles in ons lewens is. Dit is nou my tyd om te werk."

"Jy is wys Mirabel. Ek het as jongman van agtien begin om vir my vader te werk en op twee en twintig het ek my eie stoetery aan een kant begin. Hy het geglo ek moet op my eie voete kan staan en nie my lewe bou op sy geld nie."

"Wow, oom Gustavo, dit is werklik merkwaardig. Ek het vanoggend na die stoetery gaan kyk. Sjoe, maar daar is darem pragtige diere. Allegra het my vertel wat die verskille tussen die renperd, die springer en die gewone skouperd is. Dit is vrek interessant hoe die verskillende temperamente van die diere is."

"Dit is, en dit is wat my van baie jonk af al gefassineer het, soos dit vir Allegra fassineer. Lorenzo gaan natuurlik heel in vervoering oor die springers. Hy sal jou vir ure besighou daarmee."

"Dit weet ek al te goed. My ou maat se hart klop warm vir daardie sport. Ek kan my vergaap as Allegra en hy begin gesels daaroor."

"Verveel dit jou nie as hulle die hele tyd oor perde praat nie?" reageer Luna.

"Nee, tannie, glad nie. Ek hoor elke dag genoeg van my eie beroep. Dit is 'n verfrissende verandering en ek het al so baie daaroor geleer."

"Dit is sekerlik iets waarmee jy moet grootword om so 'n passie daarvoor te kweek soos die oom, Lorenzo en Allegra het. Dit is sekerlik ook hoekom sy ons so trots maak met al haar vele toekennings wat sy al ingepalm het oor die jare," laat Luna hoor. Allegra, Ivano, Mirabel en Gustavo sukkel om hulle verbasing te verberg, maar kry dit gelukkig reg.

"Mamma, Vader het my mos al van baie jonk af geleer. Hy was die beste leermeester en daarna het Franco van Horses Galore net oorgeneem en die afronding gedoen. Ek is dankbaar vir wat hulle vir my gedoen het. Verder het Mamma altyd gesorg dat my uitrustings reggelê het. Daarby kom natuurlik die guns van my hemelse Vader waarsonder ek nêrens sou wees nie."

Gustavo is baie tevrede met sy vrou en jongste dogter se optrede. Al wat hy kan bid is dat dit sal hou.

"Julle moet asseblief nie vir ons vir middagkoffie wag nie, ons gaan bietjie perdry. Ons sal betyds terug wees vir die braai," maak Allegra vir hulle almal verskoning.

Na ete gaan almal bietjie rus en net na drie ontmoet Ivano, Mirabel en Allegra mekaar in die voorkamer. Almal in rydrag geklee.

By die stalle staan die perde reeds gereed. Allegra het vroeër al met Mario gereël. Minute later is hulle almal in die saal en op pad na die berg agter die opstal se kant toe. Hulle ry rustig, want dit is nie so ver van die huis te perd nie.

"Dit is darem net 'n gevoel van vryheid wat min dinge kan ewenaar," laat Mirabel hoor.

"Dit is waar. Ek mis dit as Allegra baie besig is met kompetisies. Anders gaan ry ons gereeld saam."

"Ek kry nie tyd daarvoor nie, en dit sal ook nie vir my lekker wees om alleen te ry nie."

"Ek dink dit is tyd dat jy 'n man in jou lewe kry my vriendin. Ek weet jy is besig en geniet jou werk, maar dit is nog lekkerder om dit alles met iemand te deel wat omgee."

"Allegra, wat dink jy van Lorenzo en Mirabel?" lag Ivano.

"Dit klink nie so 'n slegte idee vir my nie, geensins. Hy is aantreklik en baie aangenaam. Dan kan sy ons buurvrou word," lag Allegra.

"Julle twee is nou sommer verspot. In al die jare het ek en Lorenzo mekaar net altyd gemis. Toe ons as tieners bevriend geraak het, was hy weg op skool in Rome. Daarna het ons elkeen ons eie pad gegaan en het ek hom nooit ontmoet nie."

"Wel vanaand gaan jy hom ontmoet, en wees gewaarsku, hy is amper so aantreklik soos my Ivano," lag Allegra.

"As hy byna so aantreklik soos Ivano is, wonder ek net of hy ook 'n Christen man soos Ivano is."

"Hy is, Mirabel," antwoord Ivano.

"Ah, ons is hier. Ons gaan ons perde net hier los, en dan verder opklim, my liefste. Dit is nie 'n moeilike klim nie." Hulle los hul perde onder die boom waar daar skaduwee en ook gras is vir die diere om aan te smul.

Allegra neem die leiding en Mirabel volg haar, terwyl Ivano die agterhoede vorm. Na sowat tien minute se stap met 'n nie te moeilike paadjie nie, is hulle bo. Allegra wag vir Ivano om die uitsig te sien en sy reaksie daarop.

"Wow! Meisiekind, dit is pragtig van hier bo."

"Ja, is dit nie? Kom ons gaan sit daar op die platklip." Ivano kyk na waar sy wys en besef dadelik hoekom Gustavo bekommerd is dat Allegra daar sit. Sy kyk om om te sien of hy haar volg.

"My liefste meisiekind, ek wil nie hê jy moet daar sit nie, dit is regtig nie veilig nie. Geen wonder jou pa is so bekommerd nie. Daar is geen vashou plek as iets sou verkeerd gaan nie."

"Niks sal gebeur nie, ons sit al die jare hier, ons is mos versigtig." Die twee meisies gaan sit en laat dan hulle bene oor die afgrond hang. Sy maag maak 'n lelike draai, maar om nie vir Allegra te ontstel nie, gaan hy langs haar sit. Hy is amper te bang om sy hand om haar skouers te sit, bang sy sal dalk vorentoe skuif en afval.

"Dit is baie mooi, maar hierdie is baie gevaarlik ook. Dit is baie eienaardig dat jy in die tye wat jy nie veilig gevoel het en ontsteld was juis op hierdie onveilige plek kom skuil het, my meisie." Die krans waarop hulle sit is byna loodreg na onder. Daar is 'n kliplysie, maar dit is begroei met 'n boom wat dik stamme het wat soos arms oor die afgrond reik.

"Nou dat jy dit noem, dit is nogal waar. Ek het nooit onveilig hier gevoel nie. Natuurlik is ek versigtig, maar dit het my laat vry voel. Ek het geweet niemand behalwe my pa weet van my plek nie, en net hy sou my hier kom soek. Dit is steeds so, my moeder en Lara weet nie van die plek nie en sal in hulle lewe nooit dit waag om hierheen te kom nie."

"Hier het ons darem baie ure deurgebring as tieners, vriendin. As ons hier geland het, het tyd gaan stilstaan," onthou Mirabel met deernis.

"Ja, ons kon die wêreld se probleme hier oplos, al het ons dit soms nie reg gekry om ons eie op te los nie," lag Allegra. "Kom ons gaan wys vir hom die grot."

"Grot?"

"Kom..." Sy swaai haar bene terug op die rots en staan dan op en wag vir Ivano om op te staan. Hy volg die twee meisie wat na die teenoorgestelde kant waar hulle gesit het loop, dan 'n bietjie afklim en gaan staan.

Hy klim tot by hulle en dan wys Allegra met haar hand na die opening net skuins voor hulle. Dit is 'n oorhang rots wat 'n perfekte skuiling vorm. Dit is oop genoeg dat dit goed belig is en tog ook skuiling sal bied teen elemente. Die grot se vloer is met sand bedek.

"Dit is 'n perfekte wegkruip plek. Niemand sal jou hier kry as hulle nie van die plek weet nie."

"Min mense weet. In ons gesin, net my pa en ek. Ek twyfel selfs of die werkers weet, omdat hulle nooit nodig het om na die berg se kant te kom vir hulle werk nie."

"Nou dat ek die koppie gesien het en jy my hierdie wys, sou ek gedink het dit is waar jy sou kom wegkruip het."

"Ja, maar eers nadat ek die uitsig van daar bo mooi bekyk en waardeer het."

"Ons moet seker teruggaan, as julle twee nog die familie wil verras vanaand," laat Mirabel hoor.

"Goed, ons kan gaan. Nou weet jy ook waar Mirabel en my se geheime plekkie is." Ivano druk haar en soen haar vlugtig op haar mond.

"Ek voel baie bevoorreg dat julle my kom wys het. Ek onderneem om dit geheim te hou."

'n Halfuur later is hulle terug by die stalle. Nou is die opgewondenheid baie erg en hulle is dankbaar dat daar net genoeg tyd is om te gaan klaar maak voor Lorenzo kom.

Voor Allegra se kamerdeur druk Ivano haar en fluister: "As ek jou weer sien, gaan jy my verloofde word. Ek kan nie wag nie."

"Ek ook nie, glo my, ek ook nie." Sy verdwyn by haar deur in.

Ivano sorg dat hy vinnig klaarmaak. Hy wil self vir Lorenzo ontvang. Wanneer hy klaar is gaan hy af en maak hom tuis in die ontspanningskamer. Die ander is almal nog besig om gereed te maak vir die aand. Hy het 'n donkerblou denim aan met 'n spierwit hemp waarvan die moue net halfpad opgerol is. Die wit hemp laat sy vel nog blasser vertoon. *Ek kan nie wag om my meisie te sien nie, sy gaan weer my asem wegslaan soos altyd. Ek kan nie glo ons raak verloof nie. Vader dankie, sy is so wonderlik.*

Lorenzo is 'n man waarvoor tyd belangrik is en hy respekteer ook ander se tyd. Hy is dus tien minute voor die tyd daar.

"Naand, my vriend. Jy lyk voorwaar spiekeries. Waar is almal?"

"Naand Lorenzo, en welkom. Nog besig om klaar te maak. Allegra en Mirabel sal seker nou hier wees." Wanneer hulle by die voordeur instap kom Allegra met Mirabel net agter haar by die trappe af. Ivano se hart geen

een woeste slag. Sy lyk so eksoties, soos 'n prinses. Na vanaand sy prinses. Die heldergeel lyk pragtig by haar.

"My liefste meisiekind, jy lyk asemrowend. Wat 'n pragtige rok het jy aan?" Sy loop direk in sy arms in. Hy druk haar en soen haar op haar wang.

"Verskoon tog, ek is Lorenzo, ek neem aan jy is Mirabel. Die twee het nou net oë vir mekaar en dit is mos hoe dit hoort," stel Lorenzo homself aan Mirabel voor.

"Aangenaam om te ontmoet, Lorenzo. Ek het al so baie van jou gehoor en op 'n manier het ons net nog nooit ontmoet nie."

"Dieselfde hier. Ek is baie bly dat ek jou nou ontmoet het, maar blykbaar deel ons darem dieselfde geheim van die twee," glimlag hy dat sy mooi tand wys en kuiltjies langs sy mond vorm.

Genade die man is onmoontlik aantreklik. Wat het Allegra bedoel hy is byna so aantreklik soos Ivano. Hy is nog meer aantreklik vir my. Kyk net daardie glimlag en kuiltjies en die blou oë soos die oseaan.

"Wel, nou kan ons iets gaan soek om te drink, siende dat julle klaar julself aan mekaar voorgestel het," lag Allegra gelukkig.

"Ivano as jy my sal toelaat, ek moet net vir Allegra komplimenteer. Jy lyk werklik pragtig buurvrou, my ou maat kan dankbaar wees dat ek so onnosel was om jou nooit raak te sien nie. Tog is ons vriendskap vir my goud werd."

"En ek is baie bly dat jy haar nie raakgesien het nie. Dit is seker maar hoe ons Vader werk. Kom, ons gaan kry iets vir ons droë kele. Ons het mos darem 'n goeie rit agter die rug."

Hulle stap deur na die onthaal area wat langs die swembad geleë is en verder omsoom word deur die goed gemanikuurde tuine.

Alles is reeds gereed vir die braai.

"Wat wil julle dames drink?" vra Ivano net toe die ander uit die huis verskyn.

"Lorenzo, welkom," kom Gustavo se stem van agter Allegra. Sy draai om en haar moeder en Lara steek effens in hulle spore vas. Ivano sien dit en reageer dadelik.

"Lyk sy nie asemrowend nie?" vra hy so in die algemeen.

"Sus, jy lyk pragtig," is Lara die een wat eerste reageer en Mirabel slaan byna neer van verbasing. *Waar kom dit vandaan, en dan is sy sowaar weereens nie nakend nie. Wat het gebeur? Wat gaan hier aan? Iets is nie reg nie.*

"My kind, jy lyk voorwaar asemrowend soos Ivano tereg genoem het. Waar het jy die uitsonderlike skepping gekoop?" vra Luna heel onkant gevang dat haar ernstige dogter so 'n pragtige skepping kan aanhê.

"Ek het besluit ek kan myself 'n slag bederf en het hierdie by Roberto Cavalli aangeskaf. Dit is eenvoudig, maar tog anders."

"Roberto Cavalli? Dan tel jy mos nou onder die voorste *fashionistas* ter wêreld," laat Lara hoor.

"Maar Lara, jy weet mos dat my meisie reeds 'n Internasionale ster is. Of miskien weet jy dit nie omdat jy nie in daardie kringe beweeg waar al die room van perdespring in die wêreld beweeg nie. Glo my Allegra Carvelli is 'n huishoudelike naam in baie lande in perdesport kringe." Ivano kon homself net nie keer om 'n slag 'n woord in te kry teenoor hierdie bederfde sussie van Allegra wat altyd haar verbeel sy is beter nie.

Lorenzo verlustig hom so, dat hy seker is sy tone krul in sy skoene.

"Beslis, as my kliënte hoor dat ek die buurman en jarelange vriend van Allegra is, is hulle geel van jaloesie."

"Ag, toe nou julle twee, julle laat my nou heel ongemaklik voel." Sy kan sien dat Mirabel, hierdie baie geniet en haar pa het ook 'n breë glimlag op sy gesig. Dit is net haar moeder en Lara wat lyk asof hulle iets sleg ruik.

"Kan ek vir julle iets aanbied om te drink," vra Gustavo.

"Sekerlik Pappa, Mirabel sal seker soos ek 'n glasie alkoholvrye vonkelwyn drink."

"Ja wat, die kinders kuier so min hier, ek sal ook sjampanje neem, maar net die gewone," val Luna in en Lara volg haar soos altyd. Ivano en Allegra glimlag en knipoog vir mekaar.

Wanneer almal met 'n drankie sit, verwelkom Gustavo hulle weer op Carvelli Ranch.

"Ag dit is so lekker om julle almal hier te hê, my drie skoonhede en Mirabel my derde dogter asook die twee jongmanne wat so naby my hart is. Welkom en ek hoop ons gaan die aand baie saam geniet."

"Dankie oom," koor Ivano en Lorenzo. Ivano staan op.

"Ek het ook iets baie belangrik op die hart, mag ek maar?" vra hy na Gustavo se kant toe.

"Sekerlik ou seun, laat ons hoor."

Hy trek vir Allegra op, kniel dan voor haar en almal is verstom behalwe Mirabel en Lorenzo. Tog maak hulle of hul net so verbaas is.

"Allegra Carvelli, ek is baie lief vir jou, sal jy met my trou, my liefste meisie?"

Haar oë glinster en die glimlag om haar mond kan nie groter wees nie.

"Ek sal, ek sal baie graag, want ek het jou net so lief, my liefste Ivano." Hy steek die ring aan haar vinger en is dan regop. Hy neem haar in sy arms en soen haar. Lara wil stik van jaloesie. Weereens het Allegra dit reggekry om voor haar nog 'n mylpaal te bereik en almal so te verras.

"Baie geluk, Allegra my kind, en Ivano. Ek het al begin wonder wanneer die groot dag gaan aanbreek en hier verras julle ons toe ons dit die minste verwag," lag Gustavo hartlik en gelukkig.

"Julle het ons beslis verras. Baie geluk, julle twee," voeg Luna ook haar gelukwense by. In haar hart voel sy gekul, want sy sou baie graag 'n groot partytjie vir haar oudste wou gee met hierdie geleentheid. Nou gaan hulle 'n eenvoudig braai hê.

"Dankie Mamma. Ons weet Mamma hou nie van verrassings nie, maar ons wou dit graag so net saam met die belangrikste mense in ons lewens vier. Ek belowe, met die troureëlings kan Mamma saam met Mirabel in beheer wees."

"Dit sal 'n voorreg wees om julle troue te doen, baie geluk my liefste vriendin. Mag julle baie gelukkig wees."

"Dankie Mirabel, ook dat jy al die pad gery het om hier te wees terwyl jy 'n baie belangrike funksie aan het. Jy weet ons waardeer dit opreg."

"Vir jou, enige dag."

"Laat ons jou ring sien, Sus?" vra Lara.

Allegra hou haar hand trots uit. Dit is 'n breë witgoud pant, met 'n groot diamant wat ingesink is en omring word deur 'n sirkel kleiner diamante.

"Dit is werklik besonders, vriendin," laat Mirabel hoor.

"Ja, ek was dadelik verlief op die ontwerp en ek sal dit nie hoef af te haal as ek my ryhandskoene aantrek nie."

"Dit is net so Allegra, dink altyd aan wat dienlik sal wees," laat Lorenzo hoor. "Dit is steeds 'n baie mooi ring en pas perfek by jou, buurvrou."

"Nou kan ons uiteindelik op hulle gesondheid drink, gelukkig het byna almal reeds sjampanje," laat Gustavo hoor. "Baie geluk julle twee, mag julle lank en gelukkig saam leef."

"Dankie, ons waardeer dit opreg, oom Gustavo en tannie Luna. Dankie dat julle jul kosbare dogter aan my toevertrou."

Na hulle geklink het word daar oor en weer gesels. Allegra en Mirabel kom egter albei agter dat Lara baie stiller is as gewoonlik en glad nie probeer om so uitlokkend te wees soos altyd nie.

"Lara, verbeel ek my of is jy baie stil vanaand, kleinsus."

"Nee, jy verbeel jouself net, ek is heeltemal okei. Dit is mos julle aand, en julle moet die aandag geniet. Ek sal my beurt nog kry."

Ivano wat dit so met die een oor hoor, kan nie glo wat hy hoor nie. Net soos Mirabel, vermoed hy dadelik dat iets nie reg is nie. *Ek wonder wat gebeur het vandat sy so lelik met Allegra was tot middagete? Dit is van toe af wat sy skielik ontdek het sy het klere wat haar hele lyf kan toemaak en ook baie stroperig en aangenaam kan wees.*

Almal gesels lekker en Allegra merk dat Lorenzo en Mirabel ook 'n lang gesprek het. Sy probeer om vir Lara te bly intrek by die geselskap, want vir seker weet sy daar is iets verkeerd as Lara so stil is. Lorenzo weet sy sal nie die moeite doen om met Lara te gesels nie, hulle twee kom van die begin af glad nie oor die weg nie.

Steeds is dit 'n baie aangename aand, en wanneer Lorenzo groet, stap Ivano, Allegra en Mirabel saam met hom na sy voertuig om hom af te sien.

"Dankie julle vir 'n baie aangename aand. Mirabel, dit was voorwaar aangenaam om jou te ontmoet, ek sal jou beslis kom opsoek in Rome."

"Doen dit gerus. Lekker slaap."

Ivano en Allegra kyk vir mekaar en weet hierdie twee vriende van hulle het beslis gekliek vanaand en is baie dankbaar daaroor.

Hoofstuk 3

Sondagoggend sit almal net na agt aan vir ontbyt. Weereens is Allegra verstom dat haar moeder en Lara ook teenwoordig is, nog net so stroperig soos die vorige aand.

"Sus, wanneer is jou volgende kompetisie, en waar?" vra Lara en selfs Gustavo is so verbaas dat hy byna van sy stoel afval.

"Dit is in Duitsland, die grootte, CAIO AACHEN, die laaste been van die Rolex Grand Slam. As ek so gelukkig is om hierdie een te kan inpalm, is ek die wêreldkampioen in Ruitersport."

"Wow, dit is merkwaardig. Duitsland, ek was nog nooit daar nie."

"Lara, ons gaan definitief vir hierdie byeenkoms. Ek was net nie seker of jy en moeder sou belangstel om die byeenkoms self by te woon nie."

"Natuurlik gaan ons die byeenkoms bywoon. Ek sal dit vir niks mis en wil daar wees as my dogter met die kroon wegstap," reageer Luna. Gustavo besef dat sy praatjie beslis 'n verskil gemaak het, maar vir hoe lank hulle twee dit sal kan ophou weet hy nie. Hy is egter dankbaar vir Allegra se onthalwe.

"Ivano, gaan jy jou verloofde ondersteun?" vra Lara.

"Ek gaan beslis. Ek is dankbaar dat ek nog tot nou toe in staat was om haar elke byeenkoms te kon ondersteun. Sy werk hard en verdien om hierdie een te wen."

"Ah, my liefste, ek waardeer jou ontsaglik. Mirabel, dit lyk of dit nog net jy is wat kort, dan is almal daar wat ek graag daar sal wil hê."

"Wie weet, net miskien verras ek jou. Wat van Lorenzo, weet hy van die groot mylpaal?"

"Ek weet nie, moontlik. Sy skedule is baie vol en die ruiters waarmee hy werk nog nie op daardie vlak nie. So, hy mag dalk weet maar nie besef dat ek gaan deelneem nie," antwoord Allegra.

"Toemaar, my mooie meisiekind, ek sal sorg dat hy weet. Ek glo hy sal dit ook wil bywoon. Hy is baie trots op sy buurvrou."

Net na ontbyt groet Allegra, Mirabel en Ivano en vertrek terug Rome toe. 'n Tydjie nadat hulle verby Lorenzo se plaas gery het, merk Ivano dat Mirabel nie meer hulle volg nie, en lag.

"En nou my liefste, as jy so lag? Waaraan dink jy?"

"Mirabel is nie meer agter ons nie, ek vermoed sy is iewers gestop deur iemand."

"Lorenzo? Sowaar, dit kan net hy wees."

"Ag, hulle sal 'n baie oulike paartjie maak. Albei baie hardwerkend, gelowig en pragtige mense. Ek is bly hulle het uiteindelik ontmoet."

"Mens kan nie glo dat hulle na al die jare nie ontmoet het en nou eers ontmoet het nie. Dit wys maar net weer hoe ons Vader se tydsberekening werk."

Mirabel, se selfoon lui en gaan dadelik op luidspreker oor.

"Mirabel, môre."

"Mirabel, Lorenzo. Jy moet begin stadiger ry, ek wag vir jou by die plaashek."

"Dit is nou 'n verrassing. Ek sien jou." Sy verminder spoed en parkeer langs Lorenzo se voertuig.

"Ek kan darem nie dat die stadsmeisie teruggaan so met leë hande nie." Hy hou 'n mandjie na haar uit waarin daar perske, appelkose, nektariens, appels en ook druiwe is.

"Wow, dit lyk heerlik. Kom dit uit jou eie tuin?"

"Ja, nie my hande werk nie, maar my tuinier, ou Jones s'n. Ek hoop jy sal dit baie geniet."

"Ek sal baie beslis, ek lewe op vrugte. Baie dankie dit was nou baie bedagsaam van jou, Lorenzo. Kan ek dit uithaal en op my sitplek sit?"

"Nee, neem die mandjie, dan het ek 'n verskoning om jou te kom opsoek in Rome," glimlag hy ondeund.

"Wel, dan neem ek dit graag." Sy gee hom 'n drukkie, voor hy vir haar die motordeur oopmaak en groet.

"Sien jou in Rome, Mirabel." *Miskien glad nie te lank van nou af nie, meisie. Ek kan nie glo dat Ivano my nog nooit aan jou voorgestel het nie.*

Wanneer sy 'n entjie weg is, uiter sy 'n klein gilletjie van pure opgewondenheid. *Ek beter seker vir Allegra laat weet ek is op pad, net nou bekommer hulle hul oor my.*

"Mirabel, waar is jy? Is jy okei?" antwoord Allegra haar foon.

"Ek is heeltemal okei. Ek is net voorgestaan deur 'n weldoener met 'n mandjie vars vrugte."

"Ja, ja, ja – dit is my buurman daardie. Hy het so 'n groot hart en is altyd so bedagsaam. Ons sal jou dan sekerlik nou agter ons gewaar."

"Ek moet sê ek hou baie van daardie buurman van jou, hy is werklik 'n oulike man. Sien julle binnekort."

Allegra glimlag en knik net haar kop goedkeurend. Ivano weet sommer dit gaan oor Lorenzo.

"Hy het haar voorgestaan met 'n mandjie vars vrugte. Die buurman van my lyk dit my het 'n plan."

"Ja, so lyk dit vir my ook."

Dit is net na drie as hulle in Rome inry. Mirabel drink saam met hulle koffie by Allegra se villa.

"Vertel nou eers vir my, wat de hoenders het in Lara ingevaar?" vra Mirabel.

"Toemaar, vriendin, ons weet ook nie. Ek het jou mos vertel wat gebeur het net voor jy aangekom het. Die volgende keer wat ons haar toe weer sien het sy sowaar klere aan en die heuningkwas drup eenmaal."

"Ek vertrou nie die vrede nie, of jou pa het haar beetgehad. Uit haar eie uit sal sy nie so vinnig so verander het nie. Ek is in elk geval bly, want nou het my meisiekind ten minste haar naweek geniet sonder verdere onaangenaamheid."

"Ja, ek stem met jou saam, my liefste. Enige vrede is goed. Sy is maar net nog jonk en sal nog leer dat die lewe nie net om haar draai nie. Sy is wel baie uitgesproke, maar nie 'n slegte kind nie. Ek wens regtig dat sy net wil rigting kry, dan sal sy meer tevrede wees met haarself."

"My vriendin, dit is net jy wat vir haar sal opkom omdat jy so 'n mooi mens van binne en buite is. Sy is 'n regte geitjie en so plastiek dat dit my naar maak. Ek was werklik woordeloos toe ek haar kleredrag gesien het Saterdagmiddag met ete. Selfs jou moeder was glad nie soos sy altyd is nie."

"Wat ook al die oorsaak, ek is dankbaar dat ons veral Saterdagaand in vrede ons verlowing kon vier," laat Allegra hoor.

"Wanneer beplan julle om te trou?" vra Mirabel.

"Omdat die groot kompetisie voor lê, het ons gedink eers daarna, maar voor die somer verby is. Ek wil tog nie staan en bibber as ek trou belowe aan my liefling nie."

"En ek wil ook nie hê jy moet nie, ek wil al jou aandag hê, my mooie meisiekind."

"Hoe klink September dan vir julle? Dan is die temperature nog baie lekker. Dit wissel tussen vier- en agt en twintig grade. Jy sal 'n pragtige kaalskouer rok kan dra en gemaklik kan wees."

"Dit klink vir ons heeltemal reg, as dit met jou reg is, Mirabel," stem hulle albei saam.

"Dan werk ons met September. Is ek reg as ek aanneem dat julle op Carvelli's Ranch sal wil trou?"

"Heeltemal, reg. Sodra jy na jou dagboek gekyk het kan ons die datum vasmaak, of hoe my liefste?" vra Allegra.

"Vir seker."

"Onthou tog net om my moeder te probeer intrek, jy weet hoe hartseer sy sal wees as sy nie deel kan wees nie. Een ding moet net duidelik wees, jy neem geen opdragte van iemand anders as Ivano en my nie. As sy nie daarmee saamstem nie, kan sy dit met ons uitklaar."

"Ek het so gedink. Dit pas my natuurlik."

Vir Allegra is die volgende tyd 'n baie besige tyd. Sy spandeer die grootste deel van haar dae op die hindernisbaan om haar tegniek perfek te kry en haar tyd te verbeter. Sy stel vir Fire bloot aan enige moontlike snaakse gebeure. Op die dag moet daar niks wees wat hom kan ontsenu of van stryk kan af bring nie. Hy moet so gefokus wees dat 'n bom langs hom kan afgaan en dit moet hom nie laat skrik nie.

Wanneer Ivano klaar maak by die kantoor, gaan hy na die baan om haar daar te ontmoet en te help. Hy bewonder haar deursettingsvermoë en die lang ure wat sy insit om haar kanse op sukses te verbeter.

Na so 'n oefensessie, gaan eet hulle saam of by haar of by sy huis. Daar word nie laat gekuier nie, want hulle albei het harde skedules in die dag.

Op Carvelli's Ranch het Lara steeds nie met 'n plan vir haar lewe op gekom nie, en gelukkig vir haar is Gustavo so besig dat hy nie daaraan dink nie. Ledigheid was nog altyd die duiwel se oorkussing en in Lara se geval is dit ook nie anders nie.

"Pappa, vertel nou eers vir ons wanneer presies hoe die Duitsland besoek gaan werk?"

"Allegra gaan al 'n week voor die byeenkoms dat sy en Fire kan gewoond raak aan die omgewing. Ek sal kort daarna gaan en julle kan of saam met my gaan, of eers die dag net voor die byeenkoms kom."

"Weet Pappa wanneer Ivano gaan?"

"Ek dink hy het genoem dat hy daardie week nog 'n saak het wat hy moet afhandel en eers so drie dae voor die byeenkoms sal kan gaan."

"Okei, ek sal by moeder hoor wanneer sy wil gaan, miskien sal ons ook soos Ivano drie dae voor die tyd gaan. Ons kan dan met dieselfde vlug gaan."

"Hoor maar wat jou moeder se plan is."

Dit is twee weke voor die byeenkoms in Duitsland, Allegra is tevrede met Fire en met die tye wat hulle in die laaste week opgestel het. Vir die laaste week voor hulle vlieg, laat sy vir Fire rus en oefen net twee dae. Verder kry sy haar rydrag gereed en sorg dat sy nie hoef te jaag nie en alles gereed is.

Die Saterdagaand voor sy die Sondag Duitsland toe vlieg, kuier sy en Ivano rustig saam by haar villa.

"Is jy gereed my meisiekind?"

"Ja, so gereed as wat ek kan wees. Nou is dit in ons Vader se hande of dit Sy wil is dat ek moet wen."

"Hy vra mos dat ons ons deel moet doen en belowe dan om Sy deel vir ons te doen. Ek vertrou dat alles sal goed gaan. Ek wens ek kon al môre saam met jou vlieg, maar daardie saak se uitspraak sal ons eers Dinsdag kry."

"Ek verstaan dit mos. Pappa kom oormôre aan, so ek sal nie alleen wees nie."

"Daaroor is ek baie bly. Weet jy hoe lief ek vir jou is?"

"Nie meer as wat ek vir jou is nie, my liefste."

"Na hierdie byeenkoms kan jy jou aandag op ons troue vestig, ek kan nie wag om jou my vrou te maak nie."

"Ek sal beslis. Tot nou het ek op die kompetisie gefokus, maar daarna sal dit my fokus wees."

Die volgende dag sien Ivano haar by die lughawe af en wanneer hy die lughawe gebou verlaat voel dit reeds vir hom asof daar 'n deel van hom weg is. *Nie meer lank nie, nie meer lank nie dan is sy my vrou. My dierbare, pragtige meisiekind.*

Lara het haar ouers oortuig dat sy inkopies het om te doen in Rome voor hulle Duitsland toe vlieg. Sy vlieg dus die Sondag Rome toe. Haar vriendin, Isabella kom haar op die lughawe haal.

"Ah, Lara goed om jou te sien. Wat gaan aan hoekom lyk jy so preuts geklee?"

"Dit is my vader se skuld ... hy het skielik besluit my kleredrag is nie gepas vir 'n jongmeisie van my stand nie. Kan jy dit nou glo? Toemaar, nou is ek in Rome en kan ek weer maak soos ek wil, en ek het 'n paar planne glo my. Natuurlik is jy deel van daardie planne."

"As jy so klink en jou oë skitter so, weet ek jy het weer groot planne."

"Ja, 'n bietjie opwinding het nog nooit iemand skade gedoen nie." Die twee vriendinne gesels tot in die nag.

Maandag gaan Ivano tienuur hof toe vir sy hofsaak, hy het skaars gaan sit na middagete as sy telefoon op sy lessenaar lui.

"Meneer Liberti daar is 'n dame op die lyn en sy wil dringend met u praat."

"Aria, skakel maar deur, laat ek hoor."

"Meneer Liberti, jy moet my help. Iemand het my jou besigheidskaartjie gegee. Ek het dringend 'n prokureur nodig. My gewese kêrel dreig my en wil my nie met rus laat nie."

"Met wie praat ek?"

"Jammer, met Chiara Ambrosi. Sê u sal my help. Ek moet dringend hulp kry om hom te verhoed om naby my te kom. Hy mishandel my ook, en is obsessief. Hy dreig om my dood te maak as ek ander mansvriende sien."

"Ek is bietjie besig met 'n groot saak nou. Miskien kan u my volgende week kom sien."

"Nee, nee, u verstaan nie, my lewe is in gevaar. Ek het dringend hulp nodig."

"Kan u my dan nou kom sien? Ek het 'n paar minute."

"Nee, ek kan nie na julle kantore kom nie, hy laat my dophou. Hy is kranksinnig. Kan ons nie asseblief by Manuella's Restaurant ontmoet nie, ek smeek u."

"Juffrou Ambrosi, ek sien gewoonlik nie kliënte buite ons kantore nie. Dit klink my egter of jy werklik 'n probleem het, en ek sal jou oor 'n halfuur daar ontmoet."

"Baie, baie dankie, ek waardeer dit opreg. Ek is so bevrees, ek kan net nie meer so lewe nie."

"Ek sal doen wat ek kan om u te help. Sien u binnekort."

Ivano gryp sy aktetas, en beweeg na ontvangs.

"Gaan Meneer uit?"

"Ja, die vrou wat nou net geskakel het, het so gesoebat, dit klink of sy in lewensgevaar verkeer. Ek gaan haar by Manuella's sien. Klink of ons dalk nog vandag vir 'n interdik teen haar gewese kêrel sal moet aansoek doen wat haar dreig met die dood."

"Ai, Meneer. Sterkte."

"Dankie, Aria. Die wêreld is vol booswigte."

Wanneer Ivano by Manuella's aankom sien sit hy daar 'n jongvrou wat aan die beskrywing wat die vrou gegee het voldoen. Doelgerig stap hy op haar af, maar wanneer hy sy hand na haar uitsteek om homself bekend te stel, gebeur alles so vinnig.

"My liefling, jy het gekom! Jy het gekom. Hy wil my nie uitlos nie," huil die vrou en val hom om die nek. Terselfdertyd storm 'n man op hulle af en klap die vrou en probeer haar van hom af wegruk.

"Los my uit, Enrico! Hierdie is my nuwe kêrel en hy is 'n prokureur," gil sy dat almal haar kan hoor. Ivano is geskok en verstom oor die gebeure. Hy probeer die vrou van hom af kry, maar sy klou vir haar lewe.

"Dit is ... juffrou Ambrosi..." probeer hy sin maak van die gebeure, maar kry nie kans om dit te doen nie. Die man klap weer die vrou. Hy weet glad nie wat nou hier aangaan nie, maar voel hy sal sekerlik iets moet doen, die mense gaap hulle aan.

"Meneer, los haar uit! Ons sal jou aankla vir aanranding."

"Jy sal haar nie kry nie, ek sê vir jou ek sal haar liewer vrek maak en sommer vir jou ook. Dink jy ek skrik vir jou omdat jy 'n prokureur is?"

"Hier is 'n misverstand ... sy is..."

"My liefling, beskerm my. Moenie dat hy my doodmaak nie. Sê vir hom dat ons gaan trou. Toe sê vir hom!"

Ivano se brein kan die situasie glad nie verstaan nie. Die vrou bly maak asof hy haar kêrel is en dit maak die man natuurlik net nog meer boos. *Wat op aarde gaan ek doen?*

Asof 'n antwoord op Ivano se gebed, verskyn twee sekuriteitsmanne van die restaurant. Hulle gryp die man vas en neem hom uit.

"Ek moet hier wegkom, ek moet hier wegkom! Hy gaan my doodmaak." Sonder enige verdere verduideliking los sy hom dadelik en storm ook weg. Hy staan heeltemal verslae daar, met gee idee wat nou hier gebeur het nie.

Wat de hel het nou hier gebeur? Sy smeek my oor die telefoon om haar te help, dan maak sy asof ek haar kêrel is en dan storm sy net weg sonder om te verduidelik! Daar is meer mal mense in die wêreld as wat ek wil erken. Nou het ek 'n sterk koffie nodig.

Hy bestel vir hom 'n sterk koffie en sy hande bewe behoorlik van ontsteltenis. Hy stap terug kantoor toe en is nog verslae en ingedagte toe hy by Aria kom.

"Meneer, jy is so wit soos 'n spook, is jy okei? Wat het gebeur?"

"Aria, ek weet self nie. Ek weet nie of enigiemand my sal glo as ek hulle moet vertel wat die laaste vyftien minute gebeur het nie. Bring vir ons koffie, ek gaan na meneer Grande se kantoor."

"Reg so, Meneer."

Ivano klop aan sy vennoot se deur, en gaan soos een wat steeds in 'n dwaal is na binne op die uitnodiging.

"Ivano, wat is fout, ou maat?"

"Luca, jy sal dink ek is mal as ek jou vertel."

"Vertel my dat ek hoor." Hy vertel aan hom die laaste halfuur se gebeure.

"Is jy seker jy ken nie die vrou van iewers af nie?"

"Dood, dood seker. Sy het vanmiddag al huilende geskakel en vertel iemand het haar my kaartjie gegee. Ek het haar in my hele lewe nog nooit gesien nie."

"Moenie dat dit jou so ontstel nie, jy weet mos ons werk elke dag met sielkundige gevalle."

"Wat my pla is dat die mal man nou dink ek is haar kêrel, en ek is niks van haar nie. Nie eers haar prokureur nie. Wat de hel is fout met die vrou?"

"Hopelik hoor of sien ons nooit weer van hulle nie. Vergeet daarvan. Môre maak jou saak klaar en dan gaan jy Duitsland toe na Allegra toe. Dink liewer daaraan."

Aria bring die koffie in en vir 'n wyle drink die twee vennote hulle koffie in stilte.

"Die mense het ons aangegaap en sy het aan my geklou soos 'n drenkeling en net aanhou sê ek is haar kêrel en ek moet vir die man vertel dat ons gaan trou. Magtig man, wat dink jy sal gebeur as Allegra hiervan hoor."

"Nee, jy hoef jou nie daaroor te bekommer nie. Sy ken jou mos en jy sal alles tog aan haar verduidelik. Jy sê Aria het ook met haar gepraat, so die sal jou storie kan staaf."

"Ek hoop jy is reg. Hierdie mal mense kan vir mens groot moeilikheid maak. Ek moes nooit ingestem het om haar te gaan ontmoet nie, maar sy het so desperaat en vreesbevange geklink."

"Gaan huis toe en gaan doen jou voorbereiding vir môre. Gesels met Allegra."

"Ek kan nie nou met haar hieroor gesels nie, Luca. Dit is dae voor haar groot kompetisie. Hierdie een is baie belangrik vir haar en niks mag haar ontstel of haar fokus aftrek nie. Sy het baie, baie ure, dae, maande en jare ingesit om hierdie een te kan wen. Ek mag haar nie nou ontstel nie."

"Wag dan tot na die kompetisie, dan vertel jy haar van die insident."

"Ek sal beslis, want daar is nie geheime tussen ons nie. Jy weet daardie meisiekind is my hele lewe."

"Isabella, jy was uitstekend, jy moet 'n Oscar kry vir jou optrede."

"Kyk, ek is dankbaar dat dit verby is. Wie is die man eintlik en hoekom is dit vir jou so belangrik om die video te hê?"

"Moet jy nie jou mooi koppie daaroor breek nie. Jy weet mos die doel heilig die middele."

"As jy so sê, en baie dankie vir die geskenk, dit sal 'n paar gate toestop."

"Net my plesier, jy weet mos geld is nie my probleem nie."

Dinsdag na die hofsaak afgehandel is, besluit Ivano om sy kaartjie na Duitsland te vervroeg. *Ek kan nie langer wag om my meisiekind te sien nie, sy het my ondersteuning nodig.*

Hy haal die vlug wat net na sesuur die aand vertrek. Net na nege boek hy by die Hampton Hotel in Aachen in waar hulle almal tuis gaan. Hy gaan op na die tiende vloer waar Allegra, Gustavo en sy kamer is en klop aan haar kamerdeur in die hoop dat sy daar is.

"Ek kom," antwoord sy van binne en wonder wie dit kan wees. *Ek het mos niks bestel nie, is dit dalk Pappa wat oor iets wil gesels?*

Sy maak die deur op 'n skrefie oop en sien dan dat dit Ivano is. Sy gooi die deur oop en is in sy arms.

"My liefste, jy is hier! Wat 'n wonderlike verrassing." Hy beweeg met haar in die kamer in en soen haar dan. Wanneer hy sy kop lig hou hy haar 'n entjie weg en kyk na haar.

"Ek kon net nie langer weg van jou wees nie, ek het so na jou verlang. Ek is oneindig lief vir jou my meisiekind." Hy druk haar weer teen sy hart vas.

"Ek het jou net so verlang, al was ons so besig. Ek het jou eers môre verwag."

"Vanmiddag toe ek by daardie hofsaal uitstap, het ek besluit, nie nog 'n oomblik langer nie, ek gaan my kaartjie verander. Hoe gaan dit hier? Hoe hanteer Fire die nuwe omgewing?"

"Dit gaan goed, hy is heeltemal tevrede. Die aanvullende voorsorg om hom van sy vrees te laat afsien het gewerk. Hy is kalm en gefokus. Nou dat jy hier is, sal ek ook kalm en gefokus wees my liefste."

"Nou is ek eers bly oor my besluit om vroeër te kom. Waar is jou pa?"

"Hy het saam met voornemende kliënte gaan eet."

"Wonderlik. Het jy al geëet my liefste?"

"Nee, ek was nie honger nie, maar nou dat ek sulke wonderlike geselskap het, dink ek tog ek is honger," lag sy.

"Dit is wat ek wil hoor. Ek gaan sit net gou my tas neer, spoel my gesig en hande af en dan kry ek jou." Hy soen haar weer en gaan dan na sy kamer.

'n Halfuur later sit hulle rustig en gelukkig en die Periwinkle, 'n seekos restaurant wat binne die hotel geleë is.

"My liefste besef jy dat wanneer jy van my weg is, voel dit asof ek 'n ledemaat kort?" vra Ivano.

"Dit is die wonderlikste kompliment, liefling. Ek het gedink dit is net ek wat so voel, ons vroue is mos meer emosioneel."

"Ek dink nie dit het iets met emosioneel te doen nie, eerder die omvang van ons liefde vir mekaar."

"Ek dink jy is reg." Sy soen hom oor die tafel.

Hoofstuk 4

Twee dae voor die byeenkoms kom Luna en Lara in Aachen aan. Die ander sien nie baie van hulle nie, behalwe as hulle in die aande saam eet. Hulle gebruik die tyd om inkopies te doen in Duitsland. Die aand voor die byeenkoms eet hulle almal saam. Mirabel en Lorenzo het ook aangekom.

"Sus, is jy reg vir môre?" vra Lara belangstellend.

"So reg soos Fire en ek kan wees. Die res laat ek in my Vader se hande."

"My liefste Allegra het voorwaar alles gedoen wat sy kon om haarself hiervoor voor te berei. Ek kan nie dink dat daar 'n ander ruiter is wat meer tyd as sy ingesit het nie."

"Ivano, dit is hoe ek haar ken vandat ons jonk was, as sy iets begin sit sy alles in," beaam Lorenzo.

"Ek weet nie hoe jy vannag geslaap gaan kry nie, ek sou te opgewonde of selfs op my senuwees wees. Dit is darem 'n groot een die."

"Vriendin, dit is net ons Vader wat my kalm maak. Ek is so bevoorreg om julle almal hier te hê om my te ondersteun. Dankie dat julle almal die moeite doen en tyd neem om hier te wees, ek waardeer dit opreg."

"My kind ons sal mos nooit dat jy alleen so 'n groot mylpaal in jou lewe deurleef nie, ons is trots op jou ongeag wat môre gebeur," voeg Gustavo by.

"Ja, en wanneer hierdie agter die rug is, gaan ons troue beplan. Ek sien vreeslik uit daarna om saam met jou te werk Mirabel," verklaar Luna.

"Sjoe, ek is bevoorreg om julle twee te hê om dit vir my te doen. Ek sal beslis 'n slag meer tyd by die praktyk moet spandeer. My vennoot moet verlof neem."

Hulle het ooreengekom dat almal 'n vroeë aand sal hê dat Allegra genoeg rus kan kry voor die groot dag.

Ivano en Lorenzo deel 'n kamer, omdat hulle voel hulle so min tyd kry om te kuier. So ook Mirabel en Allegra.

Ivano soen vir Allegra en druk haar vas as hy haar groet by hul kamer deur.

"Lekker slaap my liefste meisiekind. Sien jou met ontbyt. Onthou ek is lief vir jou."

"Dankie, my liefling, ek is net so lief vir jou. Lekker slaap en dankie vir alles."

Lorenzo gee vir Mirabel 'n drukkie en dan verdwyn die twee vriendinne in hul kamer in.

Die twee manne maak gereed vir bed, maar gesels nog.

"Hoe lyk dit dan vir my jy het jou oog op Mirabel, my vriend?"

"Ek het beslis. Sy is 'n baie oulike jongvrou. Ek kan nie glo dat ek net so gelukkig soos jy is om 'n wonderlike meisie te kon vind nie."

"Ja, hulle is maar skaars, die hardwerkende, nederige, lojale en daarby nog pragtige jongvroue soos die twee. Daar is 'n ding wat ek met jou moet deel."

"Jy klink skielik vir my bekommerd, wat is dit?"

"Daar het hierdie week 'n waansinnige dinge met my gebeur..." Ivano vertel hom van die voorval by Manuella's met die versteurde vroumens.

"Genade, my vriend! Sy moet sekerlik mal wees. Ek kan verstaan dat jy dit nie voor die byeenkoms met Allegra wil deel nie. Tog glo ek sy sal verstaan as jy verduidelik. Gelukkig is Luca en Aria ook daarvan bewus, so dit wys dit is alles in die ope en 'n voorval waarvoor jy nie verantwoordelik gehou kan word nie."

"Ek kan net bid dat dit so sal uitdraai. Allegra is my lewe."

"Moet jou nie bekommer nie, rus - die dag van môre sorg vir dit self. Ons is mos kinders van 'n getroue Vader."

"Ja, ons is, maar jy weet self dat die vyand altyd planne het om ons geluk te steel."

Lorenzo begin vertel van sy planne om sy skool uit te berei om Ivano se aandag af te lei. Tog kan hy sien sy ou maat is nie heeltemal met hom nie. Gelukkig oorval die moegheid hom en kom hulle tot rus.

Die volgende oggend is almal behalwe Luna en Lara vroeg by die ontbyttafel.

"Gaan julle, ek sal vir moeder en Lara opkry en daar kry in tyd. Ek is seker met Ivano en Lorenzo daar, het jy al die hulp wat jy nodig het my kind."

"Dankie, Pappa. Beslis. Daar is niks om te doen nie, net my beurt afwag."

"Ons sal haar besighou en sorg dat sy gefokus is. Nie dat ek dink dit sal nodig wees nie. Sy het mos haar eie ritueel wat sy volg voor sy moet opgaan," glimlag Ivano liefdevol.

In haar wit rybroek, met haar *double-breasted* swaelstert baadjie en swart rystewels, lyk Allegra selfversekerd en professioneel.

By die baan, gaan sy eerste na Fire om seker te maak hy is op sy gemak. Hulle eerste rondte is net na agt en hulle begin met spring. Sy het gesorg dat sy goedbekend is met die 14-hindernes baan. Daar is verskeie hindernisse wat perd en ruiter se bekwaamheid en dissipline sal toets. Die Rolex-hindernis is een van hulle wat bestaan uit drie soliede breë silindervormige dele op mekaar. Die hoogte daarvan is byna twee meter. Daarna is daar die muur wat 'n soliede muur is. Die ander hindernis wat ook 'n groot uitdaging kan wees vir veral die perd, is die fonteine, waar die perd oor die paal hindernis moet spring en in die water land.

Vyftien minute voor Allegra se eerste rondte, groet sy almal en gaan sonder haar af met Fire. Dit is die tyd waarin sy haar afsny van alles en almal en net in haar kop deur die baan gaan, hindernis na hindernis. Hoe sy dit gaan aanpak, waar sy Fire moet laat gaan en waar sy hom moet terughou. Die kort draaie en lang draaie. Sy sien dit in haar geestesoog en gaan deur asof sy dit werklik beleef.

Sy hoor haar naam oor die interkomstelsel. Swaai haar liggaam met een beweging tot op Fire.

"Fire, dit is ons beurt. Net jou beste. Dankie my ou grote. Ons is saam hierin." Dan begin sy na die baan se begin beweeg terwyl die kommentator die skare inlig oor haar en Fire.

"Allegra Carvelli met Fire. Fire is 'n volbloed *Dutch Warmblood* hings en die perd waarmee Allegra die vorige vier bene van die Rolex Grand Slam hierdie jaar ingepalm het. Kom ons kyk wat doen Allegra en Fire met hierdie unieke hindernisbaan."

Wanneer Allegra die teken kry, laat sy Fire se teuels gaan as teken dat die tyd van waarheid aangebreek het. Die heel eerste hindernis is 'n een punt ses meter hoë hindernis, maar Fire vlieg daaroor asof dit niks is nie. Allegra hou haar draaie kort en Fire reageer op haar elke beweging. Daar is geen huiwering in die dier nie en hulle voltooi die eerste rond in 'n rekord tyd.

"Wow, 'n foutlose rondte, met geen strafpunte vir Allegra en Fire nie. Daar is die tyd nou. Dit is 'n fenomenale sewe punt twee. Baie geluk met hierdie rekord tyd Allegra."

Ivano, Lorenzo en Mirabel spring op en af soos uitgelate kinders. In die paviljoen is Gustavo ook op sy voete. Hy het byna die hele tyd sy asem op gehou.

Wanneer Allegra by haar vriende kom, spring sy af binne in Ivano se arms in.

"Baie geluk, my meisiekind. Dit was fantasties!" Hy druk haar vas en soen haar. Mirabel en Lorenzo is by en druk haar ook vas. Wanneer sy weer langs Fire staan, gryp sy hom om die nek en soen hom.

"My uitblinker, Fire. Jy is 'n doring. Nog twee rondtes, ons kan dit doen."

Voor sy met Fire na die stalle kan beweeg, kom Gustavo en Lara daar aan.

"Sus, dit was fantasties. Sjoe, ek sal nie eers kan bo bly nie, want nog die perd so kan laat swenk en spring. Baie geluk."

"Dankie Lara. Ek is dankbaar vir ons goeie tyd wat ons opgesit het."

"Geluk my kind. Ja, nou het jy die mikpunt baie hoog gestel en as daar een ding is wat baie sleg is vir 'n ruiter is dit om onder druk te wees."

"Dit is voorwaar so, oom Gustavo. Ek dink dit sal maar knetter om hierdie tyd van Allegra te verbeter," beaam Lorenzo.

"Nou kan jy bietjie rus, my liefste. Kom ons gaan bêre vir Fire. Mario sal hom mooi versorg," reageer Ivano.

Die ander wag vir hulle, voor hulle almal na die paviljoen gaan om te wag vir Allegra se volgende rondte.

Dit raak 'n dag waarin Allegra se vriende en familie behoorlik hulle naels afkou. Die enigste een wat kalm is, is sy.

"Hoe kan jy so kalm wees?" vra Lara.

"Lara, ek het gedoen wat ek kan met ons voorbereiding, nou moet ons net doen wat ons weet hoe. Die res is in ons Vader se hande."

"Net so my kind. Dit is wat die verskil is tussen jou en van die ander ruiters. Jy het innerlike vrede. Nog net een rondte, dan sal ons weet."

'n Halfuur voor die laaste rondte wat, volspring is, gaan net Ivano en Allegra af. Almal besef dat sy nou al haar konsentrasie nodig het.

"Ek wag net hier vir jou totdat jy geroep word. Gaan gesels met ons Vader. Onthou ek is lief vir jou."

"Dankie, my liefling ... ek is ook ontsettend lief vir jou." Sy stap na Fire se stal. Hy runnik saggies as hy haar sien.

"Dit is die laaste een, my ou grote. Jy kan dit doen – ons kan dit doen met die guns van ons Vader." Sy raak stil terwyl sy liefdevol oor Fire streel en gaan deur haar ritueel. Dan lei sy hom na buite en wag vir haar naam oor die luidsprekers. Minute later kom dit.

"Hierdie is die laaste rondte vir Allegra en Fire, die volspring uitdaging."

Sy bestyg haar dier en Ivano glimlag vir haar en streel oor Fire se boud. Dan beweeg sy op 'n draffie na die begin punt. Wanneer sy die bevel kry om te begin, skiet Fire vorentoe en hulle begin hulle laaste rondte in hierdie groot uitdaging. Die een wat sal bepaal of hulle as die Wêreldkampioene hier sal weggaan.

Dit is asof Fire die groot uitdaging met nog groter durf aanpak as die vorige vier van die dag. Hy beweeg soos 'n masjien met Allegra en spring nog meer met selfvertroue. Die skare hou die horlosie dop en hul asems op, want Allegra en Fire het van vroeg vanoggend af hulle harte gesteel.

Wanneer Fire oor die eindpunt hardloop, stop die horlosie op sewe minute. Die skare is op hulle voete, Allegra buig af en druk vir Fire.

"Jy was voortreflik, sjoe, jy het selfs vir my verbaas ou grote. Nou moet ons net wag vir die ander om klaar te maak en die amptelike uitslag. Ons het ons beste gegee, baie dankie."

By die stalle wag almal behalwe haar moeder. Ivano wag byna nie dat sy tot stilstand kom voor hy haar aftel en omhels nie.

"My liefste, liefste meisiekind. Sjoe, ek kan dit nie glo nie. Niemand het nog ooit so 'n goeie tyd hier opgestel nie. Baie geluk."

"Toemaar ek het nou net vir Fire gesê hy het selfs vir my verbaas. Ongeag wat hier gebeur vandag, hy is 'n kampioen."

Almal wens haar geluk en druk haar vas. Gustavo is super trots op haar en Lorenzo is nog verstom oor haar tyd.

"Ek gaan self vir Fire koudlei en roskam. Daarna wag ons hier vir die finale uitslag," kondig Allegra aan.

"Ek dink Lorenzo, Mirabel en ek sal hier saam met jou wil wag, as dit in orde is met jou, my liefste."

"Dit is heeltemal in orde. Ek sien vir pappa-hulle na die tyd, hopelik het ons iets om te vier."

"Jy is so beskeie, ek kan nie sien hoe ons nie kan hê nie, my kind. Ons gaan wag dan saam met moeder daarvoor."

Gustavo en Lara gaan terug na die paviljoen waar Luna is. Sy verstaan nie veel van dit alles nie, maar volgens die skare se gejuig as Allegra afry, weet sy dat haar dogter goed gedoen het.

Mirabel wil dood van opgewondenheid, want in haar hart is geen twyfel dat haar vriendin vandag hier met die Wêreldkampioenskap gaan wegstap nie. Daar is geen manier wat sy nie kan nie. Haar tye is ver beter as die persoon in die tweede plek. Mirabel het noukeurig die tye op haar selfoon aangeteken.

"Kan julle glo dat sy so kalm is, sy moet tog seker ook besef dat haar tye die beste is?" vra Mirabel.

"Jy ken haar net so goed of beter as ek Mirabel, en jy weet dat Allegra seker die nederigste mens is wat ons ken," antwoord Lorenzo.

"Daar het jy dit darem reg. Sy is uit en uit oom Gustavo se dogter. Niks aanstellerigheid in haar nie," reageer

Ivano. In sy hart lê die gedagte swaar dat hy haar nog van die voorval moet vertel, maar vir nou ondersteun hy eers net sy liefling meisiekind.

Wanneer Allegra vir Fire teruglei na waar hulle staan, sit Ivano sy arm om haar middel en trek haar teen hom aan.

"Is jy moeg my liefste?"

"Nee, ek is glad nie moeg nie, ek dink dit is seker maar die adrenalien en afwagting."

"Ja, ek dink jy is in elk geval die enigste een van ons klomp wat nog naels oor het, vriendin. Nee wat ek sal my maar hou by die beplanning van konferensies en troues, dit is ver minder spannend."

"Ag, dit is nie so erg nie. Natuurlik is ek ook gespanne, maar ek het ook vrede. Beter as wat Fire en ek gedoen het, kon ons nie, nou moet ons net wag. Dit is nie meer lank nie."

Die gesels het nou stil geraak en die viertal luister na die tye van die ander ruiters. Teen hierdie tyd van die dag is dit nog net die room wat oor is in die kompetisie.

Dan kom die aankondiger se stem oor die luidspreker.

"So kom ons aan die einde van die uitdaging. Die finale punte sal binnekort bekend gemaak word en daarmee saam ons nuwe Wêreldkampioen in Ruitersport."

Ivano sit sy arms van agter om Allegra, sy leun teen hom aan terwyl sy Fire se leisels vashou. Heel ongemerk het Lorenzo Mirabel se hand geneem. So wag hulle vir 'n goeie tien minute voor die omroeper se stem weer oor die luidspreker dreun.

"Die wenner van vanjaar se Rolex Grand Slam en die nuwe Wêreldkampioen in Ruitersport is Allegra Carvelli!"

Allegra gryp haar gesig vas en trane stroom oor haar wange. Ivano draai haar om en druk haar vas, voor hy haar soen en optel. Daarna wens Mirabel en Lorenzo haar geluk.

"Ek moet gaan, ek moet my rondte gaan ry. Ek kan dit nie glo nie. Fire, ons het dit gedoen! Dankie, dankie Vader." Sy soen vir Ivano en spring dan flink op Fire se rug voor sy weg galop na die baan. Die skare is op hulle voete en juig haar toe. By die beginpunt ontvang sy die banier en ry met dit om die baan terwyl die gejuig aanhou.

"Buiten dan Allegra en Fire wegstap as die kampioene, ontvang sy 'n miljoen vir haar wen vandag en 'n addisionele twee miljoen vir die Wêreldkampioenskap. Nogmaals baie geluk met 'n puik, puik foutlose vertoning."

"Vader, kry sy so baie geld? Is dit moontlik. Ek het nie geweet sy kry so baie geld nie,"

"Lara, ja sy kry, maar jy moet goed onthou dat sy al vir baie jare, baie ure van bloed, sweet en trane ingesit het om hierdie te bereik. As ander jongmense hulself geniet, het sy gewerk, haarself en haar perd voorberei. Hierdie is die beloning vir baie jare se baie harde werk en uithouvermoë. Dit is hoe sy haar praktyk gekoop het en ook haar huis. Waar dink jy anders kom die geld daarvoor vandaan. Beslis nie van my af nie."

"Ek het dit ook nie besef nie, Gustavo. Het sy self vir haar huis en praktyk betaal?" vra Luna verbaas.

"Ja, sy het, ook haar motor. Die laaste maal wat ek enigiets vir Allegra betaal het, was toe sy op Universiteit was. Van daar af het sy vir haarself gesorg, uit eie keuse. Toe ek wou help met die praktyk, het sy geweier."

"Hoekom het sy dit gedoen?" vra Lara.

"Omdat sy onafhanklik wil wees en gevoel het ek het betaal vir haar opvoeding en nou is dit haar beurt." *Ek dink nie dit is iets wat my jongste dogter sal verstaan nie.*

Liewe genugtig, daar dink ek al die tyd Gustavo het haar gehelp. Dit is geen wonder dat hy dan so opgewerk is oor Lara nog niks bereik het en niks wil doen en verder net wil geld spandeer nie. Dit is ook seker my skuld. Ek het nou nuwe respek vir haar gekry. Hoe kon ek so naïef wees? Dinge sal moet verander, Lara sal moet rigting kry. Dit is mos onregverdig dat Allegra so hard werk vir alles wat sy het en Lara vat net soveel sy kan. Ek sal met haar moet praat as ons tuis kom.

Die volgende uur is dit chaos. Gelukwense stroom in en die media neem foto's en voer 'n onderhoud met haar. Dit is vir Allegra ver meer uitputtend as die hele dag se spannende kompetisie. Daarna vertrek hulle almal na die hotel om te gaan gereed maak vir die toekenningsfunksie. Vir die aand het sy vir haar 'n helderrooi skepping aangeskaf met 'n van die skouer af neklyn, maar steeds elegant en gemaklik.

"Wow, vriendin, jy lyk asemrowend in daardie rok. Jy lyk soos 'n Wêreldkampioen," komplimenteer Mirabel haar.

"Dankie, ek kan dit nog nie eintlik glo nie. Dit voel of ek droom."

"En dit nadat jy so hard gewerk het daarvoor. As daar iemand is wat dit verdien is dit beslis jy."

"Dankie vir jou ondersteuning, ek waardeer jou opreg. Genoeg oor my, ek het gemerk hoe Lorenzo jou hand vasgehou het. Ek is opgewonde vir julle."

"Ja, dit is offisieel, ons is verlief en 'n paartjie. Hy is regtig net ander as al die ander mansvriende wat ek tot nou toe gehad het. Bedagsaam, met 'n hart van goud."

"Dit is my buurman. Ek dink julle pas perfek by mekaar. Ek is baie bly."

Minute later is daar 'n klop aan die deur.

"Dit is sekerlik die manne. Ons is mos gereed, kom ons gaan."

Wanneer Allegra die deur oopmaak en Ivano en Lorenzo hulle sien, is dit Ivano wat eerste sy goedkeuring uitspreek.

"Nee wat Lorenzo, ons het nie net die wêreldkampioen vanaand as geselskap nie, ons het ook nog die twee mooiste meisies. Ons sal moet vashou aan hulle." Hy tree vorentoe en soen Allegra, waarna hy haar hand neem.

Lorenzo is nog meer bedees, en druk Mirabel net vas voor hulle na die hyser beweeg om Gustavo en Luna te gaan ontmoet.

Luna het toegesien dat Lara 'n skepping aan het wat haar vader se goedkeuring sal wegdra, maar steeds volgens die nuutste modes is. Almal is verbaas daaroor, maar niemand rep 'n woord nie.

"Wow, Allegra en Mirabel, julle het albei pragtige uitrustings aan," komplimenteer Lara hulle.

"Jy moet darem nie vergeet dat ons die wêreldkampioen hier tussen ons het nie," reageer Gustavo trots. Mirabel merk dat sy aanmerking Lara eintlik nie geval nie, maar sy probeer hard om haar front op te hou.

Natuurlik sal dit haar nie pas nie. Die kalklig is nou al heeldag op haar suster, en dit is nie iets wat sy sommer so sal aanvaar nie. Ek ken haar ook al te goed. Sy is 'n baie selfsugtige entjie mens en daarby nog bedorwe ook.

Mirabel is egter nie die enigste een wat dit raakgesien het nie en Ivano vang net onderlangs Lorenzo se oog. Hulle kommunikeer woordeloos hulle misnoeë met haar vir mekaar.

Met baie waardigheid ontvang Allegra later haar trofee en prysgeld.

"Daar is 'n paar mense wat ek moet bedank, wat altyd daar was. Langs my teen hindernisbane reg oor die wêreld gestaan het om my te ondersteun en altyd in my te glo. Van hierdie lysie, is my hemelse Vader heel bo-aan. Ek is dankbaar vir Sy guns en seën op my lewe, daarsonder sou ek dit nie kon doen nie. Daarna, kom my aardse vader, Pappa, baie dankie dat jy geen tyd of moeite ooit ontsien het om my by te staan en te ondersteun nie. Die laaste paar jaar is daar nog 'n man wat vas op die aarde staan aan my sy, my verloofde, Ivano Liberti. Baie dankie dat jy vir ure langs die hindernis baan gestaan het om my te ondersteun. My vriende, Lorenzo en Mirabel, wat self baie besige lewens het, en altyd daar was om te luister en saam met my te wees. En dan my moeder en kleinsus wat al is my sport nie hulle passie nie, steeds my ondersteun het. Laaste maar beslis nie die minste nie, my leermeester, Franco van Horses Galore wat my die fynere kunsies geleer het. My geleer het dat net deur aan te hou, ek bo sal uitkom. Uit my hart uit dankie aan almal."

Na sy haar toekenning en prysgeld ontvang het, geniet hulle saam die ete en daar is paar van die ruiters wat Lara begin vermaak en met haar dans. Kort na tien maak Ivano, Allegra, Mirabel en Lorenzo verskoning.

"Ons verstaan, ek kan nie glo dat Allegra so lank uitgehou het nie. My kind, jy moet doodmoeg wees," reageer Luna.

"Mamma, glad nie so erg nie, tog kan ek nou doen met rus. Môre moet ek vir Fire gereed kry vir die vlug en dan die vlug huis toe. Julle hoef mos nie so vroeg op te staan nie. Ek is seker Ivano, Lorenzo en Mirabel sal my help en Mario is ook daar."

"Dit is reg so. Lekker rus my kind." Gustavo druk haar vas en soen haar op die voorkop. Dan wens hy die ander jongmense 'n goeie nagrus toe. Hulle waai almal vir Lara wat haarself geniet op die dansvloer.

Die viertal gaan drink voor hulle gaan rus 'n koppie koffie saam in die koffiekroegie van die hotel.

"Nou is dit alles verby, my liefste. Ek dink jy sal nou verveeld wees. Moenie te veel bekommer daaroor nie, ek sal elke uur geniet wat ek saam met jou kan deurbring."

"Ivano, my liefling, ek dink aan die begin sal dit snaaks voel, maar nou is daar ons troue wat my ook bietjie sal besig hou."

"Vriendin, ek dink jy sal die mooiste bruid wees. Ek sien uit om met die reëlings te begin."

"Ek wonder nou net wie die dag as jy gaan trou jou troue gaan reël, ek dink nie jy moet dit self doen nie," lewer Lorenzo kommentaar.

"Dit is nou 'n goeie vraag – wat my meer interesseer is wat in my ou maat se kop aangaan as hy so 'n vraag vra," glimlag Ivano.

"My liefste ek dink dit is baie duidelik wat daar aangaan ... ek sou sê hulle het ook lank genoeg gewag vir mekaar."

"Julle twee gaan nou te vinnig vir my, gee ons darem net kans om mekaar 'n bietjie beter te leer ken," lag Mirabel.

"Mirabel, mens weet as jy weet. En ek glo al ken julle mekaar nog nie lank nie, weet julle twee reeds," voeg Allegra by.

"Ek dink ons moet gaan slaap, teen die tempo wat julle twee aangaan, mag Lorenzo en ek net môreoggend getroud opstaan," lag Mirabel.

"Mirabel, sal dit jou pla?" vra Lorenzo tergend.

"Mmmm ... geensins, maar dit is mos lekker om hierdie opgewonde gevoel in jou hart 'n tydjie te kan koester."

Hulle verstaan haar en almal lag lekker terwyl hulle na hul kamers loop.

Hoofstuk 5

Sondagoggend breek aan en die viertal eet reeds sewe-uur ontbyt. Daarna vertrek hulle in die gehuurde voertuig na die baan waar Fire in die stalle is. Hulle het nie ver gevorder as hulle by 'n rooi robot stop en die Sondagkoerant se hooftrekke op massiewe oorhoofse advertensiebord sien flits nie.

"Wêreldkampioen Ruitersport vrou se verloofde betrokke by 'n ander vrou!" Onder die opskrif pruik 'n groot foto van die toneel in Manuella's waar die vrou hom om die nek geval het en aan hom vasgeklou het soos 'n drenkeling.

Hulle lees almal die flitsende bord wat hul aandag getrek het en daar daal vir sekondes 'n doodse stilte in die voertuig neer. Ivano en Lorenzo weet albei dat daar nou groot, baie groot moeilikheid is.

Ivano behou sy teenwoordigheid van gees en ry oor die groen lig en parkeer op die eerste beste parkeer plek wat hy kry. Wanneer die voertuig tot stilstand kom, het die impak van die woorde tot Allegra deurgedring en haar rou krete weergalm in die kajuit van die voertuig.

"Nee! Nee! Dit kan nie waar wees nie..." Rou snikke skeur uit haar bors. Ivano probeer so al wat hy kan om haar te kalmeer en te probeer verduidelik, maar sy is buite haarself.

"My liefste, dit is nie waar nie ... hoe kan dit waar wees? Ek sal dit nooit in my lewe aan jou doen nie," smeek hy. Lorenzo sien dat sy woorde geen impak op Allegra het nie en besef sy is in skok en heel histeries.

"Klim uit, Ivano. Gee haar eers kans om te kalmeer, hierdie is vir haar 'n groot skok. So in die publiek word die leuens ten toon gestel. Wie sal so mal wees om sulke goed te publiseer?" reageer Lorenzo. Hulle klim uit en gaan staan agter die voertuig.

"Lorenzo, ek mag haar nie verloor nie. Ek wil haar nie verloor nie. Dit kan net die werk van daardie mal vrou wees. Hoekom? Hoekom wil sy my lewe verwoes, ek ken haar nie eers nie." Trane loop nou ook oor sy wange.

Binne in die voertuig probeer 'n baie geskokte Mirabel haar vriendin kalmeer. Lorenzo het haar van die voorval vertel, dus weet sy dit is alles snert wat een of ander mal vrou opgemaak het.

Wie sou dit afgeneem het en hoekom dit laat publiseer. Dit is duidelik dat dit 'n goed uitgewerkte plan was, want hoekom juis nou net na Allegra die kampioenskap gewen het? My arme vriendin en Ivano.

"Allegra, kyk vir my en luister na my. Dit is nie waar nie. Jy mag dit nie glo nie."

"Hoe kan ek dit nie glo nie, daar is die bewyse lewensgroot, hulle klou soos drenkelinge aan mekaar vas en dit oop en bloot in die publiek. Vertel my hoe kan ek dit nie glo nie, op watter gronde?"

"Op die gronde dat hy vir jou lief is en jou nog nooit een dag rede gegee het om aan sy liefde te twyfel nie. Omdat jy hom beter ken as dit, hom vertrou en weet dat hy 'n man van integriteit is!"

"Nee, wie is die vrou dan, en waar kom die beeldmateriaal vandaan? Wie sou so iets opmaak om my lewe te verwoes? Hoekom juis nou net na ek die kampioenskap gewen het?"

"Sien jy nie, die antwoord op al daardie vrae is jaloesie en afguns nie. Dit is al verklaring wat ek daarvoor het. Die foto is met voorbedagte rade geneem."

"Hoe kom die vrou dan in sy arms? Vertel my Mirabel, hoe? Hy is my verloofde, geen ander vrou hoort in sy arms nie. Hulle lyk byna soos een mens, so naby is hulle aan mekaar." Rou snikke skeur opnuut deur haar bors. Buite is Lorenzo radeloos en weet nie hoe hy sy vriend moet troos of moed in praat nie. Dinge lyk glad nie goed nie. Allegra is in skok, die foto is verdoemend, en as sy nie na die feite wil luister nie, gaan dit nie sin maak nie en gaan dinge vreeslik verkeerd loop vir sy ou maat.

"Ek weet nie wat om vir jou te sê nie, my vriend. Wie dit ook al gedoen het, is baie laag en gemeen. Ek sal net wil weet wat hulle motivering is."

"As ek so na die tydsberekening kyk, en hoe dit alles gebeur het, moet dit oor Allegra se sukses gaan. Kort na sy weg is het die vrou ons kantore gebel en soos 'n mal mens aangegaan. Dit moet beplan wees, dit is nou baie duidelik. Wie sal sommer onbeplan 'n foto van mense in 'n restaurant neem wat hulle nie eers ken nie. Hier sit meer agter. Ek belowe jou, ek sal nie rus voor ek die waarheid weet nie, veral nie as ek my meisiekind deur hierdie moet verloor nie. Ek weet nie hoe ek sal aangaan nie, ek weet eenvoudig nie!"

"Wag eers, kom ons klim terug en kyk of dit nie nou al beter gaan nie." Versigtig klim hulle terug, maar Allegra huil nog net so. Hulle kyk vir mekaar en is magteloos. Lorenzo besluit egter hy moet vir sy ou maat intree.

"Allegra, my vriendin, dit is nie soos dit lyk nie. Hierdie is die werk van een of ander siek persoon. Luister net na Ivano, asseblief ek smeek jou?"

"Watter siek persoon? Wie sal so iets met opset aan ons wil doen? Nee, ek wil nie nog na verdere leuens luister nie. Ek is mislei, die man wat ek met my hele wese bemin, het my verraai."

"Dit is nie so nie, Allegra," probeer Ivano weer, maar sy kyk nie eers na hom nie.

"Allegra, Ivano het my en Lorenzo van die voorval vertel ... luister net asseblief. Moenie julle hele toekoms weggooi vir hierdie persoon se leuens nie. Dit is presies wat hulle wil bereik," soebat Mirabel ook nou.

"Nee ... gaan julle terug hotel toe. Ek wil jou nooit in my hele lewe weer sien nie, Ivano Liberti. Hierdie vrou kan jou maar kry, dit is mos wat julle wil hê. Ek sal self by die baan kom. Ek hoop as ek terugkom by die hotel dat julle reeds weg is. Tot my beste vriende staan teen my! Wat het ek gedoen om dit te verdien. Wat?" Sy is bo rede ontsteld en klim nog voor een van hulle haar kan keer of iets kan sê uit die voertuig. Sonder om terug te kyk, wink sy 'n huurmotor nader, klim in en ry weg.

"Nee, nee, nee! Dit kan nie waar wees nie. Hierdie nagmerrie kan nie besig wees om te gebeur nie," huil Ivano moedeloos.

"Ivano, my vriend. Kom ons gaan terug en gaan praat met oom Gustavo. Ek dink dit is nodig dat hy die waarheid weet. Miskien kan hy in die dae wat volg met haar praat en sin in haar kop in praat. As jy hulp nodig het met daardie ondersoek, sê net, ek sal graag help. Die persoon wat hiervoor verantwoordelik is, sal ek graag self mee wil afreken. Soveel seer ..."

Daar is niks anders wat hulle kan doen nie, dus draai hulle maar terug hotel toe. Hulle vind vir Gustavo alleen in die eetkamer besig met ontbyt.

"As julle nou hier is, waar is Allegra dan?"

"Oom 'n verskriklike ding het gebeur," begin Lorenzo, want Ivano kan nie gepraat kry so hartseer is hy.

"Wat, wat het met my kind gebeur?" vra hy paniekerig.

"Oom sy is veilig, maar dit is iets anders. 'n Tragedie vir haar en Ivano." Lorenzo vertel van die voorval met die mal vrou wat Ivano gehad het. Dat sy vennoot en ook die ontvangsdame daarvan bewus is. Dat hy vandag later vir Allegra sou vertel omdat hy bang was hy sou haar ontstel as hy dit voor die byeenkoms doen. Hoe hulle paar minute gelede die berig op die advertensie bord gesien het en die gebeure daarna.

"Vader in die hemel! Wie is so gemeen? Ivano, my seun, wat doen ons nou? My arme kind, waar is sy?"

"Sy het ons almal weggestuur, met die woorde dat sy ons nie wil sien nie. Sy dink Lorenzo en ek probeer net vir Ivano beskerm en is besig om haar te verraai. Oom sy is in 'n toestand. Sy is na Fire toe. Miskien moet oom maar dadelik na haar gaan. Ons sal pak en vertrek. Ek kan my nie indink hoe seer en geskok moet sy wees nie. Die foto lyk so oortuigend. Die persoon het dit beslis vooraf so beplan," antwoord Mirabel hom.

"Oom Gustavo, weet asseblief dat ek daardie meisiekind met my hele lewe liefhet en nooit, nooit in my lewe na 'n ander vrou nog gekyk het of ooit sal kyk nie. Sy is my lewe. Asseblief, asseblief belowe oom sal haar die waarheid vertel!"

"Natuurlik sal ek, Ivano. Ek het jou al goed leer ken en weet mos jy is 'n man van integriteit. Sy is nou oormoeg en dit moes net te oorweldigend vir haar gewees het. Ek sal na haar gaan. Jy gaan dit sekerlik nie net daar laat nie?"

"Nee, beslis nie oom, beslis nie. Al moet ek ook my hele lewe lank soek na die persoon en die rede uit hul uit wurg, sal ek dit doen. Wie ook al het ons lewens verwoes. Wat is daar om voor te lewe sonder my Allegra? Wat?"

"Rustig, my vriend, ons sal die persoon kry. Ons sal saam soek. Jy kan vir seker wees die naam wat sy jou gegee het is 'n vals naam. Ons sal daar begin. Haar gesig is redelik duidelik op die foto, ons sal haar soek tot ons haar kry en uitvind wie die foto's geneem het, want ek vermoed sy is net die lokaas gewees."

"Oom Gustavo, wanneer sy kalmeer het, sê vir haar ek is nie kwaad vir haar nie. Wanneer sy gereed is moet sy my bel."

"Ek maak so Mirabel. Wat kan ek sê, baie sterkte julle. Ivano hou my op hoogte van jou ondersoek, ek sal ook bitter graag wil weet wie so gemeen is."

"Ek sal dit graag doen oom." Hulle groet hom en gaan pak. Almal se harte is seer, maar Ivano s'n is in stukke.

Gustavo gaan dadelik op na hul kamer om vir Luna te vertel wat gebeur het en haar in te lig dat hy na die baan gaan om Allegra te kry.

"Nee, hoe kan dit wees? Wie sal so gemeen wees? Die arme kinders. Wat gaan ons doen, Gustavo? Ons moet die koerant kry."

"Ek wil nou dadelik na haar gaan, sy het ons nodig. Volgens hulle is sy stukkend en heel histeries. Wil jy saamgaan?"

"Ja, maar ons moet vir Lara ook inlig ander sal sy wonder waar ons heen is."

"Dit kan ons doen. Kom ons gaan na haar kamer." Gustavo klop dringend aan Lara se deur.

"Jaaa, ek kom," antwoord sy ongeduldig. Sy ruk die deur oop en is verbaas as sy haar ouers daar sien.

"Pappa, Mamma, wat gaan aan?"

"Lara, kom net, ek sal op pad na die baan vir jou vertel. Ons moet dadelik ry."

Voor Gustavo nog kan vertel, sien Lara die advertensiebord en hyg na haar asem.

"Die blikskottel ... hoe kan hy dit aan my suster doen? Hy is 'n lae gemene uitvaagsel. Ek het nog nooit van hom gehou nie, maar julle wil my mos nie glo nie. Kyk, kyk net daar hoe klou hy aan die vroumens vas?" gaan sy af.

"Lara, wag, jy het dit heel verkeerd. Dit is nie wat gebeur het nie, keer Luna."

"Mamma, 'n foto lieg nooit nie. Hoe kan dit nie wees wat gebeur het nie, daar sien julle dit dan!"

Gustavo vertel vir haar wat gebeur het, maar sy glo nie die storie nie.

"Ek glo dit nie, nie vir een oomblik nie. Hoe kan julle dit glo? Hy het sowaar reggekry om julle almal te mislei. Seker net trane en wat nog. Nee, my arme suster, sy is baie beter af sonder hom. Die lae gemene vent."

"Lara, hoe kan jy so praat? Ivano is 'n eerbare man. Ek sal dit nie glo nie, nie vir een oomblik nie," reageer Gustavo geskok oor sy jongste dogter se uitlatings. "Kom ons gaan na haar toe, sy het ons ondersteuning nou nodig. Ek hoop net Ivano sal agter die kap van die byl kom en die persoon wat verantwoordelik is vir hierdie leuens vastrek. Daardie persoon moet baie gewetenloos wees om soveel hartseer so goedsmoeds te veroorsaak."

Allegra het pas by die stalle by die baan aangekom. Sy het haarself reggeruk so veel as wat sy moontlik kan. Daar sal beslis van die ander ruiters wees, en hulle mag nie sien dat sy van binne gesterf het die laaste halfuur nie.

Sy het pas by Fire se stal ingegaan, as een van die ander ruiters, Dante Nucci daar aankom.

"Allegra, is jy okei? Dit is verskriklik, ek het die koerant se voorblad gesien. Ek is so jammer, dit nou net nadat jy met die glorie van die Wêreldkampioenskap weggestap het."

"Dante, ek sien die nuus het vinnig versprei. Ek het nog nie regtig tyd gehad om daaraan aandag te gee nie. Jy weet hoeveel mense is daar wat net sit en wag om ander se ondergang te bewerk. Dankie in elk geval vir jou omgee. Ek wil net eers by die huis kom."

"Ek het werklik nie gedink jy gaan so kalm oor die berig wees nie? Sou julle dan nie oor 'n paar maande getrou het nie?"

"Ons sou... Dante, jy moet my verskoon, ek het ongelukkig 'n baie beperkte skedule waarop ek werk. Ek moet dadelik vir Fire gereed kry om hom te laai dat hy na die lughawe kan gaan. Ons vlieg oor bietjie meer as twee ure. Ek sal jou by die oefenbaan sien."

"Gaan jy nie eers rus nie, jy moes 'n baie moordende oefenprogramme gevolg het om ons almal so onder die stof te spring gister. Daar is nog nooit voorheen so 'n wonderlike tyd opgestel nie. Jy was eenvoudig briljant."

"Dankie, Dante. Nee, ek sal bly oefen, natuurlik nie so 'n strawwe program nie, maar dit is goed vir Fire en myself om in oefening te bly. Sien jou dan."

"Reg so, sien jou dan."

Net toe kom Gustavo, Luna en Lara daar aan. Lara val vir Allegra om die hals.

"My dierbare suster, ek is so jammer om te hoor wat gebeur het. Ek het hom nooit vertrou nie en jy weet self ek het hom net verdra vir jou onthalwe," gaan Lara aan.

"Ek wil nie daaroor praat nie. Ek het werk om te doen hier, my vlug is oor twee ure," reageer sy kortaf. Sy het net nie nou die krag om na almal se menings oor die gebeure te luister nie.

"Ai, my kind, ek kan mos na Fire omsien en hom gereed kry vir die vlug. Moenie so hard op jouself wees nie," probeer Gustavo.

"Nee, Pappa, ek sal self my perd reg kry. Hy ken my en ek weet wat hy nodig het. Die beste sal wees dat julle net vir my wag tot ek klaar is, dan kan ek saam met julle hotel toe gaan en my goed gaan kry. Doen my asseblief 'n guns, moenie na die berig verwys nie. Ek sal daarmee deel as ek terug is in Rome."

"My kind jy kan nie dit aan jouself doen nie. Moet ons nie wegstoot nie, ons het jou lief en wil jou help en ondersteun," probeer Luna.

"Dankie Mamma, maar nou het ek vir Fire om op te konsentreer. Ek sal nou-nou klaar wees dan kan ons gaan," hou sy vol. Binne haar kook en woed dit. Dit hoef niemand te weet nie. Sy sal met haar trauma deel wanneer sy reg is, nou is sy nie reg nie. Nou moet sy eers doen wat gedoen moet word.

Lara wil toe hulle in die motor klim weer begin praat oor die berig, maar Gustavo maak haar dadelik stil.

"Wat was jou eerste..." begin Lara.

"Lara, het jy gehoor wat Allegra gevra het? Respekteer haar!"

"Okei..." laat sy dit baie traag gaan.

Twee ure later is Allegra op die vliegtuig terug huis toe. Sy weier eenvoudig om aan die gebeure van vroeër vanoggend te dink.

Vader, ek is dankbaar vir die vermoë om myself af te sluit. Baie, baie dankbaar. Help my dat ek net by my eie huis kan uitkom. Daar kan ek dit alles uitpak en op 'n bondeltjie sit en die bloed en gal smake van my gebroke hart in my mond proe. Dankie dat selfs my familie nie naby sal wees nie. Ek het net nie nou die krag om met hulle te deel nie, veral nie met Lara nie. Vergewe my daarvoor. Vergewe my ook as ek lelik was met my vriende, maar daar wil ek ook nie nou aan dink nie. Help my asseblief om deur hierdie gemors te kom. Asseblief help U my net!

Gustavo het homself klaar voorgeneem hy sal vir Allegra tyd gee en in 'n week se tyd sal hy Rome toe gaan. Gelukkig sal niemand hom bevraagteken nie, want hy het gereeld besigheid daar. Luna en Lara sal hierdie keer maar net by die huis moet bly. Hulle sal Allegra net meer ontstel. Dan sal hy rustig met haar gaan praat by haar huis en probeer om rede in haar kop in te praat.

Wanneer sy deur die deure by Doeane loop loop sy haar vas in 'n muur van joernaliste. Na die berig van gister nie net honger oor nuus van haar Wêreldkampioenskap nie, maar nog meer honger oor die skandaal.

"Juffrou Carvelli, hoe voel u oor die nuus dat u verloofde al die tyd op u verneuk het met 'n ander vrou?"

"Allegra, ken jy die ander vrou?"

"Allegra, glo jy die berig of dink jy dit is net die slenter van een of ander jaloerse persoon wat jou vreugde van jou oorwinning wou steel?"

Van uit die niet is Dante skielik daar langs haar. Hy plaas sy arm beskermend om haar en hou die ander een in die lug om die joernaliste te keer.

"Julle is soos bloedhonde! Los haar net uit. Nie een van julle stel belang in die fenomenale oorwinning wat sy gister behaal het nie. Julle is net geïnteresseerd in die snert wat haar lewe versuur," verjaag hy hulle.

"Wat is u verbintenis met haar, meneer?" wil 'n joernalis nog weet.

"Daar is geen verbintenis nie, ons neem al jare saam deel aan Ruitersport kompetisies. Dit is al. Mag 'n mens nie 'n medemens in nood bystaan nie, julle siek aasvoëls."

Allegra is verstom oor Dante se verskyning, tog is sy dankbaar dat hy haar veilig uit die lughawe gebou kry.

"Dankie Dante, dit was werklik gaaf van jou om tot my redding te kom. Die joernaliste is almal mos sensasie behep. *Ek sal graag die een wil vind wat daardie berig oor Ivano en die vrou gedoen het. Ek weet op hierdie stadium nie of ek hom sal bedank of in sy gesig sal spoeg omdat hy my hele wêreld vernietig het nie. Vader gee my 'n plan, wys my die weg. Help my om deur hierdie drama te kom as oorwinnaar.*

"Dit is net 'n plesier, Allegra. Dit is werklik onregverdig dat hierdie berig nou jou beroof van jou glorie van jou kampioenskap. Jy het so hard gewerk daarvoor en jare se sweet, en tyd daarin gesit."

"Dante, maak nie saak wat gebeur nie, niemand sal dit van my kan wegneem tot die volgende persoon dieselfde harde werk insit en die titel verower nie. Dit is mos ook hoe dit moet wees, regverdig. Glo jy my wanneer ander ruiters besig was om hulleself met hul vriende en families te geniet, was ek besig om te oefen. My Vader weet dat hierdie oorwinning nie in my skoot geval het nie en niks sal dit vir my vertroebel nie."

"Ek kan jou net bewonder, jy is so kalm. As dit enige ander vrou was waarmee gebeur het wat met jou gebeur het, was hulle seker gehospitaliseer vir trauma. Jy is werklik 'n merkwaardige vrou, Allegra."

"Niks anders as enige ander jongvrou nie, dit is net my Vader se guns en seën wat ek aan vashou. Jy sal my ongelukkig moet verskoon, ek moet nou vir Fire na sy stal neem, en ek dink hy is sekerlik nou al baie geïrriteerd met die beknopte spasie waarmee hy moes tevrede wees tydens die vlug. Ons sien mekaar sekerlik by die baan."

"Ons sal mekaar beslis by die baan sien. Baie sterkte vir jou Allegra, ek wens ek kon jou help. Jy is werklik 'n goeie mens."

Allegra drafstap na waar die diere afgelaai word, sy is haastig om van die mense weg te kom. Die bejammering maak haar siek. *Ek is nie 'n slagoffer nie, ek sal ook nie myself toelaat om een te word nie. Ek sal opstaan in my Vader se krag. Niemand sal my sien huil nie en niemand sal 'n woord sleg oor daardie man oor my lippe hoor kom nie. Dit beteken egter nie dat ek hom nie op hierdie oomblik sal wil vertel presies hoe ruggraatloos hy is nie.*

Fire is bly om haar te sien en maak sagte runnik geluidjies as sy teen sy nek streel.

"My superster, nou kan jy gaan rus. Ons gaan hierdie week nie werk nie, ons gaan rus. Albei van ons. Ek dink ek gaan bietjie verdwyn, Mario sal mooi na jou omsien. Daarna sal ons 'n onderhoud toestaan aan die televisiestasies om ons oorwinning te vier en seker te maak dat almal weet jy is 'n kampioen. Kom ons gaan huis toe."

Sy maak die deure van Fire se sleepstal toe, klim in haar Fortuner en is uiteindelik op pad na haar huis. Sy woon op 'n plot wat aan Rome grens waar sy genoeg spasie het vir haar perde en ook nie in die stad se gewoel is nie. Tog is sy naby genoeg aan haar praktyk. Toe sy die kleinhoewe gekoop het, het sy dit herdoop na Giordino di Allegra, wat direk vertaal beteken die tuin van Allegra.

Mario help haar om vir Fire in sy stal te kry, daarna gee sy hom opdrag om na Fire om te sien.

"Mario, ek oorweeg dit om vir die volgende week bietjie weg te breek. Jy ken Fire se roetine, sorg asseblief dat hy rus, maar darem daagliks ook 'n bietjie oefening kry. As daar enigiets is, bel my net."

"Ek maak so juffrou Allegra. Juffrou weet mos hy is in goeie hande."

"Ja, dankie, Mario."

Dit is reeds na vier die middag as sy by haar villa se voordeur instap. Haar getroue huishulp wag haar in.

"Juffrou Allegra, sjoe, maar ek het gehoor jy het ons trots gemaak daar in Duitsland. Baie geluk. Nou is ons juffrou sowaar die wêreldkampioen."

"Dankie dierbare Sofia. Ja, Fire was fantasties. Dit was voorwaar 'n uitsonderlike kompetisie en ek is dankbaar."

"Ek is besig om vir juffrou aandete voor te berei. Meneer Ivano sal seker ook nog kom?"

"Nee, hy sal nie kom nie, Sofia. Hy sal nooit weer kom nie."

"Hoe bedoel juffrou nou ... hy sal nooit weer kom nie? Julle gaan dan een van die dae trou!"

"Sofia, ek wil nie nou daaroor praat nie. Ek sal anderdag vir jou vertel. Jy weet ek deel alles met jou. Jy is nader aan my as my eie moeder."

"Dit is ook dan geen wonder dat Juffrou so moeg lyk nie. Dit klink my dit is die dinge van die hart wat verkeerd is en dit kan 'n mens baie moeër maak as harde werk. Gaan rus juffrou, ek sal u later roep vir aandete."

"Dankie dat jy verstaan, Sofia. Ek weet nie of ek sal kan rus nie, maar moontlik pak ek. Ek wil net wegkom van alles en almal vir 'n paar dae. Die media het my reeds voorgestaan by die lughawe."

"Ja, daardie klomp nuuskierige mense! Hulle kan so irriterend wees. Dit sal goed wees as Juffrou kan weggaan. Praat as ek kan help."

"Nee wat ek sal self pak, dit sal my aandag van alles aflei."

Sy laat Sofia toe om haar tas na haar kamer op die tweede verdieping te neem, en bly dan alleen agter in haar kamer. Dit is 'n ruim vertrek met vensters en 'n groot glasdeur wat op 'n balkon uitgaan. In die een hoek is 'n sit-area, waar sy gewoonlik in die aande lees of musiek luister om te ontspan. Daar is twee foto's van Ivano in haar kamer. Een reg voor haar bed en die ander een van hulle twee op die tafeltjie by die ontspannings-hoekie. Sy skrik byna toe sy in sy aantreklike gesig vaskyk wanneer sy na haar bed loop. Die damwal van ingehoue emosies breek meteens en sy val snikkend op haar bed neer. Nou keer sy nie meer die seer, die teleurstelling, die gal en bloed smaak wat sy in haar mond het nie. Sy kan dit nie meer keer nie.

Van pak is daar nie sprake nie. Die trane loop soos 'n rivier in vloed en haar hart voel leeg, maar die pyn is ontsettend.

Hoe kan ek so leeg voel, maar soveel pyn ervaar? Vader, hoe kon hy dit aan my doen? Hoe het hy dit reg gekry om my vir so lank te mislei? Hy was soos my skaduwee, altyd daar om my te ondersteun ... Hoe het hierdie vrou in sy lewe in gekom en hoekom, hoekom, hoekom! Bly haar wese dit uitskree.

Haar handsak het sy net daar by die ingangsportaal gelos op die tafeltjie. Binne in dié lui haar selfoon onophoudelik, maar niemand hoor dit nie. Lorenzo, Mirabel, haar vennoot, Stefania en selfs Lara probeer haar in die hande kry, maar sonder enige sukses.

Op 'n stadium loop Sofia daar verby en hoor die foon lui.

"Ai, die kind het haar foon in haar sak gelos. Sekerlik met opset. Sy is glad nie lekker nie. Wat sou tog gebeur het? Dit moet 'n helse ramp wees, hoe anders?" Sy haal die foon uit die sak en plaas dit op die eetkamer tafel wat sy reeds gedek het.

Waar sal juffrou Mirabel dan wees? Hoekom kom sy nie na haar toe nie? Hulle moet tog weet, hulle was dan almal in Duitsland saam.

Net na ses gaan sy op na Allegra se kamer en vind haar steeds aan die huil en in 'n klein patetiese bondeltjie op haar bed.

"Juffrou Allegra, jy kan nie jouself so mors nie, my kind. Kyk net hoe lyk daardie mooi gesiggie van jou, hele opgehewe. Jy moet daaroor praat dat dit kan uitkom. Hoe dit werk weet ou Sofia nou nie, maar ek weet as mens oor die goeters wat jou so seer maak praat, het dit 'n manier om beter te raak."

"Sofia, sit hier op die bed, dan vertel ek jou. Daar is nog soveel vrae, soveel dinge wat nie vir my sin maak nie. Ek sal jou vertel wat gebeur het." Sofia neem voor haar op die bed plaas en kyk na die jongvrou wat sy al jare ken. Sofia het op Carvelli's Ranch groot geword en in die huis gehelp, totdat Allegra haar eie huis gekoop het en sy haar hierheen gebring het.

"Alles was vanoggend toe ek wakker word nog perfek. Ons het ontbyt geniet en daarna was Mirabel, Lorenzo, ek en Ivano op pad na die baan toe waar Fire in die stalle was..." Sy vertel aan Sofia hoe hulle by die verkeerslig gestop het en die hoofberig van die koerant se voorblad skielik geflits het. Hoe haar wêreld soos 'n kaarthuisie inmekaar gestort het. Hoe Lorenzo en Mirabel vir haar probeer wysmaak het dit is nie waar nie en dat die vrou met opset vir Ivano in 'n lokval gelei het.

"Hoe moet ek dit glo Sofia? Hoe moet ek glo as ek met my eie oë die foto sien waar hulle so aan mekaar klou dat dit lyk asof hulle een mens is? Selfs my eie vriende, vriende wat ek al jare mee saamkom het my verraai en Ivano se kant gekies. So, ek staan alleen."

"My dierbare, dierbare Allegra." Sy trek haar nader en druk haar teen haar bors. *Dit is natuurlik hoekom juffrou Mirabel nie hier is om haar te vertroos nie. Hoekom sal sy en Lorenzo dan vir Ivano glo, daar moet iets wees wat hulle weet. Hulle sal tog nie Allegra se lewe so verwoes wil sien nie? Kom ek los dit eers. Sy is nou te seer, gebroke en teleurgesteld. Laat sy weggaan, dit sal haar goeddoen.*

Sy praat mooi en vertroos Allegra totdat sy voel sy raak rustiger.

"Kom nou kind, gaan was jou gesiggie. Dit sal jou klaar laat beter voel. Jy is 'n vegter. Kom eet, ek het jou gunstelingkos gemaak. Ek weet jy is sekerlik glad nie honger nie, maar mens kan nie met 'n verswakte liggaam veg nie. Jy het reeds jou liggaam deur vreeslike stremming geplaas met jou oefenry, nou moet jy eet dat jy kan krag kry. As jy nie omgee nie sal ek daar by jou sit, want alleen eet kan mens ook nie."

"Sofia, jy is so dierbaar. Natuurlik kan jy saam met my eet, jy is soos my familie. Ek gaan was gou my gesig dan kom ek af."

"Dit is reg, ek gaan skep solank op en ek gooi vir jou 'n glasie rooiwyn in. Dit sal jou help ontspan. Vergeet van teëpraat." Die middeljarige vrou verlaat die vertrek.

Ja, Sofia, jy wat deur die jare meer vir my daar was as my moeder. Dankie Vader vir 'n mens wat werklik omgee.

Wanneer sy aansit vir ete sien sy haar selfoon langs haar bord lê en weet dit is Sofia se werk. Geskok sien sy hoeveel oproepe en Whatsapp-boodskappe daar is. Tog kies sy om nie te kyk of te lees nie. Sofia merk dit op waar sy regoor haar sit.

"Ek verstaan dat jy met niemand wil praat nie. Onthou net, niks maak nou vir jou sin nie, en jy het seer. Moenie mense wat jare saam met jou stap, verstoot nie. Hulle sal nie doelbewus jou seermaak nie. Hou dit net in jou agterkop, Allegra."

Sy antwoord nie, maar knik net met haar kop. Vir nou wil sy nie daaraan dink nie. Ivano se verraad steek nog soos 'n dolk in haar hart en niks anders maak sin nie. Sy wil net wegkom.

Hulle eet in stilte klaar, dan begin Sofia die tafel afdek. Allegra bly net daar sit, verwese en gebroke.

"Allegra, gaan pak jou goed, ry waarheen jy ook al wil. Belowe net jy sal met my in kontak bly. Ek sal vir niemand vertel waar jy is nie, net dat jy veilig is. Ek weet reeds dat daardie meneer Carvelli hierheen sal kom as jy nie sy oproepe antwoord nie. Hy is darem net te erg oor jou om jou net so te los."

Soos 'n slaapwandelaar gehoorsaam sy vir Sofia en gaan pak vir haar 'n sak vir 'n paar dae. Sy was net op pad om te gaan stort as Sofia aan haar deur klop met 'n glas warm melk.

"Ek wil nou gaan stort en probeer slaap. Wanneer ek wakker word, sal ek vertrek. Ek sal vanaand nog vir Stefania laat weet ek gaan weg vir 'n paar dae. Hulle weet seker almal van die gemors, dit was oor al die koerante se voorblaaie gepleister, so asof die media hulle verlekker het in my verwoesting."

"Vergeet daarvan, stort, drink jou melk en rus, kind."

Nadat sy gestort het drink sy die melk, heeltemal onbewus dat Sofia dit met 'n kalmeermiddel gedokter het. Sy kan net nie sien dat die kind so ly nie. Rus sal haar goed doen.

Wanneer sy Allegra die volgende oggend groet, gee sy 'n baie wyse brokkie raad.

"Allegra, jy weet dat hierdie weggaan dit nie gaan verander nie. Dit sal jou wel goed doen om te rus, maar ons neem ons hartseer en kommer saam met ons al vlug ons hoe ver."

"Ek weet. Sal laat weet as ek by my bestemming aangekom het. Dankie Sofia, ek waardeer jou."

Sofia kyk die Fortuner agter na en haar hart gaan uit vir die meisiekind wat soos haar eie kind voel. Wanneer sy die villa binne stap lui die landlyn.

"Villa Giordino di Allegra, môre."

"Sofia, meneer Gustavo hier. Kan ek met Allegra praat. Ek is siek van bekommernis en sy antwoord nie haar foon nie."

"My Meneer, juffrou Allegra is nie hier nie, sy het pas vertrek. Sy het besluit om 'n paar dae te gaan rus waar niemand haar kan pla nie."

"Weet jy waarheen sy op pad is, Sofia?"

"Nee, meneer. Sy het belowe om te laat weet as sy veilig is. Julle moet haar nou eers kans gee om alleen deur die goed te werk."

"Maar Sofia, sy wil nie met een van ons praat nie. Daar is dinge wat sy moet weet. Hierdie gemors is die versinsel van een of ander mal mens se brein."

"Dit help alles niks, haar hart is gebreek. Gee haar kans."

"Ek het nie 'n keuse nie. Laat my asseblief weet as sy veilig is."

"Ek maak so meneer Gustavo. Groete vir almal daar op Carvelli's Ranch."

Hoofstuk 6

Lorenzo en Mirabel het saam met Ivano huis toe gegaan toe hulle in Rome land. Hulle is dit albei eens dat hy nie nou alleen kan wees nie. Tog spook dit in hulle albei se koppe dat Allegra heeltemal alleen hierdeur moet gaan. Hulle ken haar goed genoeg om te weet dat sy en haar familie nie naby mekaar is nie. Net sy en haar pa het 'n hegte verhouding, maar hy moet teruggaan Carvelli's Ranch toe.

Sodra Ivano sy selfoon aanskakel as hy tuis kom, kom daar 'n WhatsApp deur.

"Maak julle tuis, ek wil net gou my sak gaan bêre."

"Sal ek vir ons koffie maak, Ivano?" vra Mirabel voor hy met die trap op verdwyn.

"Ja, ek dink sommer baie sterk koffie, dankie." Hy loop soos 'n ou man die trap op. Die lewe het hom verlaat die oomblik wat Allegra hom nie wou glo nie, hom weggestuur het.

My liefling, weet jy dan nie hoe lief ek jou het nie? Weet jy dan nie dat jy my hele lewe is nie. Dat daar sonder jou geen rede vir my is om te lewe nie. Glo jy dan nie aan ons liefde nie? Vertrou jy my dan nie soos ek jou vertrou met my hele wese nie? Hoe kan jy my so wegstuur, koelbloedig en koud. Weier om selfs jou vriende te glo.

Hy onthou weer van die WhatsApp en maak sy foon oop. Sy hart ruk ontsteld as hy sien dit is van Lara.

"Jy het seker gedink jy kan hiermee wegkom, jou lae gemene vent. Ek het jou nog nooit vertrou nie ... nou sal Allegra my uiteindelik glo. Moes jy haar so in die openbaar verneder het? Ek hoop jy verstik aan jou eie leuens. Gelukkig is ek die een in ons familie wat nie jou leuens vir soetkoek op eet nie. Met jou slinksheid het jy tot my pa en ma oortuig jy is onskuldig. Wat ook al, onskuldig. Foto's lieg nooit!"

Vader, help my om hierdie haat nie met haat te wil vergeld nie. Wys my die waarheid. Dankie dat my liefling se ouers ten minste ook in my onskuld glo. Steeds is dit haar geloof in my wat ek soek, wat alles sal regmaak. Help my net, ek weet nie waarheen nie.

"Jy lyk of jy 'n spook gesien het," reageer Lorenzo die minute wat Ivano by hulle aansluit in die voorkamer.

"Miskien het ek ... of se mening gehoor." Hy lees vir hulle die WhatsApp wat hy van Lara gekry het.

"Verbaas dit jou? Dit moet jou nie verbaas nie. Jy weet net so goed soos ek sy sal nooit daaroor kom dat jy Allegra bo haar gekies het nie, my vriend."

"Wat, was Lara op jou verlief?" vra Mirabel verbaas.

"Ek weet nie of sy op my verlief was nie, en of sy net probeer het om te sien of ek Allegra sal met haar verneuk nie. Sy het baie hard probeer. By my kantoor opgedaag in daardie byna niks klere nie, my geteister met WhatsApp's as sy in Rome was, dat ek saam met haar moes uitgaan. Selfs op Carvelli's Ranch het sy my soms genader en probeer vasdruk en verlei."

"Die klein Delila! Dan is dit hoekom sy altyd so half onbeskof met jou was. Lara is nie iemand wat sal vergeet as 'n man haar geweier het nie. Ek wonder steeds hoekom sy ewe skielik so ordentlik begin aantrek het."

"Dit kan net haar pa se toedoen wees. Jy moet onthou my dierbare Mirabel, sy het nog nie 'n sent in haar hele lewe verdien nie. Haar pa onderhou haar duur smaak en losbandige lewe. Miskien is dit wat gebeur het dat hy sy voet neergesit het."

"Wel dan is dit ook seker hoog tyd gewees," antwoord Mirabel.

"Ivano wat is die plan van aksie?"

"Ek moet net eers môre by die kantoor kom. Ek gaan kontak maak met die verslaggewer wat die gemors geskryf het. Van daar sal ek moet sien waarheen dit my lei."

"Jy weet natuurlik jy kan maar heelwat kontant saamneem vir daardie afspraak," laat Mirabel hoor.

"Nee, ek sal hierdie keer slimmer wees as hulle. Hulle gaan my nie weer in 'n lokval soos hierdie lei nie. Ek gaan met die Redakteur van die koerant praat, en hulle saamnooi na ons kantoor. Daar sal ek sorg dat ons ontvangsdame, Aria wat die oproep geneem het en ook my vennoot, Luca, wat ek dadelik ingelig het teenwoordig sal wees. Kyk Luca is nie so 'n gematigde persoon soos ek as dit by sulke dinge kom nie. Hy sal nie toelaat dat iemand my naam onskuldig deur die modder sleep nie. Hy kan soos 'n pitboel wees as hy kwaad raak."

"Dit klink na 'n waterdigte plan vir my. Dit wys dat jy niks het om weg te steek nie en ek dink nie daardie Redakteur sal 'n saak van naamskending teen sy koerant wil hê vir 'n klomp leuens wat iemand aan hom verkoop het nie. Veral nie as daar 'n Wêreldkampioen by betrokke is nie," reageer Lorenzo

"In my leke brein vermoed ek die sleutel tot hierdie gemors lê tussen die vrou en die persoon wat die foto geneem het. Hoekom sal iemand van jou wil foto's neem en jou volg as hulle nie iets boos in die mou gevoer het nie," reageer Mirabel.

"Mirabel, my meisie, jy slaan die spyker op sy kop. Hoekom sal iemand vir Ivano wou volg en foto's van hom neem. Kan dit iemand wees wat by een van die sake betrokke was waarmee jy betrokke is?"

"Ek weet nie, maar glo my ek gaan uitvind. As dit iemand was wat net vir my wou bykom, sou hulle nie dit so beplan het dat dit net na Allegra die wêreldkampioenskap geneem het bekend word nie. Hulle sou dit nie eers geweet het nie, of dat ons verloof is nie. Daarom dink ek nie so nie. Ek sal alle opsies oorweeg, glo my. Ek het nodig om die waarheid te weet. Of my liefste Allegra ooit dit sal glo of nie. Vir myself moet ek dit weet."

"Wat jy sê maak sin. Wie de hel anders kan dit dan wees wat julle albei se lewens wou verwoes? Dit het die hele glorie van Allegra se wen van haar gesteel. Iets waarvoor sy vir soveel jare so hard gewerk het, soveel ure ingesit het. Dit is vervlaks onregverdig. Julle is albei mense wat niemand nog ooit skade gedoen het nie. Ek verstaan nie hoe so iets met julle moes gebeur nie," antwoord Lorenzo moedeloos.

"Ou vriend, so seer soos my hart is, so veel soos my lewe in skerwe lê sal ek nie dat hierdie voorval my aan ons Vader laat twyfel nie. Dit is nie Sy werk nie, dit is een of ander listige slang se werk."

"Kom drink julle koffie, dit raak koud. Ons moet net bid, vir jou en vir Allegra. Sy bly in my gedagtes. Sy het sekerlik almal van haar af weggestuur. Dit is haar geaardheid, sy hou nie daarvan dat mense haar sien huil nie. Dit breek my hart dat sy selfs nie vir my glo nie, ek wat al vir soveel jare aan haar sy is soos 'n suster."

"Mirabel, jy weet sy sal wanneer sy eers weer begin heel het, met jou kontak maak. Julle was nog altyd soos susters. Ons moet net geduldig wees. Dit is net vir Ivano wat ek weet sy nie sal kontak nie. Daarvoor kan ons net bid dat die waarheid sal uitkom."

"Lorenzo, die waarheid moet uitkom, anders sal ek nie met my lewe kan aangaan nie," beaam Ivano.

"Wie sal kan nadat hy sy groot liefde in sy lewe binne sekondes verloor het as gevolg van een of ander mal mens se siek grap? Ek kan nog goed onthou toe jy haar ontmoet het toe ons op Universiteit was. Dit is al waaroor jy vir dae kon praat. Jy was behoorlik soos die Engelse sê soos 'n *love sick puppy*. Jou ore het behoorlik gehang totdat jy die dag die moed bymekaar geskraap het om met haar te gaan gesels."

"Ja, en kyk waar sit ons nou ... albei met gebroke harte en nie een van ons is skuldig nie, al glo sy dit nie."

"Gee dit tyd, Ivano, gee dit tyd. Ek weet elke uur van haar af met die wete dat sy nie met jou wil praat nie, voel soos 'n jaar. Gaan jy aan met jou ondersoek en ons bid en vertrou," bemoedig Mirabel hom.

"Mirabel is reg. Ons is daar vir jou as jy alleen trek. Ek spring in daardie vliegmasjien van my en ek is binne ure hier. Ek soek mos in elk geval deesdae net rede om Rome toe te kom," glimlag hy geheimsinnig vir Mirabel. Sy bloos bloed rooi.

"Ja, jy moet seker nog plaas toe vlieg. Julle kan my regtig maar alleen los. Ek is vir seker in 'n baie beter emosionele toestand as my liefste Allegra. My hart breek meer vir haar as vir myself."

"In daardie geval groet ons dan maar. Ek gaan net vir Mirabel aflaai, dan moet ek lughawe toe. Ek wil nie in die donker vlieg nie."

Hulle groet en Lorenzo en Mirabel vertrek na haar huis.

"Jy weet Mirabel, hierdie gebeurtenis maak my bang. Voor hierdie gebeurtenis sou ek my kop op 'n blok sit dat niks ooit tussen Allegra en Ivano sal kan kom nie. Kyk net hoe maklik het dit gebeur. Jy weet reeds dat ek mal is oor jou, ek weet net nie of ek ooit kans sal sien om so seer te kry soos hulle twee op die oomblik kry nie."

"My dierbare Lorenzo, ek verstaan jou heeltemal. Ek dink net ons lewens is baie minder gekompliseerd as hulle s'n. Daar is nie familie en kliënte wat boos kan wees en ander ruiters wat dalk jaloers kan wees betrokke nie."

"Nou praat jy die waarheid. Ek het nog nie eers gedink aan die ander ruiters nie. Veral die manne, hulle moet seker maar lekker groen wees omdat Allegra hulle hande in die as geslaan het met die wêreldkampioenskappe. Jy is so 'n wyse vrou, dit is een van die redes hoekom ek mal is oor jou. Belowe my net dat ons nooit mekaar se woord in twyfel sal trek nie, dat ons alles sal deel ongeag of dit die ander een kan omkrap. En dan daarmee saam sal deel."

"Ek belowe dit graag."

"Jy gee my geen ander keuse as om jou te soen nie, my liefste Mirabel." Hy wag nie vir haar toestemming nie, maar neem haar in sy arms en soen haar teer. Mirabel se hart juig. Vir te lank het sy vir 'n man soos Lorenzo gewag. Opreg, eerlik, bedagsaam, lojaal en daarby nog deksels aantreklik ook met sy donker hare en pragtige groen oë. Nog vir 'n wyle hou hy haar knus in sy arms vas en hy weet dat hierdie vriendin van sy vriendin, die vrou van sy hart is. *Ek sal haar met my lewe beskerm. Vader help ons om in U wil te bly en om altyd eerlik met mekaar te wees.*

"Ek wil jou nie agterlaat nie, my liefste Mirabel, maar ek moet werklik nou gaan. Ek belowe om te bel sodra ek tuis is. Sterkte met die konferensies van die week. Jy werk ook hopeloos te hard vir so 'n fyn mensie. Groet my, dat ek kan loop."

Mirabel soen hom en hy druk haar styf vas, voor hy homself baie teen sy sin losmaak en vertrek.

Mirabel pak haar tas uit en begin dan aan haar week se beplanning werk. Sy is baie gelukkig, maar tog kry sy dit nie reg om te vergeet van haar dierbare Allegra nie.

My dierbare vriendin hoe wens ek nie ek kon jou oortuig van die waarheid nie. Dit sal julle albei soveel hartseer spaar. Wie kan so gemeen wees en so met hulle gevoelens speel? Dit moet werklik 'n hartelose, siek persoon wees. Hierdie tyd wat nou vir haar 'n tyd van sukses en glorie moet wees, is net so van haar weggeruk. Dan kom Lara ook nog tussenin met haar nonsens. Ek kan soms nie glo dat hulle twee susters is nie. Ek sal môre tydens werksure na haar huis bel om by Sofia te hoor hoe dit met haar gaan. Dankie Vader vir Sofia, anders was sy nou heeltemal alleen.

Die heel eerste ding op 'n Maandagoggend het Mirabel 'n beplanningsessie met haar mense. Dit is hoe sy seker maak almal is op die selfde bladsy en weet wat hulle vir die week moet doen.

Na die afloop van die sessie, is sy pas terug in haar kantoor, as haar regterhand vir haar 'n koppie koffie bring.

"Baie dankie, Delia, ek is reeds nou reg vir koffie."

"Dit is 'n plesier. Hoe was dit in Duitsland?"

"Dit was fantasties. My vriendin het die Ruitersport Wêreldkampioenskap titel ingepalm. Ek is baie bly vir haar, sy het hard daarvoor gewerk."

"Is dit al rede hoekom die naweek so fantasties was? Wat van die aantreklike man wat voor julle vertrek het hier by jou koffie gedrink het?"

"Lorenzo ... ja, hy is beslis deel van die rede hoekom dit so 'n fantastiese naweek was. Hy het my gevra om uit te gaan. Hy is my vriendin se buurman en hulle is al jare vriende."

"Wonderlik, ek kon vanoggend toe jy hier instap sien, dat daar iets anders aan jou is. Daardie glimlag was net breë en die oë blinker. Dit is mos wat die liefde aan mens doen. Ek is baie bly vir jou, jy verdien iemand wat jou kan bederf."

"Dankie Delia. Ek het gou 'n paar oproepe om te maak voor ons begin beweeg, sal jy toesien dat alles wat na die konferensiesaal moet gaan gelaai word asseblief."

"Sekerlik, ek maak so."

Mirabel skakel dadelik Allegra se landlynnommer.

"Giordiono di Allegra, goeiemôre," antwoord Sofia soos altyd professioneel.

"Sofia, dit is Mirabel."

"Ah, juffrou Mirabel, goed om jou stem te hoor."

"By die tyd weet jy sekerlik van die hele gemors wat daar in Duitsland plaasgevind het en dat Allegra nie met een van ons wil praat nie."

"Ja, ek weet. Dit is 'n baie slegte besigheid, juffrou Mirabel."

"Ek is bekommerd oor haar en wil net hoor hoe die met haar gaan. Jy is nou my enigste skakel met haar."

"Dit is reg so. Dit het gisteraand maar rof gegaan, sy het haar byna siek gehuil. Ek het vir haar warm melk met 'n kalmeermiddel ingegee. Sy weet dit natuurlik nie. Juffrou weet mos hoe hardkoppig die kind kan wees. Sy is netnou hier weg, het besluit om weg te kom vir 'n paar dae. Waarheen weet ek nie, en as ek weet mag ek in elk geval nie sê nie. Sy sal laat weet as sy veilig is."

"Miskien doen die weggaan haar goed. Sofia, meneer Ivano is nie skuldig nie. Hy kry net so swaar of nog swaarder omdat sy hom nie wil glo nie. Maar jy weet mos hy is 'n prokureur, so hy het belowe om nie te rus voor hy uitgevind het wie agter hierdie vals berig sit nie. Neem asseblief my selfoonnommer en laat weet my as sy veilig is. My hart is so seer vir haar."

"Ek maak so juffrou Mirabel. Dit is regtig net 'n versteurde mens wat so iets aan ander sal wil doen. Dankie dat juffrou gebel het."

"Sy bly my vriendin, en ek bid dat sy tot haar sinne sal kom. Jy weet hoe lief ek vir haar is."

"Ons moet net bly glo, sy sal. Mooi dag vir juffrou."

"Dankie Sofia."

Allegra het pas in San Felice Circeo aangekom en voor haar hotel waar sy vir die week gaan tuisgaan parkeer. Die

Capo Circeo Wellness Spa is 'n twee verdiepinggebou en vertoon heel eenvoudig.

Dit is 'n pragtige dorpie, ek sal beslis hierdie week sorg dat ek elke hoekie hiervan verken. Tyd het ek mos genoeg en ek soek moes dinge om my te laat vergeet van die gemors waarin my lewe is. Ek moet tog net nie vergeet om vir Sofia te laat weet dat ek veilig is nie. Sal ek haar sê waar ek my bevind? Sy is betroubaar, ek kan maar. Darem een persoon in my lewe wat betroubaar is, dit is nou buiten my pappa. Kom ek gaan binne.

Allegra is heel verras as sy die ontvangsarea van die hotel binnestap. Die eenvoud van die buitekant is beslis misleidend. Dit is alles baie weelderig en mooi. Omdat sy baie versigtig is om herken te word, hou sy haar donkerbril op en het ook die bespreking onder haar tweede naam gedoen. Sy het net nie die krag om met die media of ander mense te deel nie. Sy wil net rus en ontspan.

"Goeiedag, kan ons help?" vra die vriendelike meisie by ontvangs.

"Sekerlik, ek wil inboek asseblief. Gaby Carvelli. Ek het vanoggend telefonies bespreek."

"Welkom Juffrou Carvelli, ja ek onthou dit goed. Ek het vir u 'n kamer op die tweede vloer gegee met 'n see-uitsig. Hier is ons spa se brosjure, indien u van dit wil gebruik maak. Daar is ook verskeie restaurante in die hotel. Die inligting sal u alles in u kamer in die inligtingsomslag kry. Hier is ook 'n brosjure om u meer te vertel oor al die interessante dinge wat u hier in ons dorpie kan doen."

"Sjoe, ek is beïndruk, baie dankie. Ek sal beslis van die spa gebruik maak en deur die inligting kyk om te sien wat ek alles wil doen."

"As daar enigiets ander is waarmee ons kan help, praat asseblief."

"Dankie, ek sal so maak."

"Ons hoop u sal u tyd hier by ons geniet. Die portuur sal gou u bagasie na u kamer neem."

Die suite is ruim en luuks, met 'n balkon waar sy rustig kan sit. Die uitsig oor die see is asemrowend en goed vir haar gekweste siel. Nadat sy 'n rukkie mymerend teen die reëling van die balkon gestaan het, draai sy vinnig om en gaan na binne. Vir 'n oomblik daar het sy gewens Ivano was hier by haar, sy sal die skoonheid so graag met hom wou deel. Toe onthou sy weer van sy verraad en dat juis dit die oorsaak is dat sy hierheen gevlug het.

Ek dink wat ek nou nodig het is 'n bederf by die spa. Hipnose vir die volgende paar maande sou seker beter werk, maar dit kan ek nou nie doen nie.

Sy skakel die nommer van die spa en bespreek vir haar 'n volle gesigsbehandeling en daarna 'n volle liggaamsmassering. Omdat haar afspraak voor die middagete begin en tot daarna aanhou gaan sy ook by die spa met 'n spesiale gesondheids-middagete bederf word.

Die spa is op die grondvloer van die hotel in die vleuel naaste aan die see geleë. Modern en ruim, met 'n gedeeltelike uitsig oor die swembad en tuin.

"Juffrou Carvelli u kan maar deurkom," nooi die skoonheidskonsultant.

"Daar is 'n japon en pantoffels wat u kan aantrek en ek wag vir u in die eerste kamer aan die regterkant."

"Ek maak so." Soos sy verklee, dreig haar gedagtes om na Mirabel te gaan. Hulle laaste spa-sessie was soveel pret. *Nee, ek mag nie aan haar dink nie. Sy glo vir Ivano ...*

Minute later maak die meisie haar toe met 'n dik wollerige handdoek wat vooraf verwarm is. Dit laat haar gespanne liggaam bietjie ontspan. Dan begin die konsultant aan haar gesig te werk. Sy sluit haar oë en luister na die strelende klassieke klanke wat die vertrek vul. Sy voel die vaardige hande wat haar gesig masseer, skoon maak, die masker aanwend. Sy praat saggies met haar om te verduidelik wat sy doen.

Haar liggaam begin ontspan, en sy geniet die bederf volkome. Sowat 'n uur later, is die behandeling klaar.

"Nou gaan ek u neem na waar ons u gaan bederf met middagete. Kom gerus saam."

Die meisie neem haar na 'n terras wat oor die see uitkyk maar beskud is van die ander hotelgaste. Daar is groot bome en onder die bome is daar verskeie tafeltjies. By van hulle is daar reeds ander dames wat ook bederf word.

"Ontspan u gerus, 'n dametjie sal nou-nou vir u bedien. Net ter inligting, al die disse wat u van sal geniet word voorberei van ons eie organiese groente en vrugte."

"Dit is werklik wonderlik. Ek sien beslis uit daarna."

Minute later bring 'n dametjie vir haar 'n drankie wat groen van kleur is.

"Juffrou Calvelli, hierdie is 'n sap wat gemaak is van spinasie en spanspek. Dit is baie verfrissend en ons hoop u sal dit baie geniet. Ons sal nou u middagete bring."

"Dit klink baie verfrissend en beslis gesond. Ek is opgewonde om te sien wat julle vir middagete gaan bedien."

Nie lank daarna nie sit die meisie vir haar 'n bord voor met pastei, en verskeie groentes. Saam met dit sit sy 'n bakkie met mengelslaai neer.

"Sjoe, dit lyk kleurvol en smaaklik. Waarvan is die pastei gemaak?"

"Die kors is van kekerertjies, en die vulsel van hoender. Alles heilsaam en gesond. Geniet dit baie."

"Ek vertrou ek sal, dankie."

Allegra is verbaas om te proe hoe smaakvol die kos is. As sy aan gesondheidskosse dink, dink sy aan smaaklose disse. Sy probeer self gesond eet, maar het nog nooit so ver gegaan om meel te vervang met kekerertjies of selfs haar speserye en kruie weg te laat nie. Sodra sy haar middagete genuttig het kom die konsultant haar weer haal.

"Nou vir die groot ontspan." Sy het intussen die bed heeltemal platgeslaan.

"Sal u asseblief vir my op u maag op die bed gaan lê en u self gemaklik maak."

"Sekerlik." Allegra doen soos sy gevra het en voel weer daardie warm sagte handdoek op haar lyf.

"Nou kan u net ontspan, van alles vergeet en selfs slaap as u wil."

Allegra ruik die reukolie as die meisie dit op haar hande sit om te begin en dit is 'n sagte aangename reuk van laventel, kamille en bergamot.

Die meisie begin by haar nek. Eens met stadige sagte hale, voor sy harder drukking toepas om die knope in Allegra sy skouers en nek te probeer ontknoop.

"Sjoe, u skouers en nek is baie gespanne en vol knope."

"Ja, ek is 'n sportsvrou en het pas klaargemaak met 'n groot kompetisie. Dit sal so wees."

"Moenie bekommer nie, ek sal dit vir u uitkry. Ontspan u net. U is werklik baie gespanne."

Allegra reageer nie, en probeer net om te laat gaan en te ontspan. Sy probeer konsentreer op die geure wat die lug vul. Dit werk, want kort voor lank val sy in 'n rustige slaap.

Na sowat 'n halfuur maak die meisie haar saggies wakker en vra om op haar rug te draai. Sonder om eers heeltemal wakker te word, draai sy om en gee haar weer oor aan die saligheid van slaap.

Soos die gewoonte is, laat die konsultant haar nog sowat tien minute slaap nadat sy klaar is voor sy haar gaan wakker maak met 'n glas koue water.

"Juffrou Carvelli, wakker word."

Sy raak stadig wakker en word haar gewaar dat sy in 'n vreemde omgewing is.

"Sit stadig regop, en drink van die heerlike koue water."

Sy reageer op die versoek en voel heel verfris.

"Sjoe, dit was ongelooflik ontspannend en wonderlik. Baie dankie."

"U is meer as welkom. Onthou asseblief om baie water te drink. U mag dalk vind dat u baie slaperig is vroeg vanaand al. Die beste is om dat net te gaan rus. Dit is nog die effek van die olies."

"Dit klink vir my heeltemal reg. Ek mag dalk voor ek vertrek weer vir julle kom kuier, hierdie was voorwaar hemels."

Nadat sy aangetrek het gaan sy terug na haar kamer. Sy sien dat dit net na twee in die middag is. Gedagtig aan wat die meisie gesê het, besluit sy om sommer die dorpie te gaan verken.

Sy verklee in gemaklike slenterdrag en kies 'n paar skoene waarmee sy lekker gemaklik kan stap. Dan vat sy die geplaveide strate van die dorpie aan. Sy dwaal deur interessante winkeltjies, drink koffie by 'n kleurvolle koffiewinkel op die plein, besigtig die ou geboue en vind die kerkie wat baie verwelkomend voor kom.

Die deur staan oop en sy gaan na binne. Dit is stil en daar heers 'n gevoel van vrede. Allegra gaan sit heel voor in die kerk, sluit haar oë en die trane kom van self. So sit sy vir 'n baie lang tyd met net die trane wat oor haar wange vloei, geen geluid van 'n snik nie.

Vader, hoekom moes dit gebeur? U weet hoe lief ek daardie man het. Hoe het hy dit reggekry om my so te mislei? Hy is dan ook 'n kind van U? Hoekom het hy dit dan gedoen? Wat is die doel daarvan dat ek hom so lief moes kry net dat hy my hart kan breek? Sal ek ooit in my hele lewe weer mense kan vertrou, mans kan vertrou? Tot my twee beste vriende het my versaak en glo die leuens wat hy opgedis het. Hoekom?

My kind in Lukas 12 staan daar geskrywe: "Pas op vir die suurdeeg van die Fariseërs, dit is hulle huigelary. 2 Daar is niks bedek wat nie onthul sal word nie, en niks geheim wat nie bekend sal word nie. 3 Daarom, alles wat julle in die donker gesê het, sal in die daglig gehoor word; en wat julle agter geslote deure vir iemand in die oor gefluister het, sal van die dakke af uitgebasuin word."

In hierdie wêreld is daar baie valse mense wat ander soos jy se ondergang wil bewerk uit jaloesie, of afguns. Jy wandel in my weë en daarom gee Ek jou guns. Hulle ken my nie, daarom is hulle afgunstig op jou sukses en geluk. Die vyand sal altyd probeer om jou te verblind. Jy moet mooi kyk.

Maar Vader, ek het mooi gekyk! Nie net het ek gekyk nie, ek het gebid tot U vir hom. Hy is dan 'n gelowige in woord en daad. Hoe het hierdie gebeur?

Wees geduldig, My woord belowe dat die dinge wat in die donker beplan word sal aan die lig kom. Jy sal nog verstaan. Nou word jou visie deur seer en teleurstelling verblind. Jy sal weer sien. Goud moet deur 'n vuurdoop gaan om die suiwerheid en egtheid daarvan uit te bring – onthou dit.

Ek verstaan nie, Vader. U boodskap is vir my vaag. Wat wil U hê moet ek doen?

Jy hoef niks te doen nie, my kind. Net gehoorsaam te bly aan My. Al voel dit nou vir jou asof jou wêreld verwoes is, is dit nie waar nie, want Ek is jou wêreld. Ek is nog hier, en sal altyd saam met jou wees. Hou vas aan My beloftes.

Ek sal Vader, ek sal. Ek sal U volg, al weet ek nie waarheen die pad my neem nie. Ek sal my vertroosting in U Woord vind.

Nog niks nader aan antwoorde vir al haar vrae nie, maar met die hoop dat haar Vader haar sal dra, gaan sy daar uit. Sy stap terug na die hotel se kant toe, maar wanneer sy voor die hotel kom, besluit sy om aan te hou stap af strand toe.

Daar gaan sy nadat sy 'n lang end op die strand gestap het, by 'n kafeetjie sit en bestel vir haar 'n alkoholvrye mengeldrankie. Met die in die hand, tuur sy oor die see na waar die son besig is om die dag te groet in die mooiste skakerings van karmosyn en goud.

Vader, u skepping is net asemrowend. Sy neem haar voor om nie hierdie tyd wat sy hier is 'n sonsondergang te mis nie. Sy neem foto's en wanneer sy haar foon bêre, sien sy al die boodskappe wat sy nog nie geantwoord het nie, en ook nie van plan is om te antwoord nie. Dan tref dit haar: Vir wie neem ek hierdie foto's. *Ek het niemand om dit mee te deel nie.*

Die kelnerin onderbreek haar gedagtegang.

"Kan ek vir u ons spyskaart bring?"

"Nee, dankie. Miskien sal ek 'n ander aand hier by julle iets kom nuttig."

"Alles in orde so."

Kort daarna maak sy klaar met haar drankie en slenter terug na die hotel. Wanneer sy in haar hotelkamer kom oorval die moegheid haar meteens. Sy stort en val in haar bed. Haar kop het skaars die kussing geraak dan slaap sy al.

Hoofstuk 7

In Rome is dinge nie so rustig soos in San Felice Circeo nie. Die oomblik wat Ivano by die ontvangs instap, is Aria by.

"Meneer Liberti, is dit die vroumens wat jy gaan ontmoet het voor jy weg is Duitsland toe? Is dit sy op die voorblad?"

"Ja, Aria, dit is sy. Ek moet dringend uitvind wie sy werklik is en wie daardie foto's geneem het. Dit was alles vooraf beplan. Die slinkse vroumens."

"Wat van Allegra? Is sy okei?"

"Nee, sy is nie. Ons is nie meer verloof nie en sy is gebroke. Daarby het ek toe dit voorval gebeur het, dit met ons twee vriende gedeel, maar nie met haar nie. Ek was bang om dit voor die byeenkoms met haar te deel. Bang dit sal haar ontstel en haar fokus wegneem. Sondagoggend het ek nog nie kans gehad om dit aan haar te vertel toe die berig lewensgroot op 'n kennisgewingbord geflits word en sy dit sien. Nou is sy onder die indruk dat ons vriende my net probeer beskerm en ons haar almal verraai het. Dit is 'n verskriklike gemors. Is Luca al hier? Ons moet agter hierdie hele lokval kom."

"Ai, meneer Liberti, ek kan net dink hoe 'n trauma dit vir albei van julle moet wees. Dit net nadat sy die Wêreldkampioenskap gewen het. Dit is werklik laag en gemeen."

"Tussen my en Luca sal ons agter hierdie gemors kom, al is dit die laaste ding wat ek in my lewe doen."

"Hy is nog nie in nie, sal seker nou-nou hier wees. Kan ek vir Meneer koffie bring?"

"Ja, asseblief."

Hy het skaars gaan sit as Mirabel hom bel.

"Mirabel, het jy iets gehoor?"

"Ja, ek het vir Sofia op die landlyn geskakel. Allegra het die pad gevat iewers heen. Sofia weet nog nie waarheen nie, en sy het klaar laat blyk dat sy ook nie mag sê as sy weet nie. Sy sal my darem laat weet as Allegra veilig is waar ook al."

"My liefste, liefste meisiekind. Ek hoop werklik sy is veilig. Dit is glad nie in haar geaardheid om net so te verdwyn nie. Dit moet vir jou sê hoe seer sy is. Toemaar, vandag nog gaan Luca en ek met daardie Redakteur 'n vergadering belê. Hulle sal maar moet praat."

"Ek hoop julle het sukses daarmee. Jy weet mense wat in staat is tot sulke dinge werk hulle planne mooi uit om nie 'n spoor te laat nie."

"Al moet ek ook 'n privaatspeurder aanstel, uitvind sal ek uitvind."

"Ons praat weer, ek moet hardloop na die konferensie toe. Kyk mooi na jouself my vriend."

"As jy iets van Sofia hoor, laat my asseblief weet."

"Ek sal."

Ivano hoor vir Luca inkom en dat Aria hom na sy kantoor stuur.

"Ivano ... ou maat, is jy okei?"

"Nee, ek is nie, want ek het die waardevolste persoon in my lewe verloor deur die slinkse leuens van daardie vroumens!"

"Wat? Ek weet nie vir wie van julle moet ek die meeste jammer voel nie."

"Beslis vir my meisiekind. Dit het haar al die glorie van haar wen as nuwe Wêreldkampioen ontneem en dan ook nog vir my en haar vriende."

"Hoe so?"

Ivano vertel hom dat hy nie vir Allegra voor die tyd wou vertel uit vrees dat sy ontsteld sou wees en dit haar aandag sou aflei. Dan gaan hy aan en lig hom in oor die gebeur van

Sondagoggend toe die hele drama afgespeel het in Duitsland.

"Die arme vrou ... ek moet jou eerlik sê as ek nie die storie voor die tyd van jou gehoor het nie, sou ek dit ook nie geglo het nie. Daardie vroumens klou aan jou asof haar lewe daarvan afhang. Wie ook al die fotograaf was, het die foto so geneem dat mens nie kan sien dat jy nie aan haar klou nie. Dit lyk of julle baie verlief is."

"Ek het gesien. Dit wys jou net dat dit met voorbedagte rade gedoen is. Fyn uitgewerk en fyn beplan."

"Hoekom en wie kan dit wees?"

"Allegra se vriendin, Mirabel het my oë daar oopgemaak. Dit kan of iemand wees teen wie ek 'n saak behartig het, of iemand in die Allegra sy sportkringe wat jaloers en afgunstig is. Jy weet seker hoe 'n gesogte titel dit is wat sy nou die houer van is. Sy 'n vrou het nie net 'n hele klomp vroue ruiters nie, maar ook mans ruiters se hande in die stof geslaan. Hoekom het die berig uitgekom net die oggend nadat sy gewen het?"

"Jy is heeltemal reg. Die voorval was dan al Dinsdag laasweek. Dit was beslis so beplan. Gemene uitvaagsels. Jy het my vertel hoe hard sy gewerk het hiervoor, nou ontneem hulle haar nie net van haar oorwinning nie, maar ook nog van jou wat haar groot liefde is."

"Ja, sy wou na niks luister nie, sy was in skok. Nou het sy die pad gevat wie weet waarna toe het haar vriendin my laat weet. Die kon dit darem by haar getroue huishoudster uitvind. Ons moet 'n afspraak maak met die redakteur van daardie koerant en die joernalis. Ek sal nie rus voor ek nie uitvind wie hier agter sit nie. As dit was om Allegra by te kom, is sy steeds in gevaar."

"Natuurlik ... ek het nie so daaraan gedink nie. Ek is by, laat my net weet wanneer die afspraak is."

91

Wanneer Ivano in sy kantoor terugkom, het Aria reeds die Informantè se nommer en die naam van die Redakteur en joernalis op 'n notatjie vir hom gelos.

"Puik. Laat ek net in my dagboek kyk wat daar aangaan vir die dag, dan kan ek die afspraak maak." Minute later skakel hy die nommer.

"Informanté, goeiedag. Hoe kan ons help?"

"Juffrou, kan u my asseblief deurskakel na meneer Benetti se kantoor?" vra hy saaklik.

"Wie kan ek vir hom sê wil met hom praat asseblief, meneer?"

"Meneer Liberti..." gee hy met opset sy van en nie sy naam nie.

"Goed, ek hoor gou of hy beskikbaar is om oproepe te neem." Vir sekondes is dit stil. Dan kom haar stem weer oor die lyn.

"Ek skakel u deur, meneer Liberti."

"Dankie."

"Benetti, hoe kan ek help?"

"Meneer Benetti, dagsê. Ivano Liberti hier. Ek sal graag 'n afspraak met u en Alonzo Lizio wil maak."

"Waaroor gaan dit?" kom die vraag bars oor die foon.

"Oor die berig wat julle op die Sondagkoerant se voorblad gehad het."

"Wat daarvan?"

"Meneer Benetti, voor ons nou mekaar se tyd verder mors. Ek is 'n prokureur, die feite in daardie berig is ongegrond en is naamskending. Dit het verwoestende gevolge vir meer as een persoon gehad. Jy het dus 'n keuse, of julle gesels met my of ek gaan net bloot aan en dagvaar jou koerant en jou joernalis vir naamskending en die plaas van ongegronde feite. Dalk nog die aanvaarding van omkoopgeld ook."

"Ek het werklik nie bedoel om u om te krap nie, meneer Liberti. Wanneer en waar kan ons ontmoet?"

"By ons regspraktyk, Tarantino en Liberti. As u nie omgee om u selfoonnommer aan my te gee nie, sal ek vir u 'n lokasiesleutel stuur. Ons is op die vyfde vloer. Kan ons dit so gou moontlik maak, sê oor 'n uur?"

"Dit is in orde so. Ons sien u oor 'n uur."

Ivano laat weet vir Aria om die twee mans te verwag. Daarna laat weet hy vir Luca.

"Dit klink of dit maklik was."

"Nee, glad nie. Hy was soos die media maar is, lekker kortaf totdat ek hom vertel het hy kan of saamwerk of ek gaan aan om sy koerant te dagvaar."

"Goed vir jou, my vriend. Hierdie is 'n ernstige saak. Julle albei se lewens is verwoes."

"Sal ons sommer in jou kantoor vergader?"

"Ja, dit is reg, Ivano. Wil jy hê ek moet die vergadering lei?"

"Ja, as my regsverteenwoordiger. Jy ken die hele storie, hulle moet uit die staanspoor weet, ons is nie besig om grappies te maak nie."

"Graag, jy weet hoe onreg my hare kan laat regop staan."

"Dan gaan ek maar eers hier aan met my saak van môre se voorbereiding."

By die Informanté is een ontstoke Italianer. Massimo Benetti is baie gesteld daarop dat al is sy koerant bekend vir al die skinderstories oor die rykes, die feite reg moet wees. Alonzo Lizio se selfoon lui.

"Alonzo, waar is jy?"

"Meneer, besig met 'n storie in die middestad."

"Los dit, ons het oor 'n uur 'n afspraak met die prokureur waaroor jy die voorbladstorie geplaas het. Ek hoop vir jou part dat jou feite korrek is en dat jou bron betroubaar was. Anders kan jy nou al jou tafel kom ontruim."

"Meneer ... ek kom dadelik kantoor toe," antwoord hy benoud.

"Hoe klink dit dan vir my of jy 'n storie geplaas het waarvan jy niks weet nie?"

"Meneer ... ek kom..." *Liewe genugtig. Wat nou gemaak? Dit is nie my foto nie en ek het net die woord van die vroumens gevat oor die storie. Ek wou net die 'scoop' hê, veral omdat die man se verloofde die bekende en nou wêreldkampioen in Ruitersport is. Dit klink of dit nou in 'n gemors gaan ontaard. Hoe moes ek weet die man is 'n prokureur?*

Massimo is glad nie 'n gelukkige man as hy Alonzo se storie hoor nie.

"Is jy onnosel? Hoe kan jy van so 'n bekende sportster en haar verloofde skryf sonder om jou feite na te gaan. Nou vertel jy vir my jy het nie eers self die foto geneem nie. Dit impliseer dat jy nie eers weet wie die man of vrou in die foto is nie. Hoe dink jy moet ek uit hierdie gemors kom?"

"Ek is jammer, meneer Benetti, werklik jammer. Die vrou was net baie oortuigend."

"Oortuigend! Jy laat my lag ... nie eers die naam wat sy aan jou verskaf het sal haar eie wees nie."

"Daar was twee vroue, die vrou in die foto en nog 'n ander vrou. Ek moes hulle by die vrou in die foto se woonstel gaan sien. Ek het darem die adres."

"Dit tel vir baie, dink jy werklik dit is van enige nut?"

"Meneer ek sal haar erken, op die foto het sy 'n donkerbril op, maar die dag wat ek daar was, het ek haar gesig gesien. Ek belowe ek sal na haar soek tot ek haar kry. Al moet ek ook dag en nag voor haar woonstelblok kampeer om haar in die hande te kry."

"Jou beloftes beteken niks, kom ons gaan hoor hoe groot die skade is wat jy aangerig het."

Aria herken dadelik vir Massimo Benetti. Sy gesig is gereeld in die koerante vir mense wat hom hof toe sleep oor hulle uitlatings.

"Menere, welkom hier. Volg my asseblief."

Alonzo is erg benoud, want hy weet hy is skuldig. Nou moet dit juis 'n prokureur wees waaroor hy 'n storie gaan plaas waarvan hy eintlik niks weet nie.

Aria klop en op Luca se bevel maak sy die deur oop en stap na binne.

"Menere Tarantino en Liberti, ontmoet menere Benetti en Lizio." Dan verdwyn sy by die deur uit en maak dit agter haar toe.

"Bly te kenne menere. Dankie dat julle ingestem het om ons op so 'n kort kennisgewing te woord te staan. Hierdie is ongelukkig 'n baie, baie ernstige saak vir ons. My vennoot, meneer Ivano Liberti sal ek in hierdie saak verteenwoordig omdat ek bewus is van die hele scenario waarin daardie foto geneem is wat gebruik is in 'n storie waar die feite so liederlik verdraai is. Hierdie is naamskending, daarby volg valse inligting, en vergoeding vir trauma waardeur die party wat geraak word deur die berig gaan.

"Soos u kan agterkom, is hierdie nie net nog 'n skinder-storie waaroor u berig het nie. Hierdie berig het veroorsaak dat my vennoot wat op trou staan se naam so geskaad is dat hy nie meer verloof is nie. Dit het die roem en glorie van sy baie bekende verloofde, juffrou Allegra Carvelli, gesteel net nadat sy die wêreldkampioenskap gewen het deur jare se harde werk. Dit is nou nie eers om te praat van die emosionele skade wat dit aan haar aangerig het nie.

"My kliënt en vennoot is dus vasberade om die gene wat vir hierdie leuens verantwoordelik is op te spoor en te laat betaal. Julle is dus in die heel eerste lyn van vuur hier. Wat wil julle doen? Vir julle 'n regsverteenwoordiger kry, of met ons saam werk?"

"Ons het geen ander keuse as om met u saam te werk nie. Dit het vanoggend eers tot my kennis gekom dat Alonzo in hierdie geval oorhaastig op getree het en nie seker gemaak het van die feite nie. Die foto is nie eers deur hom geneem nie. Ek het net een vraag?"

"Vra gerus..."

"Kan meneer Liberti bo alle verdenking hierdie foto verduidelik?"

"Ja, hy kan beslis. Want sien toe die voorval plaasgevind het waar daardie foto geneem is, was ek, ons ontvangsdame en twee van sy vriende bewus van die gebeure. Dit is duidelik dat iemand vir hom 'n lokval gestel het. 'n Vrou het hom na Manuella's gelok deur voor te gee dat haar vorige kêrel haar dreig en wil doodmaak. Die dag wat daardie foto geneem is, was die man ook daar en het selfs so ver gegaan om die vrou te klap. Ongelukkig het die persoon wat die foto geneem het presies geweet wat hulle met die foto wou bereik en net die deel vasgevang waar die vrou aan my kliënt vasgeklou het onder die vaandel van vrees. Verder is die vroumens se kamma kêrel wat haar kamma aangeval het deur die sekuriteitswagte van die Restaurant verwyder."

"Soos u kan agterkom het Alonzo mooi netjies sy voet in die middel van 'n baie goed deurdagte sameswering geplaas. Hoe het jy die inligting bekom, Alonzo?"

"'n Vrou het my geskakel en gevra om haar by haar woonstel te ontmoet. Sy het die storie aan my vertel en my die foto gegee. Die foto was reeds gedruk, ek het dus geen idee wie dit geneem het nie."

Massimo voel of hy 'n hartaanval gaan kry toe hy die inligting hoor.

"Wie was die vrou? Of nee, kom ek raai ... Chiara Ambrosi"

"Ja, dit is sy!"

"Kan ek haar aan jou beskryf?" praat Ivano nou vir die eerste maal.

"Ja, gerus."

"Sy is in haar middel twintigs, het blonde hare en is skraal gebou. Ek kon haar oë nie sien nie, want sy het 'n donkerbril op gehad, maar sy het so 'n pruil mond asof sy te veel botox gehad het daar."

"Ja, dit is dieselfde vrou. Daar was nog 'n blonde vrou by haar, een wat nog meer soos 'n pornografiese model gelyk het as sy self. Buiten dat sy half nakend geklee was, het sy uitermatige groot borste. Sy het haarself nie aan my voorgestel nie. Net die hele tyd haar vriendin se storie beaam."

Ivano kry 'n hol kol op sy maag toe hy die beskrywing van die ander vrou hoor. Hy weet soos hy weet dat daar net een mens is wat daardie beskrywing pas. Onder ander omstandighede mag hy selfs die jongman se beskrywing snaaks gevind het, maar nie nou nie. Hy swyg egter.

"Hierdie klink glad nie goed nie. Dit gaan dus jou woord teen hulle woord wees, dus kan hulle dit maklik in 'n hof ontken dat hulle die inligting aan jou gegee het. Het jy enige bewyse soos 'n telefoonnommer of adres. Enigiets!" vra Luca.

"Ek het 'n adres, nou dat ek daaraan dink en ons sal die selfoonnommer waarvan sy geskakel het op my selfoonrekords kan kry. Ek het die oproep die Dinsdagaand voor die berig geplaas is, ontvang. Ek onthou dit want ek was net op pad huis toe. Dit moes net voor vyf die middag gewees het."

"Dan sal ons ten minste die persoon se naam kan opspoor en miskien so die ander vrou se naam ook. Daar moet 'n man ook betrokke wees, want wie is die man wat haar kamma aangeval het in die restaurant dan? Alonzo, jy besef seker dat jou selfoonrekords die enigste iets is wat jou bas kan red, so sal jy asseblief so dringend moontlik vir ons 'n afskrif daarvan kan voorsien en daardie oproep kan merk?" wonder Luca.

"Wag net so 'n bietjie ... Alonzo, ek vermoed daar is iets wat jy vergeet het om ons te vertel," reageer Ivano skielik.

Luca en Massimo sien dat die jongman spierwit in sy gesig raak en weet dat Ivano hier op die spoor van iets is.

"Uit daarmee, Alonzo! As jy nie jou samewerking gee nie, kan jy maar jou werk totsiens groet. Ek soek die waarheid," eis Massimo ontsteld.

"Hoeveel het hulle jou betaal, Alonzo? Was dit in kontant?" vra Ivano asof dit 'n feit is vir hom.

"Ah ... ah ... vyfhonderd euro, die porn-ster het dit oorgeplaas in my rekening."

Massimo wil ontplof, maar weet dit is nie nou die tyd of plek nie. Luca sit met 'n glimlag op sy gesig en Ivano weet nie of hy moet opgooi of lag nie.

"Nie baie slim van haar nie, sou ek sê. Maar dan porn-sterre is seker ook nie baie slim nie," glimlag Luca baie tevrede. Hy vermoed dat Ivano reeds weet wie hierdie vrou is, maar kies om niks te verklap nie.

"In daardie geval, Alonzo, hoop ek jy het nog nie 'n sent daarvan spandeer nie en dat jy so gaaf sal wees om die rekords van jou bankstate aan ons te voorsien dat ons kan sien wie jou weldoenster is."

Alonzo besef hy is in 'n hoek vasgekeer. Hoe die man geweet het hy het geld ontvang, weet hy nie. Nou moet hy net baklei om sy werk te behou. Hy is baie dankbaar dat hy eers vanoggend die geld in sy rekening gesien het en nog niks daarvan kon gebruik nie. Dit sal sekerlik in sy guns tel.

"Sekerlik sal ek ... Meneer Benetti, ek is jammer. Dit was net so 'n ongelooflike aanbod dat ek dit nie kon laat verbygaan nie. 'n Scoop en nog al daardie geld."

"Ons sal later praat," is al wat 'n baie ontstelde Massimo uiter.

"Alanzo, ek hoop as daar een ding is wat jy uit hierdie gemors sal leer, sal dit wees dat alles wat soos goud lyk nie goud is nie. Daar is net een manier om sukses te bereik in die lewe en dit is harde werk. Daardie sukses het julle van Juffrou Carvelli ontneem, en nog haar hart gebreek in die proses. Ek hoop jy besef die omvang van jou onsinnige dade!" kan Ivano homself nie keer om uiting aan sy woede en seer te gee nie.

"Voor die einde van hierdie dag wil ek jou bank en selfoonrekords op my tafel hê, Alonzo. Moet my nie laat wag nie. Die skade is onberekenbaar," vervolg Luca.

"Ek sal dit dadelik aan u stuur as ek hier weggaan," belowe hy.

"Ek het nog 'n beter idee, hoekom vra jy dit nie nou aan en vra hulle moet dit direk na my e-pos adres stuur nie. Ek is seker daar is ander dinge waaraan julle moet aandag gee as julle hierdie vergadering verlaat," reageer Luca. *Beslis is daar, dit is as jy nog 'n werk sal hê hierna.*

"Menere, wat gaan nou gebeur?" vra Massimo benoud.

"Nou meneer Benetti gaan jou koerant 'n baie groot voorblad berig moet plaas om reg te stel wat julle verbrou het, en of dit ooit die skade sal kan regstel, weet ek nie. Tog moet ons probeer, al is dit dan ook net om my kliënt se naam skoon te kry. Wat ook al in daardie berig staan, dit moet net baie seker wees dat meneer Liberti geensins skuldig is aan die valse beskuldiging nie."

"Kan ek enige name noem as julle die rekords nagegaan het?"

"Nee, net die van meneer Liberti en dat die inligting nagegaan is en beslis vals is. Dan geen verder inligting nou verskaf kan word nie omdat daar 'n kriminele saak aanhangig gemaak is teen die oortreders."

"Goed so."

"Ah, hier is die inligting nou. Ons sal weer met julle in aanraking wees, julle is verskoon menere," groet Luca. Hy kan sien Ivano brand om bevestiging te kry dat sy vermoede reg is.

"Dan gaan ons maar eers, dankie dat u ons nie aankla nie. Dit sal my koerant se ondergang beteken het. Ek is werklik jammer oor hierdie voorval en die skade en hartseer wat dit veroorsaak het. Dit sal my ook met ander oë na verslaggewing in die toekoms laat kyk."

"Dit is goed om te hoor," antwoord Ivano. Sy hart brand egter vir die skade wat dit hom berokken het om nie eers te praat van sy liefste meisiekind nie. Daardie skade weet hy sal nie kan reg gemaak word deur 'n verskoning nie. Sy sal sekerlik nie eers na die koerant kyk nie.

Hulle was skaars by die deur uit as Luca die bankstaat druk en aan Ivano oorhandig. Daar reg voor sy oë is presies die naam wat hy vermoed het hy daar sal sien. Sy hart trek seer saam en hy moet homself maan om nie verbitterd te raak nie. Die inligting kan niks vir hom doen nie, die skade is reeds gedoen. Verder sal daar nog groter skade verrig word as dit bekend moet word. *Vader, hoekom moet Allegra en ek die twee wees wat so seer moet kry? Nou moet ek swyg om soveel ander se gevoelens te spaar, terwyl ons lewens verwoes is.*

"Ivano, moet nie net daar sit en lyk of iemand baie naby aan jou dood is nie. Praat met my!"

Hy begin praat en Luca sit verstom. Hy kry sy vriend baie jammer, want soos die storie ontvou, weet hy reeds dat Ivano niks met hierdie inligting kan doen om hom weer te herenig met sy geliefde Allegra nie. Dit sal net nog meer skade aanrig aan soveel mense se gevoelens.

"Jy sien Luca, dit alles help niks, ek kan dit nie bekend maak nie. Dit bevestig maar net my vermoede. Die verwoesting gaan dieselfde bly en ek die skuldige wat onskuldig is. Al wat ek kan bid is dat ons Vader my sal wys wat die doel van dit alles is. Hoekom ek hierdie inligting moes kry wat so duidelik bewys wie die skuldige is en dat dit 'n lokval was. Tog kan ek dit nie gebruik nie."

"Ai my vriend. Kan een mens so vol haat en afguns wees. Ander se lewens so wetende verwoes om self beter te voel? Ons kan werklik net bid dat ons Vader self met die persoon sal afreken. Soos jy gesê het, stel dit dan steeds vir Allegra in gevaar. Wat gaan jy daaraan doen?"

"Dit is die ironie van dit alles, ek kan niks daaraan doen nie! Nie sonder om die feite bekend te maak nie. Nie as ek nie aan haar sy is nie. Hoe kan ek haar beskerm as sy my nie eers wil sien nie?"

"Dit is 'n onmoontlike situasie. Daar moet nog 'n man ook betrokke wees. Het jy 'n idee wie dit kan wees?"

"Nee, dit kan enige van baie van die ruiters wees, dit is maar my raaiskoot. Wie anders? Niemand wat sy mee werk sal op haar afgunstig of jaloers wees nie. Dit moet net in haar sport kringe wees. Die enigste persoon wat ek daar kan vertrou is haar getroue hulp, Mario. Hy sal haar met sy lewe beskerm. Dink jy ek moet hom vra om sy oë en ore oop te hou?"

"Ek dink jy moet? Anders gaan jy in elk geval van jou verstand af gaan van kommer oor haar veiligheid."

"Jy is reg. Ek sal in my lewe nooit weer iemand so lief kry soos ek haar het nie. Ek stel ook geensins belang nie."

Daarmee is die gesprek afgesluit vir Ivano, hy staan op en verlaat Luca se kantoor.

Vader, wees met haar, hou haar veilig, asseblief, hou haar veilig. Wie weet waartoe haar vyand in staat is. Beskerm haar asseblief!

Allegra word heel verfris wakker en dan sak die seer weer op haar neer soos 'n donderwolk. Al hoe sy dit kan besweer is om besig te wees en besig te bly. Sy boek vir haar verskillende ekskursies waarvan 'n besoek aan die Circeo grotte, 'n bootrit na die Portine eiland en die besoek aan die Fort van San Felice Circeo die is waarna sy die meeste uitsien.

Sy sorg dat sy altyd gewapen is met haar sonbril en haar hare skik sy elke dag so dat niemand sal kan uitmaak of dit kort of lank is nie. Enigiets om haarself te vermom so goed sy kan. Verder skakel sy nie die televisie aan of kyk na 'n koerant nie. Sy bly weg uit die publiek en speel toeris. Gedurende die week, skakel sy darem vir Sofia, want sy weet die ouer vrou bekommer haar.

"Allegra, kind! Dit is goed om jou stemmetjie te hoor. Ek hoop jy rus nog lekker en probeer jouself bederf en geniet."

"Liefste Sofia. Glo jy maar, ek bederf myself, en speel heerlik toeris. Dit is 'n pragtige dorpie, maar ek hou my besig met bootritte, en uitstappies na besienswaardighede. Verder lê ek in die spa rond of langs die swembad. Hier is die wonderlikste restaurante. Ek gaan vanaand by Vincenzo eet, lekker seekos."

"Dit is goed om te hoor, hier gaan alles nog goed. Mario het net kon sê hy dink Fire mis jou. Dit is ook gee wonder vir my nie. Die laaste maande het julle net nie in dieselfde bed geslaap nie. Verder het meneer Gustavo net nadat jy vertrek het geskakel na die huis. Ek het hom verseker dat jy okei is en sal kontak maak as jy terug is. Miskien moet jy tog maar oorweeg om hom 'n boodskap te stuur, hy bekommer hom erg oor jou, meisiekind. Hy is darem jou vader."

"Jy is reg, Sofia, ek sal vir hom 'n boodskap stuur, maar net vir hom."

"Kyk mooi na jouself en laat my weet wanneer jy op pad is terug dat ek kan sorg dat jy ordentlike kos kry." *Ek sal maar liewer niks noem van die verskoning wat in die koerant was nie. Meneer sal haar sekerlik daarvan vertel.*

"Ek sal jou laat weet as ek vertrek, as Fire my mis, sal ek dalk al Saterdag kom. Dan kan ek Sondag met hom 'n draai gaan maak by die baan dat hy net in oefening bly. Maandag is dit weer skouer aan die wiel."

"Ons wag vir jou, geniet die res van die tyd daar."

Ja, Sofia, ek probeer met alles in my, maar hoe funksioneer ek sonder my hart.

Hoofstuk 8

Saterdagoggend vertrek sy net na ontbyt terug na Rome en Giordino Di Allegra. Sofia val haar om die hals as sy net na tien daar aankom.

"Jy lyk tog beter kind. Ek hoop werklik dat jy al ook beter voel. Ek weet dit is nie 'n gevoel wat oornag gaan beter word nie, maar ek bly bid."

"Dit is maar moeilik, Sofia. Wat sal dit help ek jok vir jou. Ek mis hom, ek hoor sy stem en wil kort-kort met hom praat. Verder mis ek vir Mirabel. Hierdie is vir my 'n groot slag, een wat ek werklik nie weet hoe ek hierdeur gaan kom nie. Ek klou soos 'n drenkeling vas aan my Vader, dit is al waar ek my krag elke dag vandaan kry."

"Dit is die regte plek, kind. Laat weet asseblief jou pa jy is veilig."

"Ek sal so maak, Sofia. Ek dink nadat ek my ryklere aangetrek het, gaan ek vir Fire groet en gaan Mario, Fire en ek bietjie baan toe. Ek het nodig om bietjie oefening te kry en op my perd se rug te wees."

"Dit moes ek ook geraai het. Dit is reg. As julle terugkom, kan jy dan lekker eet en ontspan vir die res van die middag."

Minute later glip sy by die deur uit op 'n drafstap na die stalle.

"Juffrou Allegra, lyk of juffrou vir Fire net soveel gemis het soos hy vir jou," groet Mario.

"Ja, Mario, hoop alles is goed hier by jou."

"Alles is goed, juffrou. Hoe lyk dit my dan of ons baan toe gaan?"

"Jy is reg, ons gaan. Ek gaan net vir Fire groet, kry solank die sleepstal, ek sal nou die Fortuner bring om dit te haak." Sy verdwyn by die stalle in en hoor die fyn runnikkies van haar geliefde Fire. Sy laat haarself by sy stal in en gryp hom om die nek.

"Fire, my geliefde perd! Ek het jou gemis. Ek hoor jy het my ook gemis. Het jy?" Die dier druk sy nek teen haar en runnik.

"Wel, die is goeie nuus. Ek het nog meer goeie nuus, ons gaan nou 'n paar rondtes spring. Wat dink jy daarvan?"

Weereens antwoord hy met 'n runnik.

"Kom, ek lei jou uit. Jou sleepstal is reeds reg." Sy sit die halter om sy kop en lei hom na waar Mario by die sleepstal staan en wag.

"Ek gaan gou die Fortuner haal, hou hom net vir my vas asseblief."

Minute later haak Mario die sleepstal en lei dan vir Fire in. Daarna klim hy voor by Allegra in en hulle vertrek. In sy gedagtes dink hy aan sy gesprek met meneer Ivano en maan homself om baie bedag te wees as hulle daar by die baan kom.

Deur die seer, is Allegra tog opgewonde om na 'n hele week weer op die baan te kan wees.

Terwyl hulle besig is om vir Fire uit te laai, kom Dante daar aan met sy perd.

"Allegra, het jy bietjie gerus die week? Ek het jou gemis."

"Ja, ek het. Ek het gedink almal sal dalk 'n breek neem, maar dit lyk my ek was heel verkeerd in my veronderstelling."

"Nie heeltemal nie, ek is ook eers vandag terug, dit is heel toevallig dat ons nou so saam hier aan kom."

"Ek sien. Ek het my perd gemis en ook om te oefen. Dit is al soos my asemhaling. Verskoon my asseblief, ek wil gou bietjie vir Fire opwarm voor ek begin spring."

"Alles reg. Miskien kan ons saam oefen as jy nie omgee nie."

"Nee, ek gee glad nie om nie, vandag is net om weer bietjie litte los te maak."

Allegra galop met Fire weg en laat hom bietjie draf en galop net om sy spiere op te warm. Dante wag vir haar by die wegspring punt. Sy oefen nie eintlik saam met enigiemand nie, maar hy het haar nie eintlike 'n keuse gegee nie. Sy het net ingestem omdat sy net hier is om Fire in oefening te hou en glad nie om na tyd en tegniek te kyk nie.

"Gaan gerus eerste, Allegra, jy is immers die wêreldkampioen. Ek kan net van jou leer."

Wat 'n snaakse opmerking, wat is verkeerd met die man. Ons spring al soveel jare saam. Hoekom sal hy nou ewe skielik wil van my leer.

"Kom Fire, net lekker rustig, geniet jouself my perd," is haar instruksies as sy die leisels laat skiet en Fire vorentoe skiet. Dante hou haar elke beweging dop en Mario syne waar hy versteek staan agter een van die bome. Dit is sy opdrag van meneer Ivano. Almal wat hier by die baan dit naby juffrou Allegra waag, moet hy dophou. Dit is presies wat hy gaan doen.

"Bravo, wat 'n sierlike rondte, Allegra. Jy het darem maar net daardie ekstra iets. Dit moet ingebore wees. Ek onthou nog hoe kalm jy was met die Ciao Aarchen. Ons almal het ons dood bekommer, maar jy was koel en kalm. Hoe kry jy dit reg?"

"Dante, my leuse is – as ek gedoen het wat ek kan, die beste voorberei het wat ek kan, los ek die res in my Vader se hand. Wat kan ek verander as ek op die beginpunt van 'n kompetisie staan, niks. Die werk moet ons mos voor die tyd insit."

"Jy is reg en jy sit gewoonlik meer as ons almal in. Ek luister maar hoe die ander ruiters gesels. Daar is baie van hulle wat jaloers en afgunstig op jou is, maar miskien moet hulle net harder werk. Ek gun jou hierdie oorwinning, want ek weet hoeveel jare se harde werk jy ingesit het."

"Dante, ek is geskok! Wie van die ander ruiters is jaloers en afgunstig? Dit is nou nie asof ek al ooit my oorwinnings in almal se kele afgedruk het nie. Hoekom is hulle? Enigeen kan die titel wen, ek is mos nie een of ander supermens nie."

"Moet jou nie daaraan steur nie, ek moes dit nie eers aan jou genoem het nie. Ek wil net hê jy moet weet ek is jou vriend en veg in jou kamp."

"Daar is nie 'n geveg nie, Dante ... nie volgens my nie. Ek kompeteer teen niemand behalwe myself nie. Ek is kwaad vir niemand nie. Ek het net 'n baie besige skedule, met my veearts praktyk ook nog by. Miskien dink almal omdat ek nooit meemaak aan al julle funksies, dat ek my verbeel ek is beter. Dit is glad nie die geval nie. My werk en sport is maar net my passie en dit is waarin al my tyd gaan."

"Jy hoef nie aan my te verduidelik nie, Allegra. Ek ken jou mos al lank genoeg om dit te weet. Ek kan nie glo wat met jou gebeur het nie, daardie man moet harteloos en van sy verstand wees."

"Dante, baie dankie dat jy my probeer gerusstel, maar ek verkies om nie oor my persoonlike lewe te praat nie. Ek hoop jy verstaan."

"Natuurlik verstaan ek dit. Dit is maar net dat ons dit almal weet omdat dit so in die media uitgeblaker was."

"Verskoon my asseblief, ek dink ek is klaar hier. Ek sal volgende week weer kom bietjie litte los maak as ek tyd kry."

"Ek hoop nie ek het jou nou ontstel nie ... dit was glad nie die bedoeling nie. Ek wil net hê jy moet weet ek is aan jou kant."

"Totsiens, Dante. Sien iewers volgende week as jy hier is wanneer ek kom oefen." Sonder om weer om te kyk galop sy met Fire na waar sy Mario nou na die sleepstal sien loop om haar in te wag.

Wat dink die man? Het hy gedink juffrou Allegra gaan net so haar sake met hom bespreek? Dan ken hy haar beslis swak. Vandat ons in Duitsland was draai hy om haar soos 'n lastige vlieg. Ek kan sien hy irriteer haar.

"Mario, laai maar vir Fire, ons sal hom by die huis gaan roskam. Ons sal volgende week weer bietjie kom oefen. Maak net seker as ons by die huis kom dat hy mooi gekam word, ons mag dalk iewers tussen namiddag en môre 'n onderhoud hê vir die Wêreldkampioenskap."

"Dit is reg juffrou Allegra."

Wat is dit met die man, hoekom was hy vandag so knaend? Wat het my lewe met hulle uit te waai? Omdat ek nou nie aan hulle partytjies meedoen nie, nou is ek die een waaroor daar geskinder moet word. Hoekom kan mense nie net hul by hul eie sake bepaal nie? Wel kom ons gee hulle nog iets om oor te skinder, siende dat hulle nou so jammer vir my is.

Op Giordiono di Allegra, wag Sofia haar in met 'n heerlike bord kos. Na ete verdwyn sy na haar studeerkamer. Sy skakel die joernalis wat voorheen met haar onderhoude gevoer het oor haar sport.

"Jonathan, Allegra Carvelli hier."

"Allegra, wat het van jou geword? Ek het jou seker ten minste tien boodskappe gestuur en ek kon jou nie in die hande kry nie."

"Ek het 'n bietjie gaan rus. Jy weet die laaste maande het ek 'n moordende pas gevolg. Sukses kom mos nie van self nie. Daaroor kan ons praat as jy die onderhoud kom doen."

"Wanneer kan ek kom? Kan ek vandag nog kom? Ek weet dit is Saterdag, maar jy is maar moeilik om in die hande te kry."

"Ja, jy kan as dit jou sal pas. Ek sal tussen drie en ses uur beskikbaar wees. Jy kan sommer hier na die kleinhoewe toe kom. Jy was mos al hier."

"Ja, ek was. Ek sien jou drie uur. Sjoe, nou is ek opgewonde. Dankie dat jy geskakel het."

"Ek sê vir jou dankie." Tevrede dat die onderhoud nog die namiddag afgehandel kan word, gaan sy na haar kamer om te gaan verklee in haar kompetisie ruiterdrag, dieselfde waarin sy die kampioenskap gewen het.

Haar selfoon lui en sy antwoord.

"Pappa, middag."

"My kind, is jy veilig en terug by die huis?"

"Ja, ek is. Ek was ook al bietjie by die baan en vanmiddag het ek 'n onderhoud met Jonathan van Eurosport oor die kampioenskap."

"Ek het gewonder of jy gaan toelaat dat so 'n groot prestasie sommer net so verbygaan sonder dat die wêreld die sterre daarvan te sien kry."

"Die tyd is nou reg en ek is ook. Hoe gaan dit met Pappa en die plaas?"

"Dit gaan goed. Ek wil hoor of ek volgende week bietjie kan daar by jou 'n draai maak. Ek sal so twee aande oorslaap as dit in die haak is."

"Net Pappa?"

"Ja, net ek. Ek het besigheid in Rome en wil sommer net met my dogter kuier."

"Dit is reg met my."

"Dankie, dan sien ek jou Dinsdagmiddag, my kind. Geniet die onderhoud, jy het hard gewerk vir hierdie titel."

"Dankie Pappa, ek sal. Sien uit om Pappa te sien."

Net na twee gaan sy stalle toe om toe te sien dat Fire ook gereed gekry word vir die onderhoud. Hulle is immers 'n span en hy die ster wat haar na die oorwinning gedra het.

"Mario, jy moet asseblief nie ver gaan nie, ek wil hê jy moet ook op die foto's wees. Ons is 'n span en sonder jou wat so getrou na Fire omsien en my help, sou dit nie moontlik wees nie."

"Ai, juffrou Allegra, baie dankie. Jy weet mos ek sal niks anders in die hele wêreld wil doen as dit nie."

Jonathan en sy span is stiptelik en daarvan hou Allegra baie.

"Jonathan, baie welkom hier by ons. Dankie dat julle bereid is om op 'n Saterdagmiddag te kom. Maandag begin ek weer werk, en dan dink ek gaan dit bietjie bedrywig wees."

"Dit is alles in orde, ons is opgewonde oor die onderhoud. Ons gaan hier buite foto's van jou en Fire neem met die wen trofee, en daarna kan ons die onderhoud in die huis gaan doen."

"Dit is reg so. Dit is vir my belangrik dat een van die foto's wat jy plaas my hele span moet wees, Fire, Mario en ek."

"Ons doen dit so." Hulle het al talle onderhoude met hierdie jongvrou deur die jare gedoen, maar sy bly net so nederig en dankbaar. Jonathan kan nie help om te dink aan die berigte wat die laaste week op die voorblaaie was oor haar verlowing nie. Tog is sy koel en kalm en professioneel.

Hulle doen 'n video van haar, en Fire. Waar sy hom uitlei uit die stal, op hom sit, so fier en regop met die trofee, dan bring hulle vir Mario in en hy en Allegra staan alkante van Fire se kop.

Om dit interessant te maak neem hulle 'n rondte af wat Allegra sommer daar op haar eie baan doen. Daarna gee sy vir Fire aan Mario oor en hulle gaan in die villa in vir die onderhoud.

Hier ontvou Allegra se hele loopbaan as Ruitersport ruiter van die afgelope jare. Vandat sy as tien jarige begin oefen het daar op Carvelli's Ranch tot nou dat sy die wêreldkampioen is. 'n Storie van deursettingsvermoë, dissipline, opoffering en harde werk.

"Allegra as jy een boodskap het vir die beginners en jong ruiters daar buite wat ook in die sport belangstel, wat sal dit wees?"

"Sukses het 'n prys! Hoe meer tyd jy belê, hoe groter is jou kanse dat jy as oorwinnaar sal uitstap."

Hulle neem haar trofeekamer af om ook in te las by die video, want dit is 'n bewys dat sukses nie vanself kom nie.

"Allegra, ek gaan dadelik hierdie ingee, en druk dat dit op môreaand se *Ons gesels met Kampioene* uitgesaai word. Baie, baie dankie vir die onderhoud en dat jy dit eerste aan ons gegee het. Ons hoop nie jy verdwyn nou net nie."

"Nee, Jonathan, ek sal dit nie regkry nie. Perde spring is in my bloed. Ek sal sekerlik 'n bietjie stadiger gaan, maar daarna weer voluit."

"Gaan jy jou titel volgende jaar verdedig?"

"Ek gaan – al is dit ook net om te bewys dit was nie net 'n gelukskoot nie. Hou dit maar vir jouself. Ek moes vanoggend by die baan hoor dat die ander baie oor my te sê het. Jy weet mos die een waaroor gepraat word is altyd laaste om te hoor."

"Steur jou tog nie aan die ander nie, jy is suksesvol omdat jy hard werk en jou geloof so sterk is. Doen wat jy doen, want jy doen dit reg."

"Dankie, Jonathan."

Die span van Eurosport vertrek dadelik, haastig om die onderhoud verwerk te kry. Die hele wêreld het al begin wonder hoekom hulle nog niks van die nuwe Ruitersport Wêreldkampioen die week gehoor het nie. Sommige wat die stories oor haar en Ivano gelees het, het maar hul eie gevolgtrekkings gemaak.

Heel onbewus van die onderhou vang dit 'n hele paar mense onkant as hulle die Sondagaand rustig sport kyk op Eurosport en die volgende oomblik kom die onderhoud van Allegra op.

In die Carvelli-huis roep Gustavo vir Luna en Lara dat hulle moet kom kyk.

"Allegra is op, kom kyk. Dit is haar onderhoud oor die kampioenskap."

Baie verras neem Luna en Lara plaas. Daar heers algehele stilte terwyl hulle na die onderhoud luister. Gustavo is baie trots op haar, sy hart wil weereens bars van vreugde. Luna sit verstom en luister na die lang ure wat haar kind ingesit het om hierdie oorwinning te behaal. Lara wys geen emosies nie, en staar net stil na die skerm.

"Vir sewentien jaar het sy so hard gewerk hiervoor! Ek kan dit nie glo nie. Ek het nooit besef hoe hard sy werk nie. Tussen dit alles deur het sy nog haar graad in veeartseny behaal, haar eie praktyk begin, en nou eers die wêreldkampioenskap gewen."

"Ja, my vrou, ons kan werklik trots wees op haar. Vir my is die mooiste dat sy so geanker is in haar Vader, nooit 'n groot kop gekry het nie. Selfs nou as die kampioen is sy steeds nederig."

Lara stel nie belang om verder na haar ouers se lofprysinge van haar suster te luister nie en verskoon haarself.

"Ek dink Lara voel nou sleg ..." laat Luna hoor.

"Ek hoop sy voel sleg. Wanneer gaan sy my laat weet wat haar planne vir haar toekoms is? Of gaan sy haar hele lewe deur net leeglê?"

"Gee haar tyd, sy is nog jonk."

"En Allegra, is sy nie ook jonk nie? Nie deur my naam nie, nie deur ons geld nie, deur harde werk het sy sukses behaal. Jy beter met haar praat, ek is hierdie keer ernstig. Ek het haar nou al twee weke kans gegee, en sy het nog met niks opgekom nie."

"Ek sal met haar praat."

"Jy kan dit doen terwyl julle alleen hier is die week. Ek gaan Rome toe vir 'n paar dae."

"Kan ons nie saam gaan nie?"

"Nee, Lara gaan nie Rome toe voor sy nie vir my kan wys sy het 'n plan nie. Ek gaan alleen. Ek het vergaderings en ander besigheidsafsprake."

"Ek verstaan."

Gustavo gaan na sy studeerkamer om vir Allegra te skakel.

"Pappa, het jy die onderhoud gesien?"

"Ja, ek het. Ek is baie trots op jou my kind. Dit was 'n uitstekende onderhoud. Ek is baie bly jy het dit gedoen. Die wêreld moet weet hoe hard jy gewerk het."

"Dankie, Pappa. Waar is Mamma en Lara? Het hulle dit ook gekyk?"

"Hulle is maar hier rond, en ja hulle het dit gekyk. Jou moeder het nou eers besef hoe lank en hard jy gewerk het om te kon wen. Lara glo ek nie besef nie, want sy weet nie wat harde werk is nie."

"Sy sal nog haar rigting kry, Pappa. Gee haar net kans."

"Hoeveel kans moet ek haar gee my kind? Kom ons los dit net, ek sien jou Dinsdag."

"Reg so, Pappa. Ek is lief vir jou, sien uit om jou hier te hê."

Iewers anders in Rome sit Ivano vasgenael voor die televisie en drink elke woord van Allegra in. Hy koester haar beeld, van waar sy fier en regop op Fire sit tot daar in haar baie bekende sitkamer. Hy stap saam met haar die pad terug deur haar daaglikse oefensessies, haar kompetisies tot hier by haar oorwinning. Die seer lê soos 'n kool vuur in sy hart, nie net vir homself nie, maar ook vir haar.

"Hulle het jou glorie kom steel met 'n duiwelse plan my liefste meisiekind. En ek kan niks doen om dit te verander nie. Niks doen om jou en my eie geluk te herstel nie, dit alles ongedaan te maak nie. Ek kan net bid dat ons Vader eendag met hulle sal afreken en dat jy veilig sal wees.

"Hulle het gesorg dat ek nie naby is om jou te beskerm nie, my uit die weggeruim. Steeds kan hulle my liefde vir jou nie weg neem nie, nooit ongedaan maak nie. Vader, hou haar veilig, U ken hulle planne, want daar moet meer as een persoon betrokke wees."

Sy selfoon lui, en hy antwoord sonder om te kyk.

"Ivano, naand."

"My vriend, het jy die onderhoud gesien?"

"Lorenzo, ja ek het. Is jy nog in Rome?"

"Ja, ek is hier by Mirabel, ons het dit pas gekyk. Sy is natuurlik van voor af ontsteld en in trane. Sy mis Allegra baie, maar ek is seker nie meer as jy nie. Nogtans is ek baie bly dat Allegra die onderhoud gedoen het en hulle dit so vinnig gebeeldsend het. Dit is tyd dat die wêreld kennis neem sy is 'n kampioen, ongeag van al die nonsens wat hulle die week berig het. Dink jy sy het die verskoning in die koerant gesien?"

"Nee, ek dink nie so nie. Sy het weggekruip en sou beslis nie haar aan koerante gesteur het nie. Ek wens dit het 'n verskil gemaak, maar dit was net om die Redakteur te laat beter voel. Jy weet ek kan nie die waarheid ontbloot nie, dit sal te veel mense seermaak."

"Dit is vir my die ergste. Dat Allegra alleen moet ly, deur die klomp leuens ontneem is van haar groot liefde en haar vriende. Dit omdat daar mense is wat afgunstig en jaloers is. Kan mense so ongevoelig wees, niks vir ander gun nie? Dit raak ons almal diep, en vir jou die meeste. Wat nou, my vriend?"

"Nou niks. Ek het met Mario gesels en hom gevra om te sorg dat hy altyd naby is as sy oefen. Ek is bang dat hulle haar sal seermaak. As hulle so ongevoelig is, sal hulle haar mos nie nou los, nou dat sy die onderhoud gevoer het en haar naam weer op almal se lippe gaan wees nie. Sy sal ook nie ophou oefen nie. Soos ek haar ken sal sy beslis haar titel volgende jaar verdedig net om te bewys dit is wat in haar en Fire steek. Wie gaan haar help? Wie gaan langs die baan staan en haar tyd neem? Die goed wil my mal maak, Lorenzo."

"Vra vir Mario. Vra hom om aan te bied om dit te doen. Jy weet dit is gevaarlik as een van die ander dit doen en haar tyd weet."

"Dit is 'n goeie plan, ek sal hom vra. Hy is baie betroubaar. Gaan jy môre terug plaas toe?"

"Nee, ek is nog 'n paar dae in Rome, het 'n paar ruiters wat ek hier moet afrig. Miskien sien ek vir Allegra, alhoewel ek twyfel of sy my wil sien. Ons oefen mos by dieselfde baan as waar sy altyd oefen."

"Hierdie is die grootste uitdaging wat ek nog in my hele lewe moes mee deel. Ek bid elke dag net vir ons Vader se leiding, want ek weet nie hoe anders nie. Sterkte vir jou en

Mirabel. Stuur vir haar baie groet. As julle tyd het iewers, laat my weet dat ons 'n koffie drink."

"Ons maak so. Ivano, ons Vader het 'n plan. Staan vas in jou geloof, my vriend."

Maandagoggend is dit terug na die werklikheid vir Allegra. Stefania is baie bly om haar te sien. Sy merk dadelik dat Allegra baie gewig verloor het, en daar is nie juis om te verloor nie.

"Allegra, belangrike dinge heel eerste. Baie, baie geluk met jou Wêreldkampioenskaptitel. Jy het dit verdien en lank daarvoor gewerk. Sjoe, ek het vasgenael gesit voor daardie televisie, maar van die begin af was jy net kop en skouers beter as die ander ruiters."

"Stefania, baie dankie. Ek het die byeenkoms baie geniet, was baie kalm en is dankbaar daarvoor."

"Ek het gisteraand se program net so geniet. Sjoe, jy het pragtig gelyk in daardie rooi en wit rydrag van jou. Mense besef nie altyd wat daar ingaan om te bereik wat jy bereik het nie. Jy is voorwaar 'n waardige kampioen. Is jy andersins okei? Jy het baie gewig verloor."

"By tye gaan dit maar rof, maar ek sal okei wees. Ek het nie werklik enige eetlus nie, tog probeer ek een maal 'n dag eet. Vader kom môre Rome toe vir die week. Hy gaan ook soos jy kwaai wees omdat ek gewig verloor het. Dit is seker maar onvermydelik ..."

"En nou blyk dit dat dit alles 'n groot fout was wat die koerant gemaak het..."

"Ek wil nie regtig daaroor praat nie, en nee alles is nie reg nie. Ons is nie meer verloof en gaan nie trou nie. Ek moet aan die werk kom dat my gedagtes kan besig bly. Ek weet niks van 'n verskoning in die koerant nie, en gee ook nie regtig om nie. Dit was seker net weer 'n manier vir die koerant om hulle eie bas te red."

"Ek verstaan en is jammer as ek jou ontstel het, dit is nie my bedoeling nie. Ek gee net om. Werk is daar genoeg. Wil jy die buite kliënte hanteer. Dit sal jou kans gee om nie heel dag in die kantoor te moet sit nie."

"Dit sal gaaf wees. Ek moet myself so besig hou dat my gedagtes nie kans kry om van my werk af te dwaal nie. Dankie dat jy verstaan."

"Dit is net 'n plesier. Matteo is 'n baie knap jongman en ons werk goed saam. Daar is 'n paar buite versoeke en soos dit inkom sal ek dit deurstuur aan jou. Dan sien ons jou later of môre."

"Reg so." Allegra verdwyn na haar konsultasiekamer, en kyk na die buite versoeke wat reeds ingekom het oor die naweek. Sy kry haar tas en vertrek dadelik.

'n Verskoning in die koerant? Dit beteken niks ... net soos ek aan Stefania genoem het is dit sekerlik net om die koerant en verslaggewer te beskerm. Waar kom die eerste foto dan vandaan? Hoe kan dit misverstaan of ongedaan gemaak word?

Sy vestig al haar aandag vir die res van die dag op haar pasiënte. Die eerste is 'n volbloed merrie wat moet vul en baie sukkel. Sy kom vinnig agter dat die vul verkeer lê. Dit moet gedraai word. Die kliënt het 'n stoetery, maar ook 'n springbaan.

Sy begin om die vul te draai, maar dit gaan maar sukkel-sukkel. Sy het net nie die krag nie. Allegra het net weer haar arm ingesteek om die volgende poging aan te wend om die vul te draai, as 'n bekend stem agter haar praat.

"Kan ek dalk help?" Vir sekondes sluit sy haar oë. Sy wil nie Lorenzo se hulp aanneem nie, maar daarsonder sal die vul en die merrie dalk sterf. Sonder om op te kyk, antwoord sy.

"Ja, dit sal gaaf wees, Lorenzo. Die vul moet vinnig gedraai word. Ek kry dit altyd maklik reg, maar vandag het ek blykbaar my slag of krag iewers verloor." Sy skuif opsy om vir Lorenzo plek te maak. Sy weet hy het genoegsame kennis en het hierdie al male sonder tal gedoen vir sy eie perde. Met die tweede probeer slag slaag hy daarin om die vul gedraai te kry.

"Nou behoort die proses net normaal aan te gaan. Die kontraksie is sterk."

"Dankie, ek waardeer dit." Hy kan sien sy is ongemaklik en gaan nie verder praat nie. Dus groet hy en verdwyn weer by die stal uit.

"Dit is net 'n plesier, Allegra. Ek gaan eers." *Sy het ontsaglik maer geword in die afgelope week. Dit is geen wonder dat sy nie die krag het om die vul te draai nie. As Ivano haar moet sien, gaan hy baie ontsteld wees. Dit alles vir niks ... alles omdat daar mense is wat jaloers en selfsugtig is en hulle nie geluk gun nie.*

Vader, dat u juis vir Lorenzo moes stuur om my te help. Is hy dan 'n beter mens as ek? Hy het my gehelp, ten spyte daarvan dat hy weet ek is kwaad vir hom. Hoe kan ek anders as kwaad wees vir Mirabel en hom? Hulle het my ook verraai, my twee beste vriende.

Sy verban die gedagtes uit haar kop en konsentreer op die vul wat nou mooi besig is om uit te kom. Sy gesels paaiend met die merrie en probeer haar kalm hou. 'n Halfuur later word die vul gebore, 'n gesonde hings-vul. Die eienaar is baie in sy skik met die vul en nog meer so omdat dit 'n hings is.

"Baie dankie, dokter Carvelli. Ek het werklik nie gedink hulle sal dit maak nie. Kyk nou net hoe pragtig en sterk is hy."

"Ek is net so dankbaar dat ons die vul gedraai gekry het, ander kon dit dalk op 'n tragedie uitgeloop het.

Princess sal bietjie moeg wees, maar voor vanaand weer beter voel."

Sy vertrek na haar volgende pasiënt, maar dink tussendeur aan Lorenzo wat haar gehelp het. *Hy het niks gevra of niks gesê nie. Net sy hulp aangebied en verdwyn. Hy was nog altyd soos 'n broer vir my ... ek mis hom en Mirabel. Natuurlik mis ek hulle nie eers halfpad so baie soos ek Ivano mis nie. Stop dit! Stop dit net Allegra. Nou is jy mos op die pad van verwoesting. Moenie daaraan dink nie.*

Lorenzo ontmoet later die dag vir Ivano vir koffie en die kan dadelik sien dat sy vriend iets op die hart het.

"Wat pla jou, my vriend?"

"Ek het haar gesien..."

"Vir wie? Vir Allegra?"

"Ja, Ivano sy het seker tien kilogram verloor in die laaste week. Sy was besig om die volbloed merrie, Princess te help met 'n moeilike geboorte. Ek was daar om die eienaar se dogters af te rig en een van die werkers het kom vertel dat die vul gedraai moet word, maar die maer veeartsvroutjie sukkel. Toe ek gaan kyk, is dit sy. Ek het net gevra of ek moet help. Sy het sonder om op te kyk geantwoord dat dit sal gaaf wees. Ek het gehelp en dadelik geloop."

"As sy nie opgekyk het nie, weet sy seker nie eers dat dit jy was nie, Lorenzo."

"Sy weet, want sy het my naam genoem. Jy kan vir jouself dink as Allegra wat so 'n goeie voetarts is nie eers 'n vul kan draai nie, dan moet sy swak wees."

"Nee ... Vader, hoekom? Hoe moet ek haar gehelp kry? Sy wil nie eers met my praat nie. Nie eers die verskoning in die koerant het gehelp nie."

"Daar is niks wat ons kan doen nie. Dit is vrek hartseer, want sy is net 'n skaduwee. Oom Gustavo het my laat weet hy kom môre Rome toe."

"Nee, dan kom daardie ander meisiekind van hom seker ook saam. Sy kan mos nie tuis bly nie, moet mos altyd sy geld kom mors."

"Nee, tannie Luna en sy bly tuis. Hy het pertinent dit genoem. Hy wil probeer om met Allegra te praat oor julle. Jy weet mos hy glo in jou en weet dat dit alles 'n klomp leuens was."

"As dit maar net sal help. Ek bid so hard sy moet net bietjie geloof in ons liefde hê. Geloof in my hê ... het sy my dan nie vertrou nie? Ken sy my dan nie goed genoeg om te weet dat ek nooit in my hele lewe na 'n ander vrou as na haar sal kyk nie?"

"Moenie dit doen nie ... moenie dit probeer ontleed nie. Hierdie hele lokval was so goed beplan dat jy soos die vyand moet lyk. Dat jy nie meer daar moet wees om haar te kan beskerm nie. Ek glo vir geen oomblik dat dit was om jou te straf nie. Nee, dit is op Allegra gemik en jy is ongelukkig deel van haar beskermingsnetwerk. Net soos Mirabel en ekself. Die enigste fout wat ons ooit gemaak het, was om naby Allegra te wees. Daarom is ons ook nou slagoffers."

"Ek kry nagmerries daaroor ... oor hoe hulle haar lewe nog vorentoe gaan hel maak. Ek is so magteloos. Wat moet ek doen?"

"Daar is niks wat ons kan doen nie, ons kan net bid en vertrou dat sy sal veilig wees."

"Dit terwyl ons weet, sy is nie veilig nie en sy self weet dit nie eers nie. Dit is die ergste. Daar moet 'n manier wees om haar te waarsku."

"Hoe? Jy kan nie eers met oom Gustavo praat sonder om die inligting met hom te deel waarop jy afgekom het nie. Hoe gaan jy vir hom verduidelik dat iemand Allegra wil vernietig en hoekom."

"Daar is geen manier nie … hy sal my ook nie glo as hy nie die bewyse kan sien nie. Dit kan ek nie vir hom wys nie. Op 'n manier moet ek net vir hom noem dat Allegra nog aanvalle moet verwag."

"Sterkte daarmee. Ek dink jy sal beter vaar deur vir Mario te vra om haar op te pas en nooit alleen te laat as sy by die baan is nie. Vir hom te vra om seker te maak dat Fire nie in die nagte alleen is nie. Vir nou is dit dalk stil, want die persoon wag vir die stof om te gaan lê. Ons weet mos ledigheid is die duiwel se oorkussing."

"Ek sal beslis weer met Mario gesels. Ek wonder steeds wie die man is wat kamma die meisiekind in die restaurant aangeval het. Die persoon wat die foto geneem het, het ook gesorg dat hy nie op die foto's is nie. Hy was slim, want die ander twee kon ons opspoor deur rekords, maar nie vir hom nie. Hy het dit geweet, en dit maak hom die gevaarlikste."

"Sal jy hom nie kan erken as jy hom sien nie?"

"Alles het daardie dag so vinnig gebeur. As dit dieselfde man is, sou hy homself beslis vermom het. Een ding is seker, hy moet betrokke wees met een van die twee vroumense. Hoekom anders sal hy homself met so iets inlaat."

"Dit is en bly 'n gemors."

"Meer as dit, 'n tragedie. Ek sal met Sofia ook moet praat. Sy sal moet toesien dat Allegra iets inkry wat haar gestel kan opbou. Sy sal siek raak."

"Ons moet maar so van die kantlyn en agter die skerms doen wat ons kan om haar te beskerm. Ek sal my deel doen as ek terug is op die plaas."

"Dankie, my vriend. Jy is reg, ons moet doen wat ons kan om haar te beskerm, sonder dat sy dit hoef te weet."

Ivano praat sodra hy by sy kantoor kom eers met Mario en daarna met Sofia. Meer tevrede dat hulle albei spesiale sorg sal dra dat sy veilig is en dat sy ordentlik eet, gaan hy aan met sy voorbereiding vir die volgende dag se hofsaak.

Gustavo kom Dinsdag net na tien in Rome aan. Hy het sommer ingevlieg, dit spaar tyd. Nou kan hy nog lekker 'n vergadering of twee inpas en daarna na Allegra se kleinhoewe gaan. Sy oefen nie hierdie week nie.

Deur die dag is Allegra besig, maar onthou tog na drie die middag dat haar vader van vanaand af by haar gaan kuier.

Dit sal so lekker wees om hom vir myself te hê. Ons het lanklaas tyd alleen gehad. Op Carvelli's Ranch is daar altyd mense om ons. Laat ek net gou met Sofia praat en hoor of sy reg is met aandete en onthou het vader kom.

"Sofia, onthou jy dat Pappa van vanaand af by ons is?"

"Ek onthou ... Ek het seker gemaak dat ek een van meneer se gunstelinge vir vanaand voorberei. Lasagne soos hy daarvan hou met spinasie."

"Jy is 'n voorslag, baie dankie. Ek sal sorg dat ek betyds is vanaand. Ek het baie na hom verlang."

"Mmmm, jy weet natuurlik dat jy 'n uittrapsessie kan verwag."

"Ah ... hoekom?"

"Dink jy jou vader sal dink dit is snaaks dat jy so baie gewig verloor het? Wel, ek dink nie so nie. Ek hoop net hy sal nie dink dit is my kookkuns wat te kort skiet nie."

"Hy sal nie, dierbare Sofia. Hy weet mos hoe 'n goeie kok jy is. Ag dit is wat dit is. Hoe moet ek maak as ek nie lus het vir kos nie?"

"Jy beter lus raak vir kos, want vanaand gaan jy móét eet."

Ja, Sofia. Ek het nie eers lus vir lewe nie, want nog vir kos. Dit waag ek nie hardop erken nie, anders sal Vader my by 'n oord inboek waar hulle my dag en nag voer en oppas.

Gustavo kom eerste op Giordino di Allegra aan. Sofia verwelkom hom hartlik en wys hom sy kamer.

"Sofia, hoe gaan dit met haar?"

"Nie goed nie, Meneer. Ek waarsku jou dat sy baie maer geword het. Sy eet byna niks nie. Meneer Ivano het ook vandag gebel, hy is erg bekommerd oor haar. Meneer Lorenzo het hom vertel hoe maer sy geword het. Hy en juffrou Allegra het mekaar onverwags raakgeloop by 'n perd wat moes vul. Dit is hoe hy weet. Ek het klaar besluit, as sy dan nie wil eet nie, sal ek maar net moet sorg dat sy deur haar laaste melkdrankie in die aande genoeg vitamiene en iets om te slaap inkry."

"Ai, Sofia, ek is so dankbaar jy is hier by haar. Veral nou in hierdie tyd. Ek gaan probeer om met haar te praat, maar of dit gaan help, weet ek ook nie. Die vyand is erg listig, dit weet ons mos."

"Ja, Meneer, baie erg ... wie verongeluk 'n ander mens se geluk so met soveel leuens?"

"Ah, hier kom sy nou. Dankie dat jy so mooi na haar omsien, Sofia."

"Pappa! Dit is so wonderlik om jou te sien." Allegra is in haar vader se arms. Hy hoef nie eers na haar te kyk om te weet dat Sofia reg was oor haar gewig nie. Hy voel net vel en bene soos hy haar vasdruk.

"My poplap! Dit is net so goed vir my om jou te sien." Hy besluit om niks te sê oor haar gewig nie. Hy sal later met haar praat.

"Sofia, bring asseblief vir ons koffie. Ek dink ek het vanoggend my eerste en laaste koppie koffie geniet. Hoe was Pappa se dag verder?"

"Goed, heel goed. Ek het twee voornemende kopers gesien en glo ek sal hulle binnekort op Carvelli's Ranch sien as hulle die perde self kom besigtig. Hoe gaan dit by die praktyk?"

"Dit gaan goed. Ons is besig. Ek doen buite diens, terwyl Stefania en Matteo al die pasiënte wat kliniek toe kom hanteer. Ons is 'n goeie span en werk lekker saam. Hoe het Pappa dit reg gekry dat Mamma en Lara by die huis gebly het?"

"Ek het maar net my voet neer gesit. Lara moet nou rigting kry, sy raak drie en twintig. Geen opvoeding, geen werk, net 'n rojale lekker tyd met my hardverdiende geld. Julle verskil net vier jaar en kyk wat het jy al bereik. Ek kan haar nie net so los vir die verderf nie."

"Ai, Pappa. Ons is mos verskillende persoonlikhede. Sy sal nog verantwoordelikheid kry."

"Ek is moeg gewag, sy moet nou of gaan leer of gaan werk. Voor jou moeder en ek iets oorkom, moet ons darem weet dat sy haarself sal kan help as ons nie meer daar is nie."

"Ek verstaan dit, Pappa. Julle is tog nog jonk, miskien trou sy met een of ander welgestelde man."

"Nee, dit is nie goed genoeg nie. Sy moet haarself kan versorg. Liefde moet op respek gebou word, nie op geld nie. Buitendien die kringe waarin sy kies om te beweeg, mag daar dalk baie geld wees, maar huwelike hou ook nie daar nie. Die volgende vroumens se plastiese chirurg is net beter as hare en daar gaan die man met geld en al."

Allegra kan nie help om te lag vir haar vader se uitdrukking nie. Dit is die waarheid, maar sy verkies om nie negatief te wees teenoor Lara nie.

Sofia bring die koffie in. Vader en dogter help hulself en Gustavo merk dadelik dat Allegra vreeslik bewe. *My arme kind, hierdie gemors het haar lewe heel kom omdop. Ek wonder wat Ivano gevind het en of hy al iets gevind het.*

Wanneer hulle later die aand in haar studeerkamer gesels, neem Gustavo sy kans waar.

"My kind, dit breek my hart om jou so te sien. Ek ken jou, jy is my meisiekind, my hart-kind. Ek kan sien hoe hard jy probeer om normaal voor te kom, maar ek weet ook dat jy binne-in worstel om aan die lewe te bly. Ek is jou vader, ek het jou lief. Ek weet jy wil nie daaroor praat nie. Tog wil ek hê jy moet na my luister – ek wil nie praat net om te praat nie. Ek wil jou help."

Hy merk dat die trane vlak sit en stadig oor haar wange begin loop. Sy reageer egter nie dadelik nie.

"Wat is daar om te sê en wat is daar om na te luister, Pappa?" vra sy verwese.

"Het jy dalk jouself al toegelaat om dit te oorweeg dat Ivano dalk werklik nie skuldig is nie. Dat daar dalk werklik iemand is wat julle albei skade wil berokken. Ek verstaan dat die skok van die foto groot was. Daarna wou jy nie daaroor praat nie en ook nie luister nie. Dit maak tog nie sin dat die man vir jare byna dag en nag aan jou sy sal wees, jou sal ondersteun en dan skielik iemand ander sal hê nie. Dit is nou buiten die feit dat ek hom nie as so 'n mens leer ken het nie."

"Pappa, wie sal ons soveel skade wil doen? Wie kan so gemeen wees? Ek het in my hele lewe nog nooit iemand anders kwaad aangedoen of te na gekom nie. Hoekom sal iemand so iets aan my wil doen?"

"Allegra my liefste kind, ons hoef nie altyd aan ander skade te berokken dat hulle ons hoef te haat nie. Sommige mense haat ons omdat hulle voel ons beter doen as hulle. Sommige haat ons omdat ons suksesvol is, of omdat hulle jaloers of afgunstig is op ons. Almal waarmee ons te doen kry het nie suiwer bedoelings en suiwer harte soos ons nie, my kind."

"Ek kan nie glo dat daar iemand is wat my so haat nie, of enigsins haat nie, Pappa. Hoekom het dit dan gebeur net toe ek weg is uit Rome uit. Toe Ivano alleen hier was."

"Mense wat sulke dinge beplan, neem alles in ag. Een van die belangrikste dinge vir hulle is om hulle bose planne so uit te voer dat dit so eg en waar soos moontlik sal voorkom. Dit sou nie so geloofwaardig gewees het as jy in Rome was nie. Verder sou Ivano jou dadelik vertel het omdat hy nie sou bang wees dit ontstel jou voor die kompetisie nie. Hulle het elke moontlike ding in ag geneem om seker te maak dat dit die meeste trefkrag sal hê wanneer hulle dit bekend maak. Hoekom dink jy het dit dan eers dae na die voorval kamma sou plaas gevind het in die koerante beland. Net die volgende dag nadat jy die kompetisie gewen het."

"Ek het nie antwoorde nie ... ek weet net dat niemand my so kan haat nie. Ek kom met al die ander ruiters goed oor die weg. Ek het nog nooit iemand skade gedoen nie, nee daar is niemand wat so boos kan wees om net sulke leuens te versprei vir hulle eie gewin nie. Dit kan ek nie glo nie. Verder dink mens soms jy ken iemand, maar dan ken jy hulle eintlik glad nie. Nou het ek klaar hieroor gepraat. Ek wil nooit weet Ivano Liberti se naam in my huis genoem hê nie. Hy het my hart gebreek, my lewe verwoes en my liefde vertrap."

Gustavo weet dat hy hierdie rondte verloor het en sy hart breek vir albei sy kind en Ivano. Omdat sy so 'n mooi hart het, kan sy nie insien dat iemand hulle albei wil verwoes nie. Hy kan ook nie, maar weet dat die wêreld boos is en vol bose mense is. Hy het darem ook in sy lewe al sy lesse op die harde manier geleer.

Hoofstuk 9

Die volgende dag eet Ivano saam met Gustavo. Hy lig hom in oor sy gesprek met Allegra.

"Ivano, ou seun, ek is jammer dat ek nie beter nuus het nie. Sy lyk glad nie goed nie. Sy het meer vrae as antwoorde en haar hart is stukkend. Sy het my laat belowe dat ek nie weer oor julle sal praat nie."

"Dankie dat oom probeer het en in my onskuld glo. Oom sal nie weet wat dit vir my beteken nie. Dit is een van die dinge wat my wil doodmaak, dat sy my nie glo nie. Steeds sal ek lief bly vir haar. Sy was my wêreld..."

"Nou, ou seun, kan ons net bly bid en bly vertrou dat ons Vader hierdie persoon of persone se bose werke sal aan die lig bring. Het jy nog niks gevind nie?"

Ivano oorweeg dit om te jok, maar hy kan nie. *Nou sal ek maar net baie mooi my woorde moet kies. Die volle waarheid kan ek hom nie vertel nie.*

"Oom ek het, maar ongelukkig sal dit baie skade aan baie mense se lewens veroorsaak as dit aan die lig kom. Al wat ek wel vir oom kan sê is dat my liefste Allegra die teiken is en dat sy nog nie uit die spervuur is nie. Ek het met 'n paar mense gesels wat daagliks met haar te doen het en hulle gevra om my dadelik te laat weet as hulle enige onraad vermoed. Dit is al hoe ek nog kan probeer om haar veilig te hou."

"Bedoel jy die persoon of persone wat verantwoordelik is hiervoor gaan nog aangaan om haar lewe hel te maak?"

"Ja, ongelukkig oom. Al motief wat ek kon vind is jaloesie en afguns. Oom weet seker watter twee dodelike komponente daardie is. Dit is hoekom hulle gesorg het dat ons wat die naaste aan haar is en haar die beste kon beskerm uit die weggeruim is. Hulle is baie slinks."

"Nou is ek eers ontsteld. Hoekom kan hulle nie net gevang en tot verantwoording geroep word nie?"

"Oom sal moontlik eendag verstaan, altans, ek hoop so. Vir nou moet ek haar so van 'n afstand af net probeer beskerm. Al waarop ek nou staatmaak is dat die mense hulle hand sal oorspeel omdat hulle dink niemand weet wie hulle is nie. Verder bid ek, aanhoudend."

"Ivano, ek het aan haar probeer verduidelik dat daar buite baie gevaarlike mense is wat gewetenloos is, maar sy sien dit nie in nie. Haar hart is te goed. Ek bid dat haar mooi hart nie haar lewe sal kos nie. Vader wees ons genadig."

Gustavo vertrek weer die Vrydag. Sofia het reeds met haar geheime plan begin om Allegra goed te laat slaap en ook haar eetlus aan te wakker. Dit lyk of dit werk.

"Sofia, ek weet nie wat met my aangaan nie, ek is ewe skielik weer honger."

"Dit is goed. Miskien is dit omdat jy nie alleen hoef te geëet het die week nie. Ek sal graag saam met jou bly eet, niemand wil tog alleen eet nie."

"Dit sal lekker wees. Ek slaap ook baie beter. Dit is net hierdie gat van niksheid in my hart wat nie wil weggaan nie. Ek gaan môre weer begin oefen met Fire. Dit sal hom en my goed doen."

"Dit sal beslis. Mario sal ook minder ledig wees, hy vrek tog so daaroor om vir juffrou dop te hou as juffrou oefen."

Die volgende oggend gaan Allegra redelik vroeg baan toe. Mario is soos haar skadu saam met haar.

"Ek sal juffrou se tyd hou as juffrou wil. Dit is tog te moeilik en sekerlik nie akkuraat as juffrou dit self moet doen."

"Dit sal gaaf wees Mario. Ek gaan net 'n paar opwarmings-rondtes doen. Ek sal jou laat weet wanneer jy kan begin om my tyd te hou."

"Alles reg so, juffrou."

Allegra was nog met haar opwarmingsrondtes besig as Dante ook daar aankom. Sy perd word daar by die stalle by die baan gehou omdat hy in 'n woonstel in die stad bly. Hy kom staan by Mario en wag vir Allegra in.

"Môre beeldskoon, jy is darem vroeg hier. Kan ek vir jou tyd hou?" vra hy.

"Môre Dante. Ek geniet dit om hierdie tyd van die dag te oefen. Nee, dankie, Mario sal sommer my tyd neem. Jy gaan tog seker in elke geval ook oefen. Ek sien die ander baan is nog beskikbaar."

"Nee, ek het gedink ek sal eers jou tyd neem, dan kan jy dalk my tyd kom neem as jy klaar is."

"Jammer, ek beplan om 'n paar ure sessie in te sit vandag. Fire en ek het nou lank genoeg slapgelê."

"Dit is okei, ek verstaan. Een van die helpers sal seker ook my tyd kan hou. Sal jy dan as jy klaar geoefen het saam met my 'n koeldrank of koffie by die klub kom drink, asseblief."

Die weiering is al op Allegra se lippe as sy onthou dat Dante haar vertel het die ander dink sy is afsydig. Dit laat haar besluit om in te stem.

"Ja, ek sal. Ongelukkig kan ek nie te lank bly nie, want ek het later ander verpligtinge."

"Ons baie bedrywige Wêreldkampioen, ek is net dankbaar dat jy ingestem het."

"Lekker oefen, Dante. Sien later." Sy hou nie daarvan om onderbreek te word as sy oefen nie.

Dante glimlag breed, dit is 'n oorwinning vir hom. Hy hou baie van Allegra en nou het hy hopelik die kans om meer van haar te sien.

Mario hou haar dop en sien sy is effens geïrriteerd met die man. *Hy is ook knaend, daar is nie 'n dag wat ons hier kom wat hy nie of hier is of net na ons aankom nie. Ek glo nie dat hy so hard oefen nie, hy het nog nie werklik vreeslik baie behaal in die sport nie.*

Met elke rondte wat Fire en Allegra doen, raak hulle tyd beter. Nie een van hulle is bewus dat daar nog iemand anders ook is wat tyd hou van Allegra se rondtes nie.

Allegra maak net na elf klaar.

"Ek dink ons het goeie tyd ingesit vandag Mario. Fire, jy het goed gedoen, my ster. Mario, sal jy asseblief vir Fire versorg, ek gaan net 'n koffie drink saam met meneer Dante. Ek moes nou die dag hoor dat ek afsydig is teenoor hulle almal. Laat ek maar probeer om nou en dan saam met hulle bietjie gesellig te wees. Dit kan sekerlik nie kwaad doen nie, of hoe?"

"Dit is reg so juffrou. Hulle is net nie so gefokus soos juffrou nie. Miskien sal hulle ook beter sukses hê as hulle meer konsentreer op hulle sport en nie op kuier nie. Ek sal vir Fire versorg, en vir juffrou hier wag."

"Dankie, Mario. Jy weet dat ek met jou siening saamstem. Soms word dit egter verwag om maar bietjie in te gee."

Sy het net begin aanstap na die klubhuis, as Dante haar tegemoet loop. Dit lyk nie eers of hy geoefen het nie. Syself is sopnat gesweet.

"Verskoon dat ek so natgesweet is. Ek weet nie hoe jy so koel en vars lyk na 'n oefensessie nie."

"Daar is niks fout met hoe jy lyk nie, Allegra. Kom ons gaan geniet iets koel of het jy lus vir koffie?" omseil hy haar vraag oor hoe hy na so 'n oefensessie so vars lyk. Die waarheid is hy het nie die helfte so hard of lank as sy geoefen nie.

"Ek sal by koffie hou. Ek is my vader se kind, ons lewe op swart koffie."

"Jou vader teel mos ook met perde? Ek hoor gereeld by vriende watter uitstekende diere hy teel. Daar is juis nou weer van my jokkie vriende wat vertel het dat die eienaars vir wie hulle ry van jou pa se perde gaan aankoop."

"Dit is fantasties om te hoor. Ja, perde is ook sy passie soos dit myne is. Hy teel nie net resiesperde nie, maar ook springers. Daar is baie van sy perde regoor die wêreld," gesels sy trots. Dit is altyd vir haar lekker om oor haar vader te gesels.

"Dit klink na 'n baie groot bedryf. Ek sal dit graag wil sien. Hoe ver van Rome af is julle plaas?"

"Sy vierhonderd kilometer. Ek wens soms dit was nader, maar het al gewoond geraak aan die afstand."

"Jy het nog 'n jonger suster ook, ek het haar in Duitsland by jou gesien. Stel sy ook in perde belang?"

"Nee, goeie genugtig. Lara is glad nie in perde of enige ander sport geïnteresseerd nie. Ons is baie verskillend. Sy is meer 'n stadsmeisie en hou van modes en om sosiaal te verkeer. Sy is nog jonk en daarby pragtig. Sy moet haar lewe nog geniet."

"Is julle naby aan mekaar?"

"Ons is baie lief vir mekaar, al is ons belangstelling so uiteenlopend en ons geaardhede nog meer."

"Baie interessant. Dit raak maar baie vervelig hier in die stad as mens jaar in en jaar uit hier moet sit. Jy is werklik bevoorreg om soms te kan wegbreek plaas toe."

"Ek sou nooit kon dink dat jy vervelig kan raak in die stad nie, Dante. Ek was onder die indruk dat jy mal is oor die stad en die naglewe. Jy het sekerlik nie 'n tekort aan geselskap nie."

"Jy het dit heel verkeerd. Ek is glad nie mal oor die stad of die naglewe nie. Geselskap ... hmm nee, geen geselskap wat ek vir 'n tweede maal sal wil opsoek nie. Meisies is deesdae so vlak. Hulle het geen waardes of diepte nie. Dit is hoekom ek jou geselskap so baie geniet, Allegra."

"Nou ja, dan moet ek verskoning vra dat ek onder die verkeerde indruk van jou karakter verkeer het. Dan is jy ook 'n denker en iemand wat van die natuur hou, is ek reg daarmee?"

"Beslis, ek is mal oor die natuur."

"Wel, wel, wel. Dan blyk dit dat ek jou glad nie eintlik ken nie. Ons behoort al so lank aan dieselfde klub en ek hoor nou eers jy hou van die natuur."

"Jy was seker maar voorheen besig en het nie werklik belanggestel om te weet nie."

Allegra laat die aanmerking verbygaan. Sy voel egter hoe haar nekhare rys. *Ek het nou net gedink ons gesels lekker, nou dié aanmerking. Ek gaan dit net ignoreer. Dit voel so of almal alles van my lewe wil weet. Hoekom is dit vir hulle belangrik?*

"Sjoe, kyk die tyd. Ek sal moet draf. Baie dankie vir die koffie en die gesels, dit was heel aangenaam, Dante. Ek hoop dat jy die res van jou naweek sal geniet. Sien seker iewers in volgende week weer hier by die baan."

"Wanneer volgende week?" vra hy ongeërg.

"Ek weet nie, wanneer ek tyd het."

"Jy moet vir jou baas sê hy moet jou nie so hard laat werk nie."

"Wel, ek sal met haar gesels, maar sy is maar 'n slawedrywer," lag Allegra. Dante weet nie dat sy haar eie baas is nie en volgens haar hoef hy ook nie dit te weet nie. Hulle is kennisse, nie vriende nie.

Dante kyk haar met 'n glimlag om sy mond agterna.

"Wow, ou Dante, het jy sowaar die Ice Queen gekry om saam met jou koffie te kom drink. Welgedaan."

"Miskien is dit die eerste maal, maar as ek dit kan verhelp beslis nie die laaste keer nie. Hou my dop, sy is 'n verdekselse mooi vroumense en daarby nog die Wêreldkampioen ook."

"Miskien wil jy haar geheime uitvind wat haar na daardie kroon gebring het. Jy het jou dan voorheen niks aan haar gesteur nie."

"Wel, ek steur my nou aan haar..."

Mario wag haar in en hulle vertrek dadelik.

"Het juffrou die koffie geniet?"

"Ja, ek het. Ek het nou net weer besef mens dink soms jy ken iemand, maar dan weet jy eintlik niks van hulle af nie. Ek was vas oortuig dat meneer Dante mal is oor die stad, net om nou van homself te hoor dat hy eintlik mal is oor die natuur."

"Kyk nou net." Mario maak vir homself 'n nota om bietjie self navorsing oor die feite te doen. Dit voel nie vir hom of dit reg is nie. Hy moet darem bietjie meer weet oor die man wat nou so danig met sy juffrou is.

Allegra se namiddag is besig, want sy het haar amptelike eerste sessie as afrigter. Haar vader het haar gevra of sy nie dit sal oorweeg om paar van sy kliënte se kinders wat in wat perdespring belangstel, af te rig.

Nadat sy daaroor gedink het, het sy besluit dit sal haar besig hou en iets ander gee om op te konsentreer as haar stukkende lewe. Vir eers gaan sy net twee dogters afrig in die basiese beginsels van spring. Die meisies is albei ruiters vandat hulle baie jonk was. Die een is elf en die ander een twaalf. Albei groot aanhangers van Allegra en gretig om te leer van haar.

Hulle begin heel eerste met die regte posisie op die perd. Sy help die twee meisies saam hiermee.

"Luister mooi, dit mag moeilik klink, maar is nie regtig nie. Julle moet opstaan in die saal en na voor strek om die perde se maanhare te raak. Terselfdertyd moet julle jul knieë effens gebuig hou en seker maak jul rug is reguit. Hou julle skouers gelyk met jul rug en sorg dat jul hakke af is in die stiebeuels. Ek weet dit klink na 'n onmoontlike opdrag, maar ek is seker julle sal dit gou baas raak."

Die meisie probeer die opdrag volg en Allegra gaan na elkeen om hulle om die beurt daarmee te help. Wanneer sy seker is dat die meisies se postuur reg is, gee sy die volgende opdrag.

"Konsentreer om in hierdie posisie te bly en begin dan met 'n stadige galop."

Aan die begin sukkel dit bietjie, maar soos die sessie aangaan begin hulle aangaande om dit reg te kry.

"Ag kyk nou net, julle kom mooi reg. Ek kan sien julle is albei baie gretig om te leer. Ons is eers klaar vir vandag. Ek sien julle volgende week weer. Wanneer julle perdry tussen in, probeer om dit in die posisie te doen, dan kry julle oefening in."

"Ons sal Allegra, baie dankie. Sien volgende week."

Allegra groet en sien die meisies af voor sy na die villa loop. Onwillekeurige gaan haar gedagte na haar en haar vader se gesprek van vroeër die week oor Ivano.

Hoe is dit moontlik, Vader, dat iemand wat ek so liefgehad het, my so kon verraai? Hoekom sien niemand anders naby my dit raak nie? Ek het nie net die liefde van my lewe verloor nie, maar ook my vriendin wat soos 'n suster was. Ook vir Lorenzo waarmee ek grootgeword het. Hoe gaan ek my gedagtes besig hou? Skielik is ek alleen. Niemand wat vir my omgee nie, niemand om my te ondersteun in hierdie tyd wat ek dit so nodig het nie. Ek kan tog nie die hele tyd net werk, en oefen nie. My eens vol lewe is skielik leeg, so leeg dat nie eers my titel waarvoor ek so hard gewerk het dit kan vul nie. Ek het niemand om dit mee te deel nie.

Sy drentel so half lusteloos die villa binne en Sofia sien haar. Sy kan aan haar houding en op haar gesig sien sy is ongelukkig. Baie ongelukkig.

Die arme kind, skielik is so stoksiel salig alleen. In die week het sy haar byna doodgewerk en saans eers hoe laat hier ingeval. Byna te moeg om te eet. Nou is daar niks wat haar verder kan besig hou nie. Hierdie was die tye wat sy altyd saam met of Mirabel of Ivano deurgebring het.

"Allegra, hoekom gaan ons nie 'n rolprent kyk nie? Daar is juis nou die nuutste een uit van Robin Williams waar hy homself as 'n vrou vermom. Ek dink dit gaan skreeusnaaks wees."

"Miskien is dit nie 'n slegte idee nie. Skielik het ek niemand ... behalwe vir jou nie, dierbare Sofia. Die lag sal my beslis goed doen, ek het nie regte in hierdie stadium in my lewe iets om oor te lag nie."

"Gaan stort vir jou, ek maak ook gou gereed. Dit sal jou goed doen om sommer net tussen mense te kom waar jy nie werk of oefen nie."

'n Uur later is hulle op pad in stad toe. Hulle het besluit *Stardust Village* is waarheen hulle wil gaan dit is waar *Mrs Doubtfire* wys.

"Mensdom maar hier is baie mense, Sofia hier, kry jy vir ons springmielies en sap en ek sal in die ry staan vir die kaartjies," sy druk 'n noot in Sofia se hand.

"Dit is reg so."

Allegra skuur deur die mense en vind ten einde laaste die einde van die ry. Haar moed sak tot in haar skoene. *Het ek werklik lus om hier rondgestamp en gedruk te word en dit net om 'n fliek te sien? Ag, ons is nou hier en Sofia kom ook nooit uit nie.*

Sy merk dat die ry gelukkig vinnig korter raak en is dankbaar daarvoor. Rye was nog nooit haar sterk punt nie. Sy is altyd haastig.

Vyftien minute later sak Sofia en sy in die teater op hul sitplekke neer reg om van alles te vergeet en hulleself te geniet.

Nie lank in die rolprent in nie, is Allegra baie dankbaar vir Sofia se voorstel. Sy lag so lekker dat haar maag skoon seer is.

Iewers agter haar is daar vier pare oë wat haar herken.

"Is dit nie sy nie?"

"Ja, dit is. Wie is by haar?"

"Dit is haar huishoudster. Siestog die Wêreldkampioen in Ruitersport het niemand om mee saam te kom fliek, behalwe haar huishoudster nie."

"Dit is mos die plan, om haar te isoleer. Ek het nie gedink ons plan sal so effektief wees nie, maar dit is. Jy weet jy het 'n siek brein, maar een waaroor ek mal is."

"Hoor wie praat van siek ... jy is deel hiervan en net so diep soos ek hierin. Die spreekwoord lui mos: die doel heilig die middele. Dink net as alles wat sy in haar volmaakte lewe geniet het, eindelik vir ons beskore gaan wees. As sy heeltemal tot 'n val kom."

"Rustig, rustig. Dit gaan nog 'n tydjie neem. Oorhaastigheid sal ons net laat onnodige foute maak. Ek wil nie uitgevang word nie."

"Sjuut, kan julle twee asseblief stil bly of julle gesprek elders gaan voortsit asseblief. Ons is hier om die film te geniet," berispe 'n man agter hulle hul.

Allegra is egter salig onbewus van die twee mense wat haar sit en bespreek. Sy geniet die film baie. Vir 'n slag is dit nie trane van hartseer wat oor haar wange rol nie.

"Sjoe, Sofia, dit was nou die beste plan. Ek het so lekker gelag. Kom ons gaan soek 'n plekkie waar ons lekker kan eet."

"Ek is bly jy het dit geniet. Ek het aandete voorberei by die villa."

"Nee, ons gaan net rustig sit, elk 'n glas wyn drink en dit geniet terwyl ons bedien word."

Wanneer hulle by die teater se voordeur uitloop, loop hulle hul in Mirabel en Lorenzo vas, wat op pad is na binne. Mirabel skrik haar dood toe sy sien hoe maer Allegra geword het. Sy voel hoe Lorenzo haar hand stywer vashou. Allegra storm nou soos 'n mens in gevaar by die teater se deur uit. Sofia knik vir die twee mense waarvoor sy net so lief geraak het. Sy sien die hartseer in hul oë oor Allegra se optrede.

"Ai Allegra kind."

"Los dit net Sofia, ek gaan nie dat dit my aand bederf nie."

Hulle vind 'n oulike restaurant nie ver van die teater nie. Hulle bedien Italiaanse en Griekse disse. Na 'n rukkie vlot die geselskap weer as hulle nabetragting hou oor die film en weer van voor af lekker lag. Dit is net na tien as hulle tuis kom.

"Sofia, baie dankie vir 'n wonderlike voorstel en aand. Dit was nou net wat ek nodig gehad het. Nou is ek gereed om te gaan rus, môre is dit kerk."

"Ek is die een wat jou moet bedank, jy het vir alles betaal. Dit was werklik baie lekker. Gaan stort jy, ek bring vir jou warm melk net om seker te maak jy slaap lekker."

"Dankie dierbare Sofia."

Vir 'n vlietende oomblik dwaal Allegra se gedagtes na Mirabel en Lorenzo. Sy het ook die hartseer in hul gesigte gemerk. Dan verban sy die gedagte en weier om dit verder te ontleed. Die warm melk doen gelukkig vinnig sy werk en sy dompel weg in droomland.

Hoofstuk 10

Terwyl Ivano probeer om voort te gaan sonder sy geliefde Allegra, en Mirabel en Lorenzo swaar trek oor die groot hartseer van hulle vriendin, begin Dante die sjarme krane vol oopdraai soos die maande aangaan.

Allegra werk en oefen. Dante laat nie 'n geleentheid verby gaan om haar te sien nie. Allegra wat intussen weer begin oefen het om aan kompetisies deel te neem, merk dit glad nie. Mario voer nog steeds Ivano se instruksie om haar so goed as moontlik op te pas uit.

"Allegra, beeldskoonste onder die beeldskones. Hoe gaan dit vandag met jou? Hoe was jou dag?"

"Dante, dit was besig soos altyd. My pasiënte kan mos nie praat nie, so ek moet sorg dat hulle so gou moontlik my aandag geniet."

"Hoe kry jy dit reg om heeldag rond te hardloop agter siek diere aan en nog getrou te kom oefen? Of is daar dalk 'n ander rede hoekom jy so getrou oefen," vra hy met 'n skalkse glimlag.

"Watter ander rede sal daar wees, Dante? Jy het my nou heeltemal verloor. Hoe lank ken jy my en hoeveel keer kan jy onthou dat ek nie kom oefen het nie?"

"Ek het maar net gehoop ek is dalk 'n klein deeltjie van die rede. Dat jy my ook so graag sal wil sien soos ek vir jou wil sien, Allegra."

"Dante ... ek is nou verstom. Ons is tog vriende en jare al mede-ruiters. Wanneer het dit verander?"

"Langer as wat jy wil weet al, Allegra. Ek hoop werklik nie ek het jou nou ontstel nie. Ek voel net ek moet met jou eerlik wees. Ek het maande, nee, jare gewag om my gevoelens met jou te kan deel."

"Dante ek weet nie of ek reg is om weer my hart oop te maak vir iemand nie. Ek wil nie praat oor die verlede nie, maar ek moet ook eerlik met jou wees. Ek het jou tog nog nooit aanleiding gegee nie."

"Nee, jy het nie. Jy is net nie daardie tipe vrou nie. Tog kan 'n mens mos nie jou hart voorskryf nie. Ek bewonder jou al vir soveel jare. Dink daaroor, en gee my asseblief 'n kans om vir jou te bewys dat alle mans nie dieselfde is nie."

"Ek weet nie..."

"Ek sal net hier wees, laat weet my wanneer jy daaroor gedink het. Lekker oefen, mooiste meisie."

"Dankie Dante." Sy is so verbaas en sonder woorde dat sy liewer vir Fire in die ribbes kap en haar rondte begin. Sodra Fire oor die eerste hindernis seil, is haar fokus net by hom.

Mario wat nie ver van hulle gestaan het nie, het alles gehoor. Hy het al lankal vermoed die man is mal oor sy juffrou. *Hy was vandat meneer Ivano nie meer saamgekom het nie soos 'n vervlakste lastige vlieg om juffrou Allegra. Sy het net nooit agtergekom nie, omdat sy haar nie aan die manne steur nie. Moet ek nou vir meneer Ivano laat weet? Dit sal sy hart baie seermaak as juffrou Allegra iemand anders begin sien. Ek sal eers wag en kyk. Sy was heeltemal stomgeslaan toe die man met haar praat oor sy gevoelens.*

Allegra doen haar rondtes, die een na die ander en Mario neem haar tyd. Sy is baie tevrede met Fire en besluit om nie langer aan te gaan nie. In haar agterkop eggo Dante se woorde. In die laaste maande het dit nooit eers by haar opgekom dat sy weer in 'n verhouding wil ingaan nie. Sy is nog siek en seer oor wat met haar gebeur het. Tog, sy is net sewe en twintig jaar oud, iewers moet haar lewe seker weer aangaan. Ivano s'n het volgens haar sekerlik aangegaan. Daar is niemand om haar reg te help in haar persepsie nie, en die wat wil, laat sy nie toe nie.

"Mario, lei maar vir Fire koud, en laai. Ons is klaar vir vandag. Dit is immers Vrydag. Ek dink ons gaan ook nie môre kom oefen nie. Rus is ook soms goed."

Sy is gerus omdat sy sien Dante is nog besig om te oefen. *Nou moet Mario net gou maak dat ons kan vertrek villa toe. Ek weet nie of ek nog energie het om weer na Dante te luister nie. Ek is skoon verstom.*

Sy strek bietjie en loop na die restaurant om vir Mario en haar elk 'n koeldrank te kry. Wanneer sy terug kom by Fire se sleepstal, is Mario besig om hom te laai.

"Gaan jy nie verder oefen nie, Allegra?" hoor sy Dante skielik langs haar.

"O, is jy klaar. Nee, ek dink dit was genoeg vir die dag. Dit was 'n baie besige week en ek is op bystand die naweek. Dalk kry ek nie tyd om te rus nie. Laat ek nou maar bietjie gaan rus."

"Ek hoop dit is die rede, en nie ek wat jou ontstel het nie. Ek sal jou nooit wil ontstel nie, ek wil net die kans hê om jou te bederf. Jou te wys dat ek werklik omgee."

"Nee, dit is nie jy wat my ontstel het nie. Ek belowe om te dink aan wat jy gevra het. Ek wil werklik net ontspan na 'n baie besige week. Mooi aand en naweek verder vir jou."

"Kan ek jou dan ten minste bel oor die naweek? Ek gaan jou net te veel mis as jy nie hier uitkom nie."

"Dante, jy kan, maar ek mag dalk nie antwoord nie. As ek op bystand is, en uitgeroep word wat byna honderd persent seker is sal gebeur, antwoord ek nie my foon nie."

"Ek verstaan dit mos."

"Miskien moet jy ook gaan dink ... as jy deel van my lewe wil word gaan jy gewoond moet raak daaraan dat ek pasiënte het wat my vier en twintig uur 'n dag mag nodig kry. Is jy bereid om dit te aanvaar as ek sou instem dat ons mekaar beter kan leer ken?"

"Ek..."

"Nee, moenie antwoord nie. Gaan baie goed daaroor dink. Net 'n vinnige scenario – ons is besig om uit te eet, ons het reeds bestel, maar wag nog vir ons kos terwyl ons heerlik gesels. Skielik lui my selfoon, daar is 'n krisis en ek moet dadelik gaan. Wat sal jou reaksie wees? Sal jy dit aanvaar om of alles net so te los, of alleen verder te eet? Totsiens, Dante."

Hy kyk die Fortuner in gedagte agterna. Hy ken reeds die antwoord op haar vraag. Hy hoef nie daaroor te gaan dink nie. Vir Allegra Carvelli wil hy hê.

Op pad na die kleinhoewe gesels sy met Mario oor take wat sy gedoen wil hê by die baan op die hoewe.

"Maak net vir my seker al die hindernisse is reg, die meisies gaan môre net so onder mekaar 'n kompetisietjie hou. Net drie rondtes elk in die verskillende afdelings om te sien hoe hulle tydsgewys vaar. Kompetisie is ook goed vir hulle."

"Ek maak so juffrou. Ek het gesien die twee juffroutjies vorder goed. Seker nie meer lank voor juffrou hulle vir die intree kompetisie gaan registreer nie."

"Nee, Mario, nie meer lank nie. Hulle moet nou blootgestel word aan die konsentrasie en fokus wat dit verg om aan 'n kompetisie deel te neem."

"Ek onthou nog goed toe juffrou begin het, maar juffrou was mos van die begin af 'n *natural*."

"Dankie vir die groot kompliment, Mario. Ek gaan nou rus en los vir Fire in jou hande. Sien môre weer."

"Reg juffrou."

Wanneer Allegra en Sofia 'n uur later eet, merk Sofia dat sy baie in gedagte is.

"Wat pla jou, kind?"

"Ek weet nie of dit werklik iets is wat my moet pla nie, maar..." Sy vertel vir Sofia van Dante se gesprek met haar by die baan.

"Kind, jy kan nie vir ewig alleen wees nie. Ek weet jy is deur 'n baie rowwe tyd. Jy moet jouself nog 'n kans gun op geluk. Dit kan mos nie skade doen om die man van nader te leer ken nie. Julle ken mekaar reeds so lank professioneel. So dit is dus nie 'n wild vreemde man wat jy glad nie ken nie."

"Sofia, dit is waar, maar wil ek werklik weer my hart oopstel om seer te kry?"

"Dit is glad nie te sê jy sal weer seerkry nie. Jy weet dat meneer Ivano nog steeds ..."

"Ek wil nie weet wat hy doen of nie doen nie, jammer Sofia. Ek sal dink oor Dante se versoek en bid, want ek weet regtig nie."

"Kind jy kan dink en bid net so veel jy wil ... 'n mens bly 'n mens en soms luister ons nie vir die stemmetjie wat ons op die regte pad wil wys nie."

"Dankie vir ete, ek gaan nou rus." *Wat bedoel Sofia daarmee? Soms is wat jou hart wil hê en wat die lewe vir jou uitdeel nie dieselfde nie, Sofia. Wat moet ek daaraan doen? Niks, ek kan niks daaraan doen nie...*

Sofia kan sien sy is omgekrap, maar laat dit begaan. Sy verstaan net nie hoekom hierdie kind wat so lief was vir Ivano nie soos almal ander kan glo dat die berig nonsens was nie. Nou is daar 'n ander mannetjie wat in haar belangstel, terwyl die liefde van haar lewe se hart gebreek is net soos hare. Dit maak niks sin nie.

Sy maak die melk warm en gooi die druppels daarin wat Allegra sal laat ontspan en 'n goeie nagrus sal verseker. Stap dan op en sit dit melk voor haar bed neer. Allegra is nog in die stort. Vanaand talm sy nie, sy gaan dadelik na haar eie kamer.

Sondag, wanneer Allegra net na twaalf eers van die kerk af kom, sien sy dat Dante haar gesoek het. *Nee, ek gaan hom nie terugbel nie. Vandag is my rusdag en ek gaan dit nie bederf deur die hele dag te top oor dinge wat hy dalk mag kwytraak nie. Ek het mos belowe om oor sy voorstel te dink. Hoekom moet hy nou skielik so knaend wees. Of was hy nog altyd dat ek dit net nie agtergekom het nie?*

Sodra sy haar kerkklere verruil het vir meer ontspanne drag, skep Sofia op. Hulle eet in stilte, want na haar opmerking gisteraand is die atmosfeer nog gespanne tussen hulle. Tog weet sy dat sy die regte ding gedoen het. Vandat die hele trauma plaasgevind het, bel Mirabel en Ivano nog gereeld na die landlyn as hulle weet Allegra is nie hier nie. Hulle bekommer hulle oor haar. Hoekom sal 'n man wat skuldig is, so iets doen? Soms soos gisteraand, wens sy net sy kan Allegra vertel dat Ivano haar steeds lief het en omgee. Wat sal dit help, die kind wil dit nie hoor nie.

"Sofia, ek is jammer dat ek gisteraand so kortaf met jou was. Ek voel soos 'n alien. Hoekom glo almal hom, die foto's was tog baie duidelik. Waar kom dit dan vandaan as dit nie die waarheid is nie? Ek is doodseker hy het reeds aanbeweeg met sy nuwe liefde. As dit nie waar was, sou my Vader my tog gewys het."

"Vergeet van gisteraand. Al wat ek op jou laaste vraag kan antwoord dat ons Vader se weë nie altyd ons weë is nie, my kind. In tyd sal Hy jou wys. Ons pad is vir ons uitgelê. Wees jy net rustig en hou vas aan Hom. Jy het 'n baie ver pad gekom die afgelope maande."

Hulle eet rustig verder. Wanneer hulle met nagereg besig is, lui die huistelefoon. Hulle kyk namekaar, want niemand bel op die huisfoon nie, almal bel Allegra se selfoon. Sofia staan op om dit te gaan antwoord.

Ag, ek het my selfoon in my kamer gelos. Dit is seker die dat die persoon op die landlyn skakel. Ek wonder wie hierdie tyd op 'n Sondag skakel. Dit is dan reg op middagete.

Sofia antwoord die oproep en hoor dit is Gustavo aan die anderkant, maar dadelik weet sy ook iewers is groot fout.

"Sofia, roep asseblief vir Allegra. Sy antwoord nie haar selfoon nie, en dit is dringend."

"Goed Meneer, ek maak so. Juffrou Allegra, telefoon dringend asseblief!"

"Wie is dit, Sofia?"

"Kom net kind, dit is meneer Gustavo."

Allegra haas haar na die foon en neem dit by Sofia. Die loop nie weg nie, maar staan net eenkant. Iets is nie reg nie en sy kon dit aan Gustavo se stem hoor.

"Pappa, wat is fout as jy my so dringend soek hierdie tyd van 'n Sondag?"

"My liefste kind ..." trane oorval Gustavo.

"Pappa, wat is dit? Wat het gebeur?" vra sy nou erg bekommerd.

"Mamma is pas oorlede! Sy is weg, ek kon niks vir haar doen nie. My liefste Luna is dood..." snik hy dit uit. Sofia sien hoe die bloed Allegra se gesig verlaat en wag.

"Nee, Pappa, nee! Mamma kan nie dood wees nie. Hoe? Wat het gebeur? Dit kan nie waar wees nie..."

"Dit is my kind. Jy moet kom, asseblief. Kom sou gou jy kan..."

"Ek kom, my Pappa. Ek sal dadelik 'n vlug probeer kry en jou laat weet." Sy hoor die lyn doodgaan aan die anderkant en sak in die stoel langs die telefoon neer en ween droewig. Sofia is dadelik by.

"My dierbare kind," sy hou haar net vas en laat haar huil. *Wat is dit dan Vader? Die kind is nog nie eers mooi*

144

oor die een drama nie dan volg die ander een. Nou is haar moeder oorlede. Mevrou Luna is oorlede. Wat kon gebeur het?

Wanneer sy gewaar dat die snikke afneem, lei sy haar na die sitkamer bank waar dit meer gemaklik is. Sy verdwyn in die kombuis in en gooi bietjie van die homopatiese kalmeer-druppels in melk en neem dit vir Allegra.

"Drink die, Allegra kind. Dit is jou help."

"Sofia, Mamma is dood! Ek kan dit nie glo nie. Sy is nog so jonk, hoe kan sy dood wees?"

"Drink net die, ons sal later praat." Allegra gehoorsaam soos 'n kind en drink die halwe glas melk. Die trane bly loop en Sofia hou haar vas.

"Moet ek vir jou 'n tas pak, jy sal seker so gou moontlik vertrek Carvelli's Ranch toe."

"Ja, kom ons gaan na my kamer. Ek moet my selfoon kry en dadelik 'n vlug bespreek. Ek kan nie bestuur nie. Hy is so gebroke, Sofia. Hy het haar so liefgehad al het hulle sulke uiteenlopende persoonlikhede gehad."

"Dit is mos maar hoe die liefde is, daar mag nie voorwaardes wees nie, dan is dit nie ware liefde nie." Sy stap saam met Allegra na haar kamer en haal dadelik 'n tas uit en begin pak. Die druppels het Allegra rustiger gemaak en sy soek dadelik na 'n vlug van Rome na San Gregorio. Sy is baie ontsteld, want die eerste vlug wat sy kan haal is eers die namiddag laat. Sy tik vinnig vir haar vader 'n WhatsApp om hom te laat weet.

"Eerste vlug eers teen ses uur vanaand, Pappa. Ek is so jammer ek kan nie gouer by jou wees nie. Baie lief vir jou."

Sy wag, maar hy antwoord nie dadelik. Sy staan op en gaan na die badkamer om haar toiletware te pak. Dan hoor sy haar selfoon en gaan kyk dadelik.

"Lorenzo tel jou oor 'n uur op. Daar is nie nou tyd om in kwaaivriendskap te leef nie my kind. Ek het jou nodig."

Sy byt op haar onderlip en Sofia sien dat die trane weer oor haar wange begin rol. *Vir my Vader onthalwe sal ek net moet vrede maak met Lorenzo. Ek wil net niks van Ivano hoor nie.*

"Dit is in orde so, Pappa."

"Wat is dit kind?"

"Lorenzo kom haal my met sy vliegtuig, vir Pappa se onthalwe sal ek die strydbyl moet begrawe."

"In tye soos hierdie sien mens wie jou werklike vriende is, kind. Ek is klaar, is jou toiletware klaar gepak?"

"Ja, dit is in die badkamer." Sofia gaan haal dit en sit dit in die tas en maak dan die tas toe.

"Kom, kom ek gaan maak vir jou 'n koppie tee, dit sal jou verder rustig maak."

Sy volg Sofia by die trap af en gaan sit in die kombuis terwyl Sofia die tee maak. Daar gaan duisende gedagtes deur haar kop.

"Sofia, ons was nie so naby mekaar soos sy en Lara was nie, tog is sy my moeder. Eers onlangs het dit my begin voel asof sy trots is op my en of sy uitreik na my toe ook. Nou net toe ons nader aanmekaar begin kom, nou is sy weg. Daar is nog so baie dinge wat ek met haar wou deel."

"Ai kind, dit is nie dat sy minder lief was vir jou as vir Lara nie, dit is net hulle het meer dieselfde belangstellings gehad. Jy is daardie Pappa van jou se dogter. Natuurlik sal jy haar baie mis en is jou hart gebreek deur haar heengaan. Gaan neem afskeid en ondersteun jou vader. Lara is nog te jonk en het nie die wysheid wat jy het nie."

"Dankie, Sofia. Hoe dankbaar is ek nie vir jou nie. Ek moet seker vir Stefania laat weet en ook vir Mario." Sy drink haar tee en gaan dan na haar studeerkamer. Eers skakel sy vir Stefania.

"Allegra, is daar fout?"

"Ja, Stefania, daar is," nou loop die trane weer. "Moeder is oorlede, ek vlieg oor 'n rukkie San Gregorio toe. Lorenzo kom my haal. Ek sal jou op hoogte hou wanneer ek terugkeer. Vader het my nou nodig. Ek is jammer dat ek jou alweer alleen laat."

"Ek is baie jammer om te hoor. Jy laat my nie alleen nie, Matteo is mos daar. Hy is baie bekwaam. Laat weet my asseblief wanneer die begrafnis is, dit sal seker op die Ranch wees. Ek sal graag daar wil wees om jou te ondersteun, vriendin."

"Baie dankie, Stefania, ek waardeer dit. Ek laat jou weet."

Na die oproep loop sy uit na die stalle toe om met Mario te praat en ook vir Fire te groet.

"Juffrou, is daar fout?"

"Mario, ja, my Moeder is oorlede. Ek weet nie hoe lank ek gaan weg wees nie. Meneer Lorenzo kom my haal. Kyk asseblief mooi na Fire en sorg dat hy gereeld oefening kry. Jy weet mos hoe om hom te laat spring, dat hy net in oefening bly en nie gefrustreerd raak nie."

"Ek weet. Ek sal mooi na Fire omsien. Juffrou hoef niks te bekommer nie. Baie jammer vir Juffrou se verlies. Stuur ook my meegevoel aan ons grootmeneer asseblief."

"Dankie Mario, ek maak so."

Terwyl sy terug loop na die villa wonder sy of sy vir Dante moet laat weet en besluit tog om dit te doen.

"Middag, mooiste van die mooies. Verlang jy na my?"

"Dante..."

"Wat is fout? Hoekom is jy so ontsteld, my meisie?"

"My Moeder is oorlede, ek sal vir 'n tyd weg wees. Ek wou net nie hê jy moet jou bekommer as ek nie opdaag om te kom oefen nie."

"Ek is bitter jammer om dit te hoor. Ek wens ek was nou by jou om jou net 'n drukkie te gee. Wanneer gaan jy?"

"Binne die volgende halfuur. 'n Vriend van die familie kom haal my met sy vliegtuig. My Vader en Lara het my nodig. Lara was baie geheg aan Mamma en sy moet sekerlik nou deur hel gaan. Sy is nog so jonk en het vir Mamma nog baie nodig gehad. Ek sal jou sien as ek terug is, Dante."

"Nee, ek sal jou elke dag bel, ek gaan jou net te veel mis. Verder wil ek niks hoor nie, ek gaan jou moeder se begrafnis bywoon. Laat weet my asseblief as julle weet wanneer dit is. Ag, my meisie, my hart bloei vir jou. Kyk mooi na jouself tot ek jou sien. Onthou ek gee werklik om vir jou."

"Dante, dankie. Ek sal jou laat weet." Nou is sy van voor af hartseer. Sy mis vir Mirabel en Ivano. Steeds weet sy dat sy nie daar moet gaan nie, dit sal haar net meer hartseer besorg. Mirabel kan sy nog vergewe, maar Ivano, hoe kan sy hom vergewe?

Nie lank nadat sy van die stalle gekom het, stop daar 'n voertuig voor die deur. Sofia gaan om die deur oop te maak. Sy is baie verbaas om nie net vir Lorenzo nie, maar ook Mirabel daar te vind.

"Kom binne meneer Lorenzo en juffrou Mirabel. Juffrou Allegra is in haar studeerkamer."

"Middag Sofia," groet hulle albei.

"Hoe vat sy dit?" vra Mirabel.

"Nie goed nie. Sy is nog so broos na die ander drama, en nou dit."

"Ons gaan na haar toe," reageer Lorenzo. Hulle kom in haar studeerkamer se deur tot stilstand. Sy lê op haar arms op haar lessenaar en snik hartverskeurend. Mirabel kan dit nie een minuut langer hou om haar vriendin so te sien nie en loop om die lessenaar na haar.

"Allegra, my dierbare vriendin, Allegra! Ek is so ontsettend jammer vir jou verlies." Allegra kyk deur die trane op toe sy die stem erken. Sy besef in daardie oomblik dat die lewe te kort is om met vetes te leef. Sy staan op en val Mirabel om die nek en huil hartverskeurend. Lorenzo sluk aan die trane omdat hy besef alle dinge van die verlede is vergete. Hierdie groot hartseer het die twee vriendinne weer by mekaar gebring. Hy stap nader en plaas sy arms om albei van hulle.

"Allegra, ek is so bitter jammer ... ons is nou hier en ons sal jou nie alleen laat nie. Jy is die een wat sal moet sterk wees vir jou vader en Lara."

Sy kyk op in Lorenzo se gesig en weet dat hy elke woord bedoel wat hy sê.

"Dankie Lorenzo."

"Wanneer jy gereed is kan ons gaan, jou vader wag vir jou."

"Wat het gebeur, Lorenzo? Vader was so ontsteld, hy kon my nie vertel nie."

"Sy het 'n hartaanval gehad. Hy het haar probeer help, maar tevergeefs."

"Ons kan maar gaan. Ek is gereed en alles aan die kant is klaar gereël om aan te gaan terwyl ek weg is. Baie dankie dat jy my kom haal het, Lorenzo. Mirabel, my vriendin, dankie dat jy saamgekom het."

"Niks sal my kon keer nie."

Mirabel gaan hulle by die lughawe aflaai waar Lorenzo se vliegtuig is.

"My liefste laat my asseblief weet wanneer die begrafnis is, ek wil beslis daar wees."

"Ek sal jou kom haal, ek gaan nie dat jy so ver alleen ry nie. Sodra jy jou besigheid gereël het, laat my weet. Kyk mooi na jouself tot ons weer sien." Lorenzo soen haar.

"Dan sien ek jou binnekort weer Mirabel. Jy is baie welkom om op Carvelli's Ranch te kom bly."

"Dankie, Allegra, ek sal beslis jou aanbod aanvaar. Jy weet mos Lorenzo en ek glo ook soos jy."

Vyftien minute later is Lorenzo en Allegra in die lug en op pad Carvelli's Ranch toe.

Daar word nie baie gesels nie, Lorenzo respekteer die feit dat Allegra pas haar moeder verloor het. Hy ken hulle geskiedenis goed genoeg en weet dat sy haarself tien teen een sal verkwalik omdat sy nie meer tyd met Luna spandeer het nie. Tog het hulle net te veel verskil en het Luna net altyd probeer om vir Allegra ook te verander in 'n modepop. Iets wat sy nooit sal kan wees nie, sy het hopeloos te 'n goeie hart daarvoor.

Bietjie meer as 'n uur later stop hulle voor Carvelli's Ranch se woning. Gustavo is dadelik by. Dit val vir Lorenzo op hoe oud hy skielik lyk. *Ja, hy is ook 'n man wat net een groot liefde is sy lewe gehad het. Ek vermoed Allegra is ook so, miskien besef sy dit al of miskien nie.*

"My meisiekind, jy is hier." Hy gryp haar vas en hulle huil saam oor hulle groot verlies. Lorenzo kry hulle uit sy hart uit jammer. Wanneer hulle bedaar, bedank Gustavo vir Lorenzo.

"Ou seun, baie, baie dankie. Jy is 'n ware vriend vir ons. Wil jy gou koffie saam met ons drink?"

"Oom Gustavo, miskien wil julle as familie eers groet..."

"Nee, Lara bly net in haar kamer en wil met niemand praat nie. Jy weet mos sy was baie naby aan haar moeder. Kom binne."

Gustavo bestel vir hulle koffie wat hulle in sy studeerkamer geniet. Verder vertel hy aan Allegra hoe verskriklik dit vir hom was dat hy nie vir Luna kon help nie.

"My kind, sy het net inmekaargesak in die sitkamer. Ek het dadelik probeer om haar gemaklik te kry en eerstehulp toe te pas. Niks wou help nie, sy het net haar laaste asem uitgeblaas daar in my arms."

"Ai, my Pappa, ek is so ontsettend jammer dat jy hierdeur moes gaan. Gelukkig was jy by haar en sy weet dit. Hoe swaar dit ook al vir ons almal is, moet ons vrede maak met ons Vader se plan."

"Ja, my kind, ons is gelukkig om Hom te ken en aan Hom vas te hou. Dit is juis my vrees vir Lara – sy ken Hom nie. Vir haar gaan dit baie moeilik wees."

"Oom Gustavo, ons moet net almal bid vir haar."

"Ja, ou seun. Tog weet jy die keuse is nog steeds by ons of ons Hom wil aanvaar. Dit is daar waar die moeilikheid kom, daar by die keuse. Ons dink ons weet wat goed is vir ons, maar ons weet nie."

"Dit is waar oom. Dankie vir die koffie, ek gaan julle eers alleen laat. Laat weet asseblief as daar enigiets is waarmee ek kan help. Allegra, jy weet waar om my te vind as jy wil gesels. Ek het jou baie gemis, my vriendin."

"Dankie Lorenzo. Ek sal met jou praat."

Hy verdwyn by die studeerkamer deur uit. Gustavo kyk na sy oudste dogter. Die spore van die afgelope maande se seer is duidelik op haar mooi gesig afgeëts.

"My kind, ek neem aan julle het vrede gemaak?"

"Ja en nee ... ek dink meer dit is Moeder se afsterwe wat vrede tussen ons gebring het. Mirabel was saam met hom toe hy my kom haal het by die villa. Ek het in daardie sekondes besef dat die lewe te kort is om tyd te mors op kwaaivriendskap met mense waarvoor jy lief is."

"Dit is beslis so. Ek is bly daar is vrede tussen julle. Wat van Ivano?"

"Wat van hom, Pappa?"

"Ek sien ... die vrede sluit hom dus nie in nie. Jy besef seker my kind dat hy ook by moeder se begrafnis gaan wees."

"Ek het nog nie daaraan gedink nie. Dit is reg so, julle is vriende en baie erg oor mekaar."

"Ek berei jou maar net voor."

"Dankie Vader. Terwyl ons nou op die onderwerp is – daar is 'n ander ruiter wat al jare saam met my deelneem. Ek sien hom daagliks omdat ons saam oefen. Hy het onlangs my genader en meegedeel dat hy al baie lank verlief is op my. Hy het my gevra om in 'n verhouding met hom te gaan. Ek was verstom, want vandat... Wel, ek het glad nie so na hom gekyk nie. Tog het Moeder se skielike afsterwe my laat dink. Wil ek regtig vir die res van my lewe alleen wees? Hoeveel tyd het ek nog om gelukkig te wees? Ek het hom nog nie geantwoord nie, maar is van plan om in te stem. Pappa, ek is doodbang, maar hoe ander sal ek weer gelukkig kan wees?"

"Allegra, dankie dat jy dit met my deel. Jy weet ek wil vir jou net die beste hê. Raad kan ek jou nie gee nie, want van die tragedie in Duitsland af, wou jy nog nooit daaroor praat nie. Ek gaan jou ook nie dwing nie. Wat ek wel gaan sê is dat Ivano se hart net so gebreek is soos joune en dat hy steeds hoop vir 'n wonderwerk. Ek het ook nie gehoor dat jy noem dat jy vir hierdie mannetjie omgee nie. As dit die pad is wat jy kies, sal ek jou ondersteun. Weet net dat dit dalk nie die pad is na geluk nie. 'n Verhouding kan net op wedersydse respek en liefde gebou word en niemand kan liefde veins nie. Ek bid dat dit die regte besluit vir jou is, my kind."

"Ek bid ook so. Ek het Dante laat weet dat Moeder oorlede is omdat ons saam oefen. Hy het dadelik gesê hy wil vir die begrafnis kom om my te ondersteun. Ek sal hom eers na die begrafnis van my besluit vertel. Daarna Vader moet ons dit maar dag vir dag neem."

"Dit is reg so my kind. Nou moet ons eers deel met ons verlies. Lara gaan heeltemal verlore wees sonder jou moeder. Ek hou al lank aan dat sy moet rigting kry met haar lewe, nou sal dit soveel moeiliker vir haar wees."

"Pappa weet Lara wil nie voorgesê word nie. Ek sal haar ondersteun waar ek kan, of eerder waar sy my toelaat. Miskien moet sy 'n werk kry. Iets wat haar kan besig hou."

"Ek stem met jou saam. Kom ons kyk maar hoe dinge afloop. Ek dink aandete is seker al gereed, kom ons gaan kyk. Lara sal dan ook seker uit haar kamer kom."

"As sy nie kom nie, sal ek na haar gaan."

Hulle gaan saam na die eetkamer en vind dat Lia pas besig is om die disse op te dra.

"Naand, Lia, goed om jou weer te sien. Het jy al vir Lara geroep vir ete?"

"Naand, juffrou Allegra. Ja, sy sal seker nou hier wees. Jammer oor juffrou se moeder se heengaan."

"Dankie Lia."

Minute later kom Lara die trap af om te kom eet. Allegra staan op om haar te groet. Wanneer Allegra haar wil vasdruk, deins sy weg.

"Moenie maak asof jy omgee nie. Jy het mos nog jou pa. Dit is al waarvoor jy omgee. Hoekom moes my Mamma sterf? Julle het nie een vir haar omgegee nie, net ek. Nou is sy weg," bars Lara uit en Gustavo luister geskok na haar woorde.

"Lara! Stop dadelik met die onsin wat jy praat. Hoe kan jy sulke dinge kwytraak. Ek was baie lief vir jou moeder, sou enige dag met haar wou plekke ruil as dit sou help. Dit is ongelukkig nie ons Vader se wil nie. Net so is jou suster net so lief vir haar. Ons moet nou saamstaan, mekaar ondersteun in hierdie tyd."

"Hahaha, nie God se wil nie. Wie is Hy om my Moeder van my af weg te neem? Hoekom nie vir jou nie?"

"Lara! Genoeg... Ek sal nie toelaat dat jy vir Pappa verder ontstel nie. Het jy geen respek nie? Hy was dertig jaar met moeder getroud en het haar op sy hande gedra. Sy het nooit 'n dag iets kortgekom nie. Sy was gelukkig en lief vir hom. Hoe kan jy sulke dinge kwytraak? Moeder sou haar werklik vir jou gedrag geskaam het."

"Jy kan maklik praat, want jy het nog jou pa wat in jou ingekruip is en niks van jou verkeerd wil hoor nie. Ek het niemand nie."

"Kom ek herinner jou daaraan – dit is ook jou pa. Dieselfde een wat jou onderhou en betaal vir jou onversadigbare lus na plesier en koop. Jy sal nie weer so disrespekvol van hom voor my praat nie. Vader verskoon my, ek is nie meer honger nie. Miskien kan jy vanaand gaan somme maak oor hoeveel geld hierdie man al die afgelope vyf jaar in jou ingesit het. Ek hoop jy sal dit doen en iewers in jou hart dankbaarheid vind."

"Los my uit, miss High-and-Mighty Wêreldkampioen."

"Lara, stop dit nou dadelik. Allegra is reg, jou moeder sou haar beslis vanaand vir jou gedrag geskaam het."

Allegra draf met die trappe op na haar kamer en val huilende op die bed neer. *Vader, hoe kan sy sulke aaklige dinge oor Pappa sê? Hy het ons moeder so liefgehad, haar so mooi versorg en bederf. Verder voorsien hy nog steeds vir Lara. Wat het ons al ooit aan haar gedoen, behalwe om haar te ondersteun.*

Hierdie gaan 'n baie, baie moeilike tyd wees, Vader. Wys my asseblief die regte pad en dra vir Pappa. Help my om in U wil te handel en nie volgens my eie emosies nie. Hoe gaan ek dit hanteer om weer vir Ivano te sien. Dan is daar nog Dante – alles is so deurmekaar en ek is so verward.

Steeds het ek niemand om mee te praat nie, ek kan tog nie dit alles op Mirabel uitstort nie. Of kan ek, sy is die enigste een wat sal verstaan.

Asof in antwoord op haar gebed, lui haar foon en sy sien dat dit Mirabel is.

"Mirabel..."

"Ai, my vriendin, jy klink baie ontsteld. Dit moet 'n groot skok vir jou wees. Ek het so baie aan jou gedink en besluit ek moet jou net bel. Hoe gaan dit met oom Gustavo en Lara?"

"Ek is baie ontsteld, maar dit is nie net oor moeder nie. Jy sal nie glo wat nou net by die etenstafel gebeur het nie ..." sy vertel haar van Lara se uitbarsting.

"Nee ... hoe kan sy so ongevoelig teenoor jou Vader en jou wees? Ek verstaan dat sy naby aan jou moeder was, maar dit is heeltemal ongevraagd. Julle is mos ook in rou en in skok."

"Ek weet nie, ek weet net hierdie gaan 'n baie moeilike tyd wees. Ek wens dit was al verby dat ek terug kon gaan Rome toe. Ek wil so graag net gelukkig wees en vrede hê. Iets wat my blykbaar nie meer beskore is nie. Hoe harder ek werk, hoe meer struikelblokke is daar. Hoekom is dit dan so?"

"Ai, Allegra ... hopelik is dit net 'n seisoen en sal weer verby gaan. Jy moet net bly vashou aan ons Vader."

"Dit is al rede hoekom ek nog oorleef. Jammer as ek swartgallig klink, maar dit is alles net so deurmekaar."

"Ek verstaan, jy het 'n paar ure gelede jou moeder verloor en nou is jou suster ook nog so aaklig. Ek sal 'n paar dae vroeër kom om daar te wees vir jou as dit reg is, vriendin."

"Dit sal wonderlik wees. Kom so gou jy kan."

Hulle groet en Allegra is dankbaar dat Mirabel weer terug is in haar lewe.

Sy staan op en gaan af kombuis toe om vir haar warm melk te gaan maak voor sy gaan slaap. Dan loer sy by haar vader se studeerkamer in en vind hom daar in trane. Sy stap om die lessenaar en slaan haar arm om sy skouer.

"My Pappa, moet jou nie steur aan Lara se uitbarsting nie. Sy weet nie waarvan sy praat nie. Sy is net 'n verwende kind. Een wat te veel al haar sin gekry het."

"Jy is reg, steeds maak haar woorde ontsettend seer. Sodra Moeder begrawe is, moet sy gaan werk. Sy het nou genoeg niks gedoen en dan is sy nog ondankbaar ook. Sy moet die lewe leer ken. Dankie vir jou my kind. Gaan jy nou slaap?"

"Ja, Pappa. Mirabel kom so gou sy haar dinge kan reël, ek is dankbaar vir haar. Lara sal my van my verstand af dryf. Pappa, ek hoop jy het iets om te drink om te slaap."

"Ja, die dokter wat hier was, het my iets gegee. Vanaand is my bed leeg ... ek gaan haar ontsettend mis. My liefste Luna."

"Drink daardie pille en rus lekker. Môre sal ek vir Pappa help met die begrafnisreëlings. Baie lief vir Pappa." Sy soen hom op sy voorkop.

Die volgende oggend neem Allegra al die begrafnisreëlings op haarself. Sy gaan San Gregorio toe om met die begrafnisondernemer te gaan gesels oor die begrafnisbrief, watter lied haar moeder se gunsteling was en die tyd. Sy belowe om foto's van hulle as gesin deur te stuur wat agterop die brief gedruk sal word asook 'n huldeblyk van haar Vader. Die begrafnis sal die Vrydagoggend plaasvind om mense wat van ver kom kans te gee om weer te kan terug gaan.

"Allegra, stuur my meegevoel aan jou vader. Hy is sekerlik gebroke. Hulle was altyd soos verliefdes."

"Dankie, ja hy is. Ek doen dit graag. Ek dink miskien moet ons ook my jonger suster 'n geleentheid gee om 'n huldeblyk te doen. Ek sal met Pappa gesels en u laat weet."

"Dit is in orde so, ons sal begin en wag vir die inligting wat jy nog moet stuur. Sterkte, Allegra."

Met haar tuiskoms bespreek sy met haar vader al die dinge en vra hom om met Lara te praat om vas te stel of sy 'n huldeblyk wil doen. Daarna skakel sy die koerante om 'n plasing oor haar moeder se afsterwe en begrafnisreëlings te maak. Wanneer dit klaar is begin sy mense per WhatsApp, SMS, en e-pos in kennis stel van die begrafnis.

Teen laatmiddag is alles byna gefinaliseer. Mirabel laat weet dat Lorenzo haar die volgende oggend vroeg gaan haal.

"Dit is wonderlike nuus vriendin. Ons verwag julle dan albei vir middagete."

"Ek weet nie, Lorenzo is baie besig."

"Ek sal hom gou self skakel, of nee, vars lug sal my goed doen, ek gaan sommer gou oor ry na hom met Beauty."

"Sterk wees, ek weet jou Vader leun swaar op jou. Bly maar stil en kyk maar anderkant toe as Lara met jou aangaan."

"Ek het haar nog nie weer gesien nie. Dit is ook maar beter so."

Allegra saal sommer self vir Beauty op en ry oor na Lorenzo. Hy sien die ruiter aankom, maar is steeds verbaas om Allegra te sien.

"Buurvrou, kom ons gaan drink koffie. Mirabel het seker reeds vir jou laat weet dat ek haar vroeg môre gaan haal."

"Middag, Lorenzo. Ja, sy het." Sy gly van haar perd en die stalhulp neem hom. Hulle stap saam aan na die huis.

Hulle drink sommer in die kombuis koffie soos hulle gewoonte nog altyd was.

"Hoe gaan dit daar op Carvelli's Ranch, vriendin?"

"Nou rustiger, maar dit het maar rof begin. Mirabel het jou seker vertel."

"Ja, sy het. Ek is stomgeslaan. Ons is al gewoond dat Lara jou altyd onnodig aanval, maar jou vader en juis nou. Dit is heeltemal belaglik."

"Ja ... ek sal maar liewer swyg, ek wil nie onnodig sonde doen nie. Vader het my vertel dat Ivano die begrafnis gaan bywoon. Dit gaan seker ook nog 'n histerie veroorsaak."

"Dit is mos nie hoe jy is nie?"

"Nie van my af nie, Lara het mos nog nooit met hom oor die weg gekom nie. Vir my gaan dit oor wat goed is vir my Vader, hy is baie lief vir Ivano, en dit sal vir hom goed wees as Ivano daar is."

"Wat van jou?"

"Niks van my nie. Dit gaan nie oor my nie."

"Het jy iemand anders in jou lewe, Allegra?" skok hy haar met sy reguit vraag.

"Nog nie, een van my mede-ruiters het my gevra om met hom uit te gaan. Hy is blykbaar al vir jare verlief op my. Ek oorweeg dit nog. Ek is vreesbevange!"

"Dankie dat jy so eerlik is. Gaan hy by die begrafnis wees?"

"Ja, ek moes hom van moeder se afsterwe laat weet omdat ons saam oefen. Hy het aangedring. Op hierdie stadium is ons volgens my net nog steeds kennisse. Ek sal wanneer ek terug gaan finaal besluit. Iewers in my lewe moet ek seker weer geluk vind..."

"Ja, jy verdien dit. Mag ons Vader jou op die regte pad na geluk neem, want soms mis ons die afdraai."

"Jy klink soos my Vader. Hierdie is 'n baie moeilike tyd vir ons, en ek is seker beter toegerus as die ander. Dit voel of die chaos in my lewe net meer word – wat het ek verkeerd gedoen, Lorenzo?"

"Niks ... jy het niks verkeerd gedoen nie. Ons staan nie in jou skoene nie en ons kan nie vir jou besluite maak nie. Ek kan net bid dat jy eendag die waarheid sal weet en aanvaar. Jy weet die woord sê vir ons dat die waarheid ons vry maak. Miskien is dit net nog nie die tyd nie. Weet jy maar net, ons het nooit opgehou om vir jou uit te kyk nie en sal ook nooit ophou nie."

"Dankie Lorenzo. Ek moet seker gaan. Ek dink môreoggend sal ek myself bederf met 'n uitstappie na my koppie. Daar het ek nog altyd antwoorde gevind."

"Doen jy dit. Ek sal vir Mirabel veilig besorg."

"Amper vergeet ek, julle kom eet sommer môremiddag by ons. Of wil jy haar vir jouself hê en haar eers die aand bring? Dit is ook goed so."

"Dit sal dalk eerder die aand wees. Ek mis haar en ons is albei so besig. Ons raak binnekort verloof, maar sal seker eers oor 'n jaar kan trou omdat ons skedules so besig is."

"Dit is die wonderlikste nuus. Miskien moet julle nie wag nie, en net trou. Jy het gesien hoe kosbaar tyd is. Paar dae gelede was Mamma nog hier, nou is sy weg."

"Dit is waar. Sien jou môreaand, Allegra. Veilig wees en sterk staan. Wees versigtig as jy na die koppie gaan asseblief."

Die Vrydagoggend tien uur is Luna se begrafnis. Allegra en Lara sit weerskante van hulle Vader. Die trane vloei vrylik. Na die diens wat in die vendusiesaal gehou is, gaan hulle na die begraafplaas waar al die vorige Carvelli's te ruste gelê is. Daar is drie stoele. Allegra laat haar vader op die een sit en Lara neem op die ander een plaas. Sy self gaan staan agter haar vader met haar hande oor sy skouers. Sy gewaar iemand langs haar wat sy arm om haar skouer plaas. Wanneer sy opkyk is dit Dante.

"My meisie, ek is hier vir jou," fluister hy. Lara wat dit gehoor het kyk op in sy gesig in.

"Dankie dat jy gekom het Dante, ek waardeer dit." Allegra bepaal weer haar aandag by haar vader, maar kyk tog op as sy voel iemand kyk vir haar. Sy kyk reg in Ivano se bruin oë vas. Haar hart ruk seer en sy laat dadelik haar kop sak. Nou loop die trane op nuut en sy weet self nie of dit oor haar moeder is en of dit is oor haar verlore liefde nie.

Dante trek haar stywer teen hom vas en troos haar saggies. Sy het nie krag om iets daaraan te doen nie en laat hom net begaan.

Na die teraardebestelling gaan almal na die huis om hul meegevoel te gaan betuig. Daar word ook saam met die familie tee gedrink en versnaperings geniet.

Dit is onvermydelik dat Ivano voor Allegra sal te staan kom. Dante het agter Allegra stelling in geneem, asof hy haar beskermer is. Dan kyk sy op en dit is weer in Ivano se gesig.

"Allegra, ek is bitter jammer oor julle verlies. Mag ons Vader jou vertroos en dra." Hy het haar hande in syne geneem en sy hart ween by die bekende aanraking met die vrou wat hy so oneindig lief het.

"Baie dankie, Ivano. Dankie ook dat jy gekom het om vir Vader te ondersteun, ek waardeer dit opreg."

"Dit sal altyd my plesier wees." Hy word gedwing om aan te beweeg. Lara weier om met hom te praat. Steeds betuig hy sy meegevoel met haar. Sy hart is seer stukkend oor die man wat agter sy Allegra staan.

Gustavo gryp hom vas en huil.

"My seun, dankie dat jy hier is. Onthou dat ek jou liefhet, dankie vir jou ondersteuning in hierdie tyd."

"Oom Gustavo, dit is my voorreg. Ons gesels later."

Ivano beweeg na waar Mirabel en Lorenzo op hom wag.

"Lorenzo, die man wat by die graf en ook hier by Allegra is, is dit haar nuwe liefde?" vra hy met 'n knop in sy keel.

"Nee, jy behoort hom te ken. Hy is een van die ruiters wat al jare saam met haar oefen. Hy is op haar verlief, maar hulle is nog nie in 'n verhouding nie. Dante is sy naam."

"Natuurlik! Ek het gewonder hoekom hy so bekend lyk. Nou maak dit sin, hy was altyd oral waar sy geoefen het. Asof hy haar opgepas het. Hoe weet jy hulle is nie in 'n verhouding nie?"

"Sy het my self vertel. Jy ken vir Allegra, sy steek nie dinge weg nie. Hy het haar gevra om met hom uit te gaan, maar sy het nog nie besluit nie."

"Nee! Gaan ek haar werklik vir goed verloor?"

"Soos ek vir haar ook gesê het, niemand sal God se pad vir ons kan verander nie. Soms mag ons die verkeerde afdraai neem, maar as dit Sy wil is, sal die gebeur as ons met Hom wandel. Moenie vergeet dat haar lewe steeds in gevaar is nie en dat ons nie weet wie die ander persoon is wat betrokke is nie. Moenie hoop verloor nie. Goeie dinge kom na die wat op God bly wag."

"Jy is reg, maar weet jy hoe moeilik dit is om te sien hoe hy haar vasdruk. Dit is my vrou daardie. My vrou wat

God vir my gestuur het en nou probeer hulle haar van my steel deur leuens."

"Jy moet sterk wees, juis omdat jy meer van die waarheid weet as sy. Ons het nog werk, iewers sal die hele sage in die skuldiges se gesigte moet opblaas. Ons gaan daar wees om haar te beskerm, onthou."

"Ja, ek sal onthou."

Hoofstuk 11

Daardie aand bly Dante by hulle oor. Die volgende dag sal hy weer vertrek.

"Gaan jy saam met my terugry, my meisie?" vra hy wanneer hulle die aand aan tafel is.

"Nee, Dante, ek gaan Sondagmiddag saam met Lorenzo. Hy neem ons almal terug Rome toe. Ek wil nog die naweek saam met Vader deurbring. Baie dankie vir die aanbod en dat jy gekom het, ek waardeer dit opreg."

"Wie is die ons nogal?" vra Lara aanvallig.

"Mirabel, Ivano en ek," antwoord Allegra.

"Gaan jy saam met daardie slang in een vliegtuig reis? Wat het hy in elk geval hier kom soek?"

"Lara, stop dit dadelik. Ivano was hier om my te ondersteun. Hy is my vriend en niemand sal niks daaroor sê nie."

"As Pappa so sê ..." sy kyk na Dante om te sien wat sy reaksie is.

"Natuurlik verstaan ek dat jy nog tyd met jou vader wil spandeer. Julle gaan deur 'n baie moeilike tyd en wanneer sien julle weer mekaar. Ek sal vir jou in Rome wag, ons het mos nog 'n afspraak, onthou jy?"

"Ja, Dante, ek onthou. Ek sal as alles reg loop weer Maandag begin oefen en jou dan sien."

"Kan ek nie Sondagaand vir jou kom kuier nie, ek gaan jou mis," dring hy aan.

"Ek sal jou laat weet as ons geland het, dan kan ons daaroor praat."

"Om jou vraag te antwoord Dante, Lara en ek gaan seker teen die volgende naweek in Rome wees. Ons moet vir haar 'n plekkie kry om te bly en 'n werk. Ons sal die week begin kyk na opsies," reageer Gustavo. Lara gaap soos 'n vis op droë grond en Allegra kan sien dat dit die eerste woord is wat sy daarvan hoor. Lara is so geskok dat sy nie eers 'n woord kan uiter nie.

"Sy kan tog seker by Allegra gaan woon," meen Dante.

"Nee, ek sal dit nie toelaat nie. Sy gaan haar eie plekkie kry waar sy haar eie lewe kan begin. Allegra het genoeg hooi op haar vurk en Lara is mos 'n volwasse vrou. Sy sal tog haar eie spasie wil hê en haar stempel op haar plekkie wil afdruk."

"Dit is ook waar oom. Wow, Lara so een van die dae gaan jy ook in Rome wees."

"Blykbaar..." Allegra weerhou haar heeltemal van die gesprek, steeds is sy dankbaar dat haar vader haar op geen manier betrek het nie.

Na ete verdwyn Gustavo en Lara. Dante en Allegra bly in die ontspanningskamer oor.

"My meisie, jy kan my mos nou al jou antwoord gee. Jy kan tog sien dat ek ernstig is met jou. Ander sou ek mos nie hier gewees het nie. Wat sal 'n naweek nou die verskil maak aan hoe jy voel," probeer hy haar in 'n hoek dryf.

"Dante, hierdie is 'n moeilike tyd. Ek moet nog my moeder se afsterwe verwerk. Ek waardeer dat jy gekom het, maar ek dink net nie jy moet dit gebruik om op my gevoelens te speel nie. Ek is 'n eerlike en reguit mens. Ek het jou belowe ek sal jou 'n antwoord gee, sodra ek dit goed deurdink het."

"As jy so praat klink dit of jy glad nie vir my omgee nie. Of ek net nog iemand is vir wie jy 'n goed deurdagte antwoord moet gee. Dit is mos nie hoe liefde werk nie."

"Hoe kan jy van liefde praat, ons ken nog nie eers mekaar nie. Ons moet mekaar leer ken."

"Maar my meisie, ek is dan al so lank verlief op jou. Ek bewonder jou al vir soveel jare. Jy is die wonderlikste vrou.

So toegewyd en lojaal. Dit is hoekom jy die beste is in wat jy doen."

"Dante, ons ken mekaar jare van sien op die baan, maar ons ken nie mekaar persoonlik nie. Nou het jy darem al my vader, suster en vriende ontmoet, maar ek weet nie eers of jy enige van die voorgenoemde het nie."

"My vader is oorlede, en my moeder al bejaard. Sy woon by my ouer suster. My suster is baie ouer as ek. Ons is nie werklik naby aan mekaar nie. Ons is nie so 'n hegte familie soos julle nie."

"Ek sien ... waar woon hulle?"

"Sy is getroud met 'n suiwelboer van Scandiano, in die noorde. Hy is die eienaar van Gobetti Dairy Farm."

"Dan is jou moeder sekerlik goed versorg. Dit is goed om te weet. Jy gaan tog sekerlik vir jou moeder kuier van tyd tot tyd?"

"Nee, nie regtig nie. Ek skakel haar nou en dan."

"Ek kan my nie indink dat ek nie my vader sal besoek nie, ongeag hoe ver hulle van my woon. Hulle is so deel van my lewe."

"Seker maar omdat my ouers al ouer was toe hulle my gehad het. My suster was al groot. Ek het baie alleen groot geword. Het die meeste van die tyd maar my eie ding gedoen."

"Dit is jammer. Ek het soveel wonderlike herinneringe wat ek saam met veral Pappa gemaak het. Tog was Mamma altyd daar om ons te ondersteun. Ons het nou heel van die punt af gedwaal."

"Is die besluit miskien vir jou so moeilik omdat jy weer vir Ivano gesien het en nog môre saam met hom in dieselfde vliegtuig terug vlieg Rome toe?"

"Dante, nee. Ivano het niks met my besluite te doen nie. Ek wil ook nie weer hoor dat jy oor hom praat nie. My besluite is my besluite en ek hou daarvan om dinge te deurdink voor ek halsoorkop in sulke belangrike dinge in gaan."

"Ek is jammer, het ek jou ontstel? Dit was nie my bedoeling nie. Ek sal wag vir jou antwoord."

"Nee, ek glo net aan deursigtigheid. As mense daaraan dink om in 'n verhouding in te gaan is deursigtigheid, vertroue, eerlikheid en respek baie belangrik. Ek wil nie raai of wonder of wantrou nie, ek wil weet waar ek staan."

"Dit is hoe dit hoort, my meisie. Ek stem heeltemal saam met jou."

"Dan is dit goed. Ek dink dit is tyd dat ons gaan slaap. Dit was 'n lang dag en baie emosioneel."

"Beslis. Kan ek jou 'n drukkie gee, net om te wys ek gee om, my meisie?"

"Dit is reg so, Dante." Sy laat hom toe om haar momenteel teen hom vas te druk, voor sy haarself uit sy arms draai.

"Jy weet nie hoe moeilik dit vir my is om so naby jou te wees en jou nie te kan vertroetel nie."

"Dante, dan is dit mos die beste dat ons gaan rus. Sien jou môre met ontbyt. Lekker slaap en dankie vir jou ondersteuning, ek waardeer dit opreg."

Alleen in haar kamer is Ivano se gesig weer voor haar. Onthou sy daardie bruin oë waarin die seer so duidelik was. Sy aantreklike gesig wat duidelik ouer geword het in die maande vanaf die voorval in Duitsland. Haar hart trek seer saam, maar sy verban dadelik die gevoel.

Nee, Allegra, jy gaan nie weer met jou hart dink nie. Kyk waar het dit jou! Gebroke, seer en met meer vrae as antwoorde. Jy het weg geloop, hou aan loop. Selfs nie 'n donkie stamp se kop twee maal teen dieselfde klip nie. Môre gaan jy vir die heel laaste maal in Ivano Liberti se geselskap wees. Verduur dit en beweeg aan met jou lewe.

Daardie seer wat jy gesien het was nie vir jou nie, dit was vir jou moeder wat oorlede is.

Dante nuttig saam met Gustavo en Allegra ontbyt voor hy vertrek. Van Lara is daar geen teken nie, sy slaap nog.

Gustavo neem self vir Allegra na Lorenzo se plaas. Hy kan sien sy dogter is in 'n groot stryd. Hy vra nie, sy moet self praat as sy wil. Dit moes haar geraak het om weer vir Ivano te sien, hy hoop net sy sal besin, en met hom alles regmaak. Tog is hy nie seker nie, sy het baie seergekry, en dit is asof sy heeltemal blind en doof is vir enigiets wat Ivano aanbetref.

"Pas jouself mooi op, my kind. Moet asseblief nie so hard werk dat ek jou eers weer oor maande sien nie."

"Toemaar, gelukkig hoef ek dit nie alleen te werk nie, ons Vader versorg my mos. Nee, ek sal nie te lank wegbly nie. Pappa kom tog ook vir besigheid Rome toe. Ons sal mekaar sien. Laat weet as julle Rome toe moet kom om vir Lara 'n plekkie te soek, julle is altyd welkom."

"Ons maak so. Lorenzo, dankie weereens vir jou hulp. Mirabel en Ivano, dankie dat julle gekom het, ek waardeer dit ontsettend. Mooi loop."

"Dankie oom Gustavo, dit was net 'n plesier. Ek hoop ek sien oom binnekort in Rome," groet Ivano.

"Totsiens oom Gustavo, ek sal oom sekerlik sien in Rome. Baie sterkte vir die tyd wat voorlê," groet Mirabel.

"Nouja, oom ek sien om sekerlik deur die week. Laat ons vertrek, ek moet nog vandag terugkom. Die werk wag mos vir niemand nie."

Sofia is bly om vir Allegra terug te hê. Die villa was maar baie stil sonder haar. Sy kan sien dat Allegra in 'n stryd is met haarself, en vermoed dit is omdat sy sekerlik vir Ivano weer gesien het. Mario het haar vertel dat meneer Ivano ook na die begrafnis is. Sy sal dit egter nie waag om iets te vra nie, Allegra is baie sensitief nadat sy en Ivano opgebreek het.

Maandag is daar nie tyd vir wag en wonder nie, want haar foon begin lui al net na ses. Sy laat vir Stefania weet sy gaan uit om te gaan help met 'n koei wat komplikasies het met geboorte.

"Sjoe, maar jy is vroeg aan die gang. Ons wag vir jou by die praktyk. Dit is deesdae baie besig. Sterkte daar."

"Dankie, Stefania."

Sy haas haar na die plaas sowat vyftig kilometer buite Rome en vind die dier in baie pyn. Behendig ondersoek sy die koei inwendig om vas te stel wat die probleem veroorsaak en vind dat die kalf net halfpad gedraai het en nog nie heeltemal reg is om in die geboortekanaal in te gaan nie.

"Kan ek asseblief 'n emmer met warm water kry. Ek moet haar kry om te ontspan en dan probeer om die kalf te help om te draai."

Minute later bring die stalkneg 'n emmer warm water. Allegra maak handdoeke daarin nat en gooi dit oor die buik van die koei. Die hitte laat haar spiere genoeg ontspan vir Allegra om haar arm diep genoeg in te steek en die kalf in die regte rigting te help. Sy moet vinnig werk voor die koei die volgende kontraksie kry. Sy herhaal die proses drie maal en wag tot die kontraksie klaar is. Dan steek sy weer versigtig haar hand in en is dankbaar as sy voel die kalf het in die geboortekanaal in beweeg.

"Jis, nou sal dit nie meer lank wees nie, ou moedertjie. Jou baba is in die geboortekanaal. Druk nou net lekker sterk vir ons," praat sy paaiend met die dier.

'n Halfuur later word die kalf gebore. 'n Mooi gesonde bulkalf. Sy wag totdat die koei die kalf afgelek het en self opstaan. Die kalf kom wankelrig op sy bene en soek dadelik na sy ma se uier. Wanneer hy dit vind, drink hy gulsig en Allegra weet haar werk is afgehandel.

"Baie dankie, dokter Carvelli. Sjoe, ek het baie paniekerig geraak toe ek agterkom dat daar iewers moet fout wees. Sal dokter vir my die kostes elektronies deurstuur asseblief."

"Alles in orde, dit is mos my werk. Ons sal dit deurstuur. Laat weet maar hoe die mannetjie vorder."

"Ek maak so. Mooi dag verder, Dokter."

By die praktyk is dit soos 'n bye nes. Hulle drie hardloop heeldag lank. Wanneer die dag verby is, is dit gewoonlik al byna sewe uur en is sy so gedaan dat sy nie eers kan dink aan oefen nie.

So gaan dit aan en Dante wat geen idee het wat aan die gang is nie, is teen Woensdag dood bekommerd. Hy het haar nog die hele week nie by die baan gesien nie en niks van haar gehoor nie. Woensdagaand besluit hy om haar te skakel.

"Allegra Carvelli, naand," groet sy.

"My meisie, hoe weet jy dan nie eers dit is ek wat bel nie? Wat het van jou geword? Ek is dood bekommerd oor jou."

"Dante ... ek is jammer, ek moes jou al gebel het. Dit was net een verskriklike dol week sovêr by die praktyk. Ons hardloop ons van ons voete af."

"Dit moet wees as jy wat so getrou oefen nog nie eers die week kom oefen het nie."

"Ek het elke aand die week nog na sewe eers by die huis gekom. Dan gaan groet ek net vir Fire, laat hom bietjie draf en spring, voor ek eet en soos 'n dooie in die bed val."

"Ai, jy moet nie so hard werk nie, my meisiekind. Jy is tog die baas."

"In ons praktyk is daar nie 'n baas nie, ons werk al drie ewe hard. Nog net Stefania en ek gaan uit, maar binnekort sal Matteo, ons jongste veearts ook begin uitgaan. Daar moet ten minste twee van ons by die praktyk wees, en een in die veld wat plaasbesoeke doen."

"Hoe kry jy dit reg? Deur dit alles is jy steeds die wêreldkampioen. My bewondering vir jou raak net groter by die dag soos ek jou beter leer ken. Sien ek jou nog hierdie week by die baan of nog beter kan ek jou Vrydag of Saterdag uitneem vir ete nadat jy so hard gewerk het?"

"Dit is net genade en guns van my Vader. Hy gee my elke dag nuwe krag. Ek weet nie of ek nog die week by die baan gaan uitkom nie. Oor die ete, Saterdagaand sal beter wees, na so 'n week is ek dood op my voete op 'n Vrydagaand."

"Saterdagaand sal dit wees, my skone dame. Ek gaan my dood verlang na jou. Kan ek jou ten minste bel? Stem asseblief in, toe?"

"Jy kan, maar onthou net wat ek voorheen gesê het, ek mag dalk nie dadelik antwoord as ek besig is nie. Wees dan net geduldig asseblief."

"Ek sal dit in gedagte hou. Ten minste het ek 'n belofte van 'n hele aand saam met my mees gunstelingpersoon. Jy moet lekker slaap, mooie meisie van my."

"Dankie vir jou omgee, Dante. Dan sien ek jou definitief Saterdagaand. Ek is seker ons sal voor dan weer praat. Lekker slaap jy ook."

Tussendeur kom Gustavo en Lara aan. Gustavo het by een van Luna se vriendinne wat haar eie boetiek het vir Lara werk gekry as verkoopsdame. Soos sy die lyne leer sal hulle haar dan ook betrek by bemarking en modeparades.

"Lara, is jy opgewonde, dit is so reg in jou lyn van belangstelling."

"Ek is nogal opgewonde. Nou moet Pappa en ek het vir my 'n woonstel kry. Dit is môre se werk."

"Jy sal uitstekend wees in jou werk. Jy ken die mode en sal die dames met goeie raad kan bedien. Een van die dae pryk my sussie se foto op al die groot kennisgewingborde. Ek is trots op jou."

"Allegra, sy moet eers leer. Ek is ook seker sy sal 'n groot sukses hiervan maak. Ons sal vir haar eers 'n gemeubeleerde woonstel kry, dat sy dadelik kan intrek. So teen môreaand behoort sy in haar eie plekkie te wees as alles goed gaan."

"Sjoe, dinge gebeur nou vinnig," reageer Allegra verbaas dat haar vader so haastig is.

"Ek wil terugkom op die plaas. Sy ken Rome goed en hopelik sal ons naby haar werk vir haar 'n plekkie kry. Jy het jou eie bedrywighede. Kyk hoe besig was jy die week."

"Dit was 'n rowwe week. Môreaand gaan ek net rus en Saterdagaand gaan ek saam met Dante eet."

"Werklik, ek is bly vir jou Sus, hy lyk na 'n baie oulike man. Kyk net hoe het hy jou by Moeder se begrafnis bygestaan en julle is nie eers in 'n verhouding nie."

"Ja, hy is baie gaaf en ons belangstelling is dieselfde. Hy het my gevra om in 'n verhouding met hom te gaan. Ek sal hom binnekort my antwoord gee."

"Dit kan niks anders as positief wees nie, hy is vrek aantreklik. Tog verstaan ek dat jy dalk nie voel jy is gereed na wat met jou gebeur het nie."

"Die lewe moet aangaan..." reageer Allegra.

Gustavo se hart is steeds seer dat sy dogter nie kan insien dat Ivano onskuldig was en steeds vir haar lief is nie. Tog kan hy nie vir haar besluit nie, sy is 'n volwasse vrou.

Die volgende oggend is Gustavo en Lara ook vroeg op en vertrek saam met Allegra stad toe. Sodra agtuur slaan stap hulle by die eerste verhuringsagent in.

Allegra is dankbaar dat dit Vrydag is en Matteo die naweek op roep is. Wanneer sy in haar stoel gaan sit, lui haar telefoon egter.

"Dante, goeiemôre."

"Goeiemôre, mooie meisie van my. Onthou jy nog van ons afspraak môreaand?"

"Beslis. Ek sien baie uit daarna. Hierdie week was rof. Pappa en Lara is ook hier. Sy het werk gekry by 'n boetiek. Hulle is nou besig om vir haar 'n woonstel te soek. Ek is baie bly vir haar dat sy in die lyn van haar belangstelling so vinnig 'n werk gekry het. Daar sal sy ook geleentheid hê om te vorder en later bemarking vir hulle te doen."

"Dit is goeie nuus. Julle sal seker ook nou meer saam kuier."

"Nee, nie regtig nie. Lara is jonk en hou van partytjies en met haar vriende kuier. Jy weet al min of meer hoe ek is. Ek oefen en werk en geniet dit meer om net met my naby vriende rustig te verkeer."

"Gelukkig hoef ons nie almal eenders te wees nie. Daar is niks fout om net rustige met vriende te kuier nie. Ek verkies dit ook bo 'n geraas en klomp mense. Jy moet lekker werk. Sien ek jou môreoggend by die baan?"

"Beslis, arme Fire is al gefrustreerd omdat hy nie kon voluit oefen die week nie."

"Ek kan nie wag om jou te sien nie. Hierdie week het soos 'n jaar gevoel omdat ek jou nie gesien het nie."

"So erg kan dit nie wees nie ... gelukkig is môre nie meer ver nie. Mooi dag vir jou en sien jou dan môre."

Net voor een die middag stap Gustavo by haar kantoor in.

"Pappa, wat 'n verrassing. Waar is Lara?"

"Sy is besig om haar nuwe huisgoed uit te pak. Ons was baie gelukkig om vir haar 'n baie oulike plek te kry binne loopafstand van haar werk. Dit is soos 'n klip van my hart nou dat ek weet sy is ook uitgesorteer. Het jy tyd, kan ons 'n koffie gaan drink of iets gaan eet?"

"Dit is nou stil, so kom ons gaan eet iets. Môre is Pappa weg en dan mis ek jou weer vreeslik."

Wanneer hulle oorkant mekaar sit in 'n gesellige restaurant, kyk sy na haar vader.

"Hoe gaan dit my Pappa? Ek kan sien jy probeer so besig wees dat jy nie moet onthou dat sy weg is nie. Onthou net, jy moet rou, anders gaan dit jou iewers lelik vang."

"Jy is hopeloos te slim, my meisiekind. Ja, jy is reg, ek probeer myself van my voete af hardloop. Saans val ek doodmoeg in die bed en die volgende dag herhaal ek dit net. Ek mis haar geweldig. Jy is reg, ek is besig om dit heeltemal verkeerd te hanteer."

"Bly besig, maar maak tyd om daagliks daarmee te deel. Kyk na julle foto's saam. Dink aan julle wonderlike tye saam. Huil dat daardie seer kan gesond word. Daar is so min mense wat die geluk smaak wat julle gehad het. Moenie dit misken nie."

"Ek sal so maak, ek belowe. Ja, ons het 'n besonderse huwelik gehad. Elkeen het hul eie spasie gehad, maar ons het geweet wat ons in die ander een het. Wat van jou?"

"Ek het besluit om Dante 'n kans te gee. Ons het dieselfde belangstellings en hy het my so mooi ondersteun met Moeder se afsterwe. Hy is altyd bekommerd oor my. Ek gaan môreaand vir hom sê."

"Ek hoor niks daarvan dat jy vir hom omgee of verlief is op hom nie."

"Dit is seker omdat ek hierdie keer besluit het om dit met my brein te doen en nie my hart nie, Pappa. My hart het sy kans gehad en dit het nie gewerk nie."

"My dierbare kind, dit maak nie saak of jy hierin gaan met jou brein nie, iewers gaan jy met jou hart begin voel. As dinge verkeerd gaan, gaan dit steeds jou weer breek.

Die lewe is mos maar kanse wat ons waag. Ons weet nie of dit gaan uitwerk of nie. Ek is bly dat jy weer jou iemand gaan hê wat omgee. Hy lyk regtig na 'n goeie kêrel." *Vir my sal hy nooit Ivano se plek kan neem nie, maar ek moet vrede maak met jou keuse.*

"Dankie vir Pappa se goedkeuring, dit beteken vir my baie."

"Nou kan ek met 'n meer geruste hart teruggaan."

Gustavo gaan die volgende oggend terug San Gregorio toe met die wete dat sy dogters albei tevrede is. Lara met haar nuwe lewe, werk en woonstel. Allegra met vooruitsigte van 'n nuwe verhouding.

Fire is ook in sy element toe Mario hom uit sy stal in die sleepstal in lei. Hy runnik saggies van pure opgewondenheid.

"Ja, Fire, ons gaan lekker oefen. 'n Kampioenperd kan darem nie so ledig wees nie, of hoe?"

Mario glimlag net vir sy juffrou wat so met die dier praat asof hy verstaan. Hy is ook in sy element, want dit gebeur bitter weinig dat hulle vir 'n hele week nie baan toe gaan nie. Selfs meneer Ivano was verbaas toe hy gebel het en hoor hulle het die week nie gaan oefen nie.

By die baan wag Dante hulle reeds in. Sy perd wag geduldig om te begin oefen.

"Welkom terug my meisie. Nou voel dit mos weer reg. Ek gaan 'n paar rondte oefen en sien jou dan agterna."

"Dankie Dante, ek het dit meer gemis as wat ek gedink het. Gaan gerus aan, ons het 'n paar rondtes om in te haal vir die week. Ons sien mekaar mos vanaand dan kan ons gesels."

"Ja, onthou asseblief om die lokasie vir my te stuur dat ek jou kan optel."

"Ek maak so sodra ek terug is op die plot, ander kan ons by die restaurant ook ontmoet."

"Nee, ek kom jou haal."

Allegra geniet haar ten volle en Fire is gretig om haar opdragte uit te voer. Die oggend vlieg verby. Versigtig om nie vir Fire te ooreis nie, maak sy net na twaalf klaar. Dante is dadelik by.

"Jy is darem net 'n uitstekende ruiter, my meisie. Na 'n week van geen oefen nie doen jy rondte na rondte sonder dat Fire eers een paal afspring. Daarby is ek seker jou tye is steeds ver beter as my eie."

"Dankie Dante. Fire is formidabel. Hy doen die meeste werk, ek stuur hom maar net. My tye is okei, maar jy weet mos daar is altyd plek vir verbetering glo ek. Ek het vanmiddag twee studente, so ek moet eers gaan. Sien jou later."

"Onthou die lokasiesleutel."

"Ek sal."

Sy stuur die sleutel sodra sy by Giordino di Allegra stilhou. Sy voel half geïrriteerd met Dante wat so knaend is. *Allegra, jy sal jou moet reg ruk of van plan verander. Jy kan nie in 'n verhouding in gaan en geïrriteerd voel met die man nie. 'n Verhouding kom mos van twee kante. Jy sal jou kant moet bring. Dante het reeds oop kaarte gespeel en gesê dat hy verlief is op my, ek kan tog nie vir hom vertel ek hoop ek raak nog verlief op hom nie. Vader hoe gaan ek hierdie doen? Ek moet dit net doen, as ek meer tyd met hom spandeer sal ek aangetrokke begin voel tot hom.*

Sy doen moeite met haar voorkoms. Omdat sy die meeste van haar tyd of in rydrag of in haar veeartsuniform is, verkies sy om rokke te dra wanneer die geleentheid dit toelaat. Sy het 'n helderrooi rok gekies, met 'n snit wat haar perfekte atletiese liggaam komplimenteer. Die nousluitende romp kom tot net bo haar knieë. Daarby trek sy silwer sandale met fyn bandjies aan en fyn hakke. Sy erken byna nie haarself in haar spieël nie.

"Alla wêreld, maar jy lyk pragtig meisiekind. Wie is die gelukkige man?"

"Dankie Sofia, Dante neem my uit vir ete."

"Ja, jy het mos genoem dat hy ook 'n ruiter is. Wel, ek dink nie hy gaan jou herken nie. Alhoewel jy statig lyk in jou rydrag, lyk jy nou net eenvoudig so vroulik en pragtig. Die rooi is mooi by jou blas vel."

Stiptelik om ses uur klop Dante aan die villa se voordeur. Hy is verstom oor die majestueuse plek waarin Allegra woon. Dit lyk soos 'n plaas, met die stalle, die springbaan en alles is so netjies uitgelê. Hy het geweet sy woon op 'n plot soos sy dit noem, maar dat dit so 'n groot plek is, het hy nie besef nie. 'n Gevoel van oorwinning kon lê in sy hart en hy is baie tevrede met homself.

Die swaar houtdeur van die villa gaan oop en 'n middeljarige vrou stel haarself voor.

"Goeienaand, meneer Dante. Ek is Sofia. Kom gerus binne." *Liewe genugtig, sy het tot 'n huishoudster en seker nog bediendes ook. Aan sulke weelde kan ek gewoond raak.*

Hy word uit sy mymering geruk deur Allegra se stem.

"Welkom, Dante. Ek hoop jy het die plek maklik gekry."

Voor hom staan Allegra, en sy lyk soos 'n godin. Hy moet twee maal kyk om seker te maak dat dit sy is.

"Allegra! Genade jy is beeldskoon en lyk eenvoudig asemrowend in daardie pragtige rok." Sy hart klop wild in sy keel van pure opgewondenheid. Hy beweeg nader aan haar.

"Dante, jy lyk self baie aantreklik. Ons is so gewoond om net mekaar in rydrag te sien."

Hy neem haar hand en druk sy lippe sag daar teen, voor hy opkyk in haar gesig.

"In jou rydrag lyk jy pragtig, maar nou is jy net so vroulik en jou skoonheid staan uit. Is jy gereed, kan ons gaan?"

"Ek is, ons kan gaan."

Dante het die restaurant waarheen hulle gaan baie mooi uitgekies. Eerste is dit 'n baie romantiese en gesogte plek. Tweedens is dit waar hy weet baie van die ander ruiters gereeld gaan. Hy wil hê hulle moet hom saam met Allegra sien.

"Waarheen gaan ons, Dante?"

"Dit my liewe Allegra is vir jou 'n verrassing. Jy moet net ontspan en dit geniet."

'n Halfuur later parkeer hulle op die parkeerarea naaste aan die gebou waarin die indrukwekkende Casa Bleve geleë is.

"Jammer my meisie, ons sal 'n entjie moet stap. Ek hoop nie jy gee om nie."

"Jy is so bedagsaam, Dante. Ek gee natuurlik nie om nie. Ek werk elke dag in Rome en weet dat parkeerplek baie skaars is." Hy maak vir haar die deur oop en haak dan ewe nonchalante by haar in.

"Hier is ons," kondig Dante aan as hy by die deur van die Casa Bleve in stap met haar. Hulle word baie vriendelik ontvang.

"Dante, dit is 'n pragtige plek. Glo dit as jy wil, ek het nog nooit voorheen hier geëet nie."

"Dan is ek baie bly, net die beste is goed genoeg vir jou, Allegra."

Soos hulle deurstap na hulle tafel, merk Dante en Allegra albei baie bekende gesigte en groet. Dante is so opgewonde soos 'n kind met 'n nuwe speelding.

"Sjoe, hier is baie van die ruiters wat saam met ons spring."

"Ja, ek is skoon verbaas. Tog kan ek nou spog met my metgesel. Ek is baie seker daar is meer as een van die manne wat wens hulle was die man aan jou sy, Allegra."

"Nee, man Dante, jy laat my nou soos Mejuffrou Heelal klink. Ek is net ek."

"Miskien is jy nie Mejuffrou Heelal nie, maar jy is die Wêreldkampioen in Ruitersport, dit is nog groter. As dit iemand ander as jy was, sou hulle dit gedurig onder ons ander se neuse gevryf het."

"Dit is vir my net 'n rede tot dankbaarheid en die kroon op my harde werk en passie. Enige van julle kan dit ook behaal ..."

"Maar ons het nog nie en jy het." Hy bestel vir hulle drankies nadat hy uitgevind het wat Allegra se voorkeur is.

"Drink jy geen alkohol nie?" vra hy as die kelner wegstap.

"Ek sal op spesiale geleenthede 'n glasie vonkelwyn drink of selfs 'n glas rooiwyn of witwyn. Ek verkies dit net om meesal alkoholvrye drankies te geniet. Jy hoef egter nie saam met my dit te doen as dit nie jou voorkeur is nie, Dante."

"Ek doen dit graag. Ek voel ook maar soos jy daaroor. As dit werklik warm is in die somer sal ek 'n bier drink, verder is ek heeltemal reg met alkoholvrye drankies. Ek wil net hê jy moet jouself geniet."

"Ek sal. Kom ons gesels gou oor die belangrikste dinge eerste. Ek voel al sleg omdat ek jou so aan 'n lyntjie gehou het, Dante. My antwoord is ja. Ek sal jou 'n kans gee en in 'n verhouding met jou gaan. Baie dankie dat jy so geduldig was met my."

"Dit is die wonderlikste nuus, nou kan ek jou werklik my meisie noem, Allegra. Baie dankie, dit is beslis 'n voorreg en eer om die kans te kry om jou hart te wen. Glo my ek sal jou altyd soos 'n prinses hanteer en jou nooit seer maak nie. Jy is daarvoor te kosbaar vir my." Hy trek haar oor die tafel nader en soen haar vlugtig. Sy laat begaan hom gedagtig aan haar eie preek aan haarself die vorige dag.

"Dankie. Net vinnig 'n paar beginsels, wat ek hoop jy mee sal kan saamstem. Ek is 'n Christen vrou en glo nie aan voorhuwelikse seks nie, geen saamblyery voor die huwelik nie, geen onnodige geklou en soenery in die openbaar nie. Ek glo mense kan liefde wys sonder om gedurig aan die klou te wees. Dit maak in elk geval net ander mense ongemaklik. Hoe voel jy daaroor?"

"Nou gaan ek eerlik wees ... en het 'n vraag."

"Vra gerus." Sy weet reeds wat sy vraag is, maar los hom.

"Allegra, ek het die wêreld se respek vir jou, maar wil jy werklik vir my vertel dat jy nog nooit met 'n man omgang gehad het nie? Selfs nie die man wat jy op trou mee gestaan het nie?"

"Die antwoord daarop is 'n sekere nee. Nee, ek het nie, dit is nie in my Vader se wil dat ek my liggaam moet opgee vir elke man wat ek mee te doen het nie. Eers as ek wetlik aan daardie man verbind is, sal ons een word."

"Wow! Nou het ek nog meer respek vir jou. In hierdie dag en tyd is daar sekerlik nie nog vroue soos jy nie. Hoe trots is ek om na vanaand te kan sê dat jy my meisie is."

"Dan is dit reg. As jy op enige stadium van ons verhouding voel dat dit nie meer jou oortuiging is nie, moet jy met my praat. Ons moet soos grootmense kan erken as dinge nie uitwerk nie. Dit help nie ons gee voor en een van ons is ongelukkig nie. Baie mans meet hul manlikheid daaraan, maar vir my is die man wat 'n vrou respekteer, 'n baie groter en beter man as enige van die ander wat net agter hulle eie begeertes aan hardloop."

"Dit is kosbaar. Jy is 'n baie meer besonderse mens as wat ek nog altyd gedink het. Ek mag sekerlik jou hand houvas, jou vasdruk en jou liggies soen in die publiek."

"Jy mag. Mense mag net nooit ongemaklik om ons voel nie, Dante. 'n Man en vrou se liefde is wat hulle in hul harte dra vir mekaar en word aan die wêreld gewys deur respek, lojaliteit, ondersteuning en hoe jy daardie vrou hanteer. Passie tussen man en vrou is vir die binnekamer bedoel. Nou is ons klaar met die ernstige dinge en weet hoe elkeen voel. Kom ons geniet ons aand saam."

"Dit is wat ek wil hoor. Dit vat nie baie nie, ek kan die hele aand net in jou oë kyk en jou hande vashou."

"Dante, jy is so bedagsaam en dierbaar. Ek sou dit nooit kon raai nie. Soveel jaar oefen ons al saam."

"En vir soveel jaar bewonder ek jou al op 'n afstand. Watter man wat 'n brein en oë het sal jou nie bewonder en wil aan sy sy hê nie. Nou is daardie man ek en ek hoop dit gaan vir baie, baie lank so wees."

"Dit is glad nie hoe ek myself sien nie, liewe Dante. Ek is 'n baie lojale mens. As daar iemand spesiaal in my lewe is, bestaan die res van die mensdom se mans nie vir my nie."

Nadat die nodige perke gestel is, begin hulle oor hul albei se groot liefde te gesels – ruitersport.

Wanneer hy haar later terug neem na die villa, neem hy sy kans om haar 'n drukkie te gee en te soen. Hy is baie versigtig, want hy wil haar nie afskrik nie. Wanneer hy sy kop lig, kyk hy vir 'n wyle na haar.

"Jy weet as ek my sin kan kry, sal ek môre met jou trou, Allegra Carvelli."

"Stadig nou, ons gaan eers mekaar leer ken. Dankie in elk geval vir die mosie van vertroue in my. Kom jy môremiddag saam met Sofia en my eet?"

"Ek mis dit vir niks nie. As die week aanbreek hardloop jy weer jou bene stomp agter siek diere aan. Dan sien ek jou dalk eers weer volgende naweek. My hart sal dit nie kan hou nie."

"Ai, Dante, hierdie week sal darem hopelik nie so rof wees nie. Ek belowe om tyd te maak vir jou, al is dit hoe besig."

"Dit is mos wat ek wil hoor, my prinses. Ek sien jou môre. Droom van my ..."

"Nag, Dante, lekker slaap." Hy druk haar nog 'n maal en vertrek dan.

Allegra neem die aand in oënskou voor sy haar oorgee aan slaap. Dante sal nooit Ivano wees nie en nooit Ivano se plek in haar hart kan oorneem nie. Steeds is hy 'n baie aantreklike man, hulle het dieselfde belangstelling en hy het haar op die hande gedra.

Vader, dit is mos dan alles reg...

Iewers in Rome is Lara baie gelukkig, haar lewe is uiteindelik op die regte pad en haar eindbestemming gaan sy vir seker binne die volgende maande bereik. Met 'n glimlag raak sy aan die slaap.

Hoofstuk 12

In Ruitersport-kringe gons dit die volgende week oor Allegra en Dante se verhouding. Nie een van die ruiters by hul eie klub het werklik geglo dat dit sal gebeur nie. Allegra is so 'n eenkant vrou en Dante, alhoewel baie geheimsinnig oor sy lewe, baie meer uitgaande.

"Ek het julle daardie eerste namiddag gewaarsku, sy gaan my meisie word en as ek my sin kan kry nie lank van nou af nie my vrou."

"Dante, is jy ernstig? Jy het my nooit as die trou-tipe opgeval nie," vra een van sy jarelange vriende.

"Ek was nog nooit meer ernstig nie. Daardie is my prinses. Ek weet te goed julle is almal groen van jaloesie. Gelukkig weet ek ook dat Allegra die lojaalste mens is wat ek ken en haar nie aan een van julle ooit sal steur nie."

"Wel, daar het ons dit nou. Jy is van plan om met die Wêreldkampioen in Ruitersport te trou. Dan beter jy vinnig maak ou maat, want met die volgende Ciao Aanchen mag sy dalk haar titel verloor."

"Dit sal ons maar moet sien, of hoe? Sovêr het so nog elke Rolex byeenkoms weer hierdie jaar ingepalm. Hoe hard ons almal ook al probeer het om haar te wen, ons kon net nie."

"Dit is waar. Wat de hel is haar geheim. Jy behoort tog nou al te weet. Jy is gedurig met haar as sy oefen."

"Niks, behalwe harde werk en deursettingsvermoë nie."

Die media laat ook nie hierdie brokkie skindernuus verby gaan nie en sorg dat hulle so vinnig moontlik foto's van Allegra en Dante in die hande kry om op die voorblaaie te pleister.

Ivano se hart kom byna tot stilstand as hy die foto's sien en besef dat Mario se vermoede nou bevestig is. *So die irriterende man het hom nou in haar lewe ingewurm. Ek moes dit geweet het, hy het nog altyd daar rondgehang waar Allegra geoefen het. Selfs toe ons saam en verloof was. Vader, is dit nou finaal? Moet ek van haar afsien? Ek kan nie! Hoe kan ek, ek is vir haar lief met my hele wese. Vader, wanneer, wanneer sal die waarheid aan die lig kom?*

Mirabel het geweet, maar net te sleg gevoel om vir Ivano te vertel. Sy en Allegra kuier wanneer hulle tyd het oor en weer soos in die ou dae. Daar is 'n stille ooreenkoms dat daar nie oor Ivano gepraat mag word nie.

'n Paar maande later kuier Lorenzo, Ivano en Mirabel saam by Ivano se huis.

"Mirabel, dink jy hulle gaan trou? Dink jy Allegra is werklik verlief of lief vir Dante? Wees net eerlik met my," vra Ivano reguit.

"Miskien gaan hulle trou – maar ek kan jou vir seker sê dat Allegra nie vir hom lief is nie. Sy kan hoe met my stry, ek ken haar te goed. Ek weet hoe julle na mekaar gekyk het, hoe julle byna mekaar se gedagtes kon lees en uitvoer. Dit is nie tussen hulle so nie. Ek het geen idee hoekom Allegra nie na een van ons wou luister oor die voorval nie. Ook nie hoekom sy net weg gestap het nie. Wat ek weet is dat ek nie van Dante hou nie, hy is net te té oor alles wat Allegra sê. Vir iemand wat haar nie ken nie, sal dit lyk asof hy die beste man in die hele wêreld vir haar is. Vir my wat haar ken – wel nie een van hulle twee kan my flous nie. Ek weet hierdie moet vir jou hel wees. Ten minste is jy van een ding seker, sy sal haarself nie aan hom gee voor hulle getroud is nie. So daar is steeds hoop, Ivano."

"Mirabel is reg. Daar is steeds hoop. Ons moet net bly bid en glo. Ek kan ook nie verstaan hoekom alles so moet gebeur nie, maar dit is nog nie oor nie."

"Ek sal wag. Ek het nêrens anders of te wees, of niemand anders wat ek in my lewe wil hê nie. Daardie vrou is my vrou. Die Vader weet dit. Hoe ek weer by haar gaan uitkom, weet ek nie. Dit lyk heeltemal onmoontlik. Tog dien ons mos 'n Vader van wonderwerke en alles, ja alles is vir Hom moontlik."

"So wil ek hoor jy praat, my vriend. Ek hoop Mario rapporteer nog steeds aan jou al is alles so stil vir maande al."

"Ja, hy doen, baie getrou. Hy is ook nie 'n groot bewonderaar van Dante nie. Een ding is ek baie gelukkig oor, Allegra laat steeds vir Mario haar tyd neem. As julle albei voel die man is nie te vertroue nie, is dit goed so. Sy is al weer op pad om haar Wêreldtitel te gaan verdedig en so ver het sy nog elke Rolex goed gewen. Sy bly maar net fenomenaal."

Drie maande later is Allegra, Gustavo en Dante weer in Duitsland. 'n Jaar het in 'n oogwink verby gegaan. Allegra gaan haar titel verdedig. Dante is daar om haar te ondersteun, want hy het reeds by die vorige rondte uitgeval. Daar is meer as een paar oë wat haar dophou, vir verskeie redes.

Ivano is wel nie daar nie, maar Mario hou hom oor haar elke beweging ingelig. Die dag van die byeenkoms, sit Lorenzo, Mirabel en Ivano vasgenael voor die televisie. Enigiets kan gebeur, sal sy dit weer regkry om so 'n goeie byeenkoms met sulke uitsonderlike tye te hê?

Dante is aan haar sy en soen haar voor sy op Fire klim.

"Gaan wys hulle my liefste Allegra. Jy is 'n ware kampioen."

Ivano krimp ineen as hy Dante se woorde oor die televisiestel hoor. Die media volg haar al vir dae en elke beweging van haar word gebeeldsend.

Allegra wen vir die tweede jaar in 'n ry die Rolex Uitdaging met gemak. Dante is in die hemel, en oneindig trots. Daardie aand net nadat sy vir 'n tweede maal die Wêreldkampioenskap- trofee bo haar kop hou, vra Dante haar om te trou, en sy stem in.

Wat anders sal ek doen, Vader, wat anders. Ivano is al vir 'n jaar vir my verlore. Dan moet ek maar die beste maak van tweede beste.

"Ja, ek sal met jou trou, Dante."

As Dante agter gekom het dat Allegra nie gesê het sy het hom lief nie, laat hy dit hom nie pla nie. Al wat tel is sy het ingestem om met hom te trou. Binne die volgende maande gaan sy vrou die Wêreldkampioen in Ruitersport wees, Allegra Carvelli. Nee Allegra Nucci.

"Dankie, my liefling. Dankie. Hy steek 'n knoets van 'n diamant aan haar vinger, soen haar dan hartstogtelik totdat sy saggies teen sy bors druk. Die media is dadelik by om foto's te neem.

Ivano gryp sy gesig in sy hande vas as hy haar woorde duidelik oor die lug hoor.

"Nee! Nee! Vader, dit kan nie wees nie. Dit is my vrou. Sy kan nie met Dante trou nie."

"Ivano, my vriend, kalmeer. Het jy gehoor dat sy niks daarvan gesê het dat sy hom liefhet nie?"

"Jy is reg my liefste sy het nie!" beaam Mirabel.

"Is dit al waaraan ek kan vashou?"

"Ja, dit is en ja, jy sal. Allegra sal nie trou beloof aan 'n man wat sy nie liefhet nie. Dit glo ek nie," reageer Lorenzo ernstig.

"Hoe kan jy so seker wees? Hoekom stem sy dan in om met hom te trou? Sy is nie daardie soort vrou wat net sal instem om in die kollig te wees nie."

"Ek het nie die antwoord nie, maar ek weet ons Vader het. Hierdie sage is nog nie verby nie, ek voel dit net in my hart, Ivano."

Mirabel kan egter nie haarself keer nie, en skakel laat die aand haar vriendin.

"Allegra, ek glo gelukwense is aan die orde van die dag. Baie geluk met julle verlowing. Nog meer belangrik, baie geluk met jou tweede agtereenvolgende wen. Ek is baie bly vir jou."

"Dankie vriendin, ek waardeer dit opreg."

"Is jy gelukkig?"

"Ja, ek is. Ons pas by mekaar en het dieselfde belangstelling."

"Dan is dit goed so. Ek wil net hê jy moet gelukkig wees." Weereens val dit Mirabel op dat sy nie 'n woord rep dat sy Dante lief het nie. *Nou is dit net in U hande Vader, net U kan hierdie hele gemors wat 'n jaar gelede begin het suksesvol laat eindig. Hoe weet ek werklik nie.*

"Wanneer trou jy en Lorenzo?"

"Ons het dit die naweek bespreek. Oor 'n maand. Ek sal nog hierdie jaar se kontrakte nakom. Hy sal my rondvlieg waar ek moet wees. Dan is ons bure. Jy sal moet meer kom kuier."

"Dit is wonderlike nuus, Mirabel."

"Wanneer beplan julle om te trou?" vra Mirabel.

"Ons al seker in die volgende week daaroor gesels en besluit. Jy sal eerste wees om te weet, want jy gaan beslis ons troue moet doen. Dit sal op Carvelli's Ranch wees. Lekker naby jou."

"Ek wag dan om te hoor. Lekker slaap vriendin. Sien jou volgende week."

Die volgende oggend, presies 'n jaar nadat die hoofberig van die koerant Allegra se lewe verwoes het, is haar en Dante se verlowing voorblad nuus.

Die Ruitersport wêreld, staan in ongeloof daaroor. Allegra het skielik meer vyande as wat sy voorheen gehad het, want vir 'n tweede jaar agtermekaar het sy die Rolex Uitdaging gewen en staan sy in oorwinning as Wêreldkampioen.

Gustavo spring nou geensins op en af oor die verlowing nie, maar dit is sy dogter se keuse. Hy het nog altyd gehoop dat sy en Ivano weer versoen sal raak. Ivano is so 'n wonderlike jongman. Nou sal hy hom maar moet berus by Allegra se besluit.

Nou dat Allegra sy ring aan haar vinger het, is Dante vuur en vlam dat hulle moet trou. Hy laat ook nie gras onder sy voete groei nie. Die Sondagaand toe hy haar by die villa gaan aflaai en hulle saam aandete nuttig, val hy met die deur in die huis.

"My liefste, ons hoef mos nie te wag om te trou nie. Kom ons trou so gou as moontlik. Of wil jy 'n groot troue hê?"

"Ek wil nie 'n groot troue hê nie. Ek weet net nie wat die haas is nie. Ons is mos nou verloof. Verder weet ek nie hoe Mirabel se skedule lyk nie, sy gaan beslis ons troue doen en verder gaan dit op Carvelli's Ranch wees, as dit met jou in orde is."

"Dit is met my in orde. Ek het nie familie wat ek wil nooi nie. Jou familie en vriende is almal daar. Die haas – wel ek is vir jou lief en wil jou permanent aan my sy hê. Die lewe is te kort. Kyk net hoe vinnig is jou moeder van julle weggeneem laas jaar. Ek wil saam met jou 'n lewe bou, 'n gesin bou – die familie wat ek nooit gehad het nie, my liefste."

Allegra sien die hartseer in sy oë as hy oor 'n familie praat en besef hoe bevoorreg sy was om 'n familie te hê. Hy is 'n goeie mens en sy gun hom ook dit. Sy geluk is tog vir haar belangrik, al is hy haar tweede keuse. Sy het haarself aan hom verbind en sy sal al haar lojaliteit aan hom gee.

"In daardie geval sal ek met Mirabel praat en hoor hoe haar skedule lyk. Hoor hoe vinnig sy ons kan inpas en dan maak ons die reëlings daarvolgens. Is dit reg so?"

"Dit is, ek hoop sy kan ons vinnig inpas. Jy weet ek wil jou net gelukkig sien. Jou wense en drome vervul sien. Ek is so trots op jou, my liefling."

"Dankie, Dante, ek waardeer jou opreg. Jy is so ontsettend goed vir my."

"Jy verdien net die beste, dit het ek jou mos as vertel. Jy wil sekerlik rus. Dit was 'n baie besige tyd in Aanchen. Ek sien jou môreaand, my liefling. Mis my asseblief, soos ek jou gaan mis."

"Sien jou môreaand. Geniet die oefen môre."

Nadat Allegra vir Dante afgesien het, gaan sy na haar studeerkamer. Sy skakel dadelik vir Mirabel soos sy belowe het.

"Vriendin, is jy terug?"

"Jip. Dante het so pas vertrek. Ons het oor aandete ons troudatum bespreek. Hy wil so gou moontlik trou. Hoe lyk jou skedule, Mirabel? Wat is die eerste datum wat jy oop het?"

"Sjoe so vinnig? Wat is die haas?"

"Hy reken dat die lewe te kort is en ons nie een weet wat vir ons wag nie. Hy is reg, kyk hoe vinnig is Moeder van ons weg geneem."

"Laat ek gou kyk. Ons troue is oor 'n maand, daarna het ek vir myself 'n maand verlof ingesit. Sal dit werk as julle die eerste naweek na my verlof kan trou?"

"As dit vir jou kan werk, dan werk dit vir ons. Jy weet mos ek wil nog nooit 'n groot troue gehad het nie. My familie, julle, my vennoot en Matteo en 'n paar vriende. Sekerlik nie meer as sestig mense nie. Uitnodigings sal elektronies uitgaan."

"Dan is dit die datum, twee maande van nou af. Ek sal in die week 'n draai kom maak een aand om met julle te bespreek wat julle wil hê. Watter aand sal vir julle pas?"

"Ek sal vir Dante vra, en jou laat weet. Baie dankie, vriendin."

"Dit is alles my plesier. Vir ons troue is alles reeds gereël, ook nie 'n groot gedoente nie. Sommer net hier in Rome. Ek sal jou die datum, plek en tyd stuur. Ek stuur môre die elektroniese uitnodiging uit. Jou Vader is ook genooi. Hy en Lorenzo is baie naby mekaar."

"Ja, hulle was nog al die jare. Ek is so bly julle is so gelukkig."

"Dan sien ons iewers in die week."

Allegra skakel dadelik vir Dante. Hy antwoord nie en sy gaan om al haar e-posse te antwoord en afsprake in haar elektroniese dagboek in te dra.

"Allegra, kan ek vir jou 'n koppie tee bring. Ek het gedink jy het al gaan stort. Jy is sekerlik dood moeg."

"Sofia, dit sal heerlik wees."

'n Rukkie later kom Sofia in met die tee.

"Kom sit, Sofia."

"Wat is op jou hart, meisiekind?"

"Dante wil dadelik trou. Hy sê tyd is kort en ons weet nie wat môre inhou nie. Hy is natuurlik reg. Kyk hoe vinnig is Moeder van ons weggeneem. Ek het nou met Mirabel gesels, ons trou oor twee maande op Carvelli's Ranch."

"Genade kind, is dit nie te vinnig nie?"

"Waarvoor moet ons wag? Mense raak tog nie verloof as hulle nie van plan is om te trou nie."

"Dit is seker so. Maar is jy seker dit is wat jy wil doen, my kind?"

"Ja, anders sou ek mos nie aan Dante verloof geraak het nie. Hy is 'n goeie man en dra my op die hande. Verder is hy baie lief vir my."

"Dan is dit reg so, Allegra-kind. Jy weet jy is soos my eie kind, ek wil jou net gelukkig sien."

Vader, hoekom voel dit alles net nie vir my reg nie. Wat van meneer Ivano? Hy is tog haar groot liefde en sy syne. Wat het nou hier gebeur?

"Jy en Mario moet ook daar wees daardie naweek. Julle is deel van my familie. Ek dink nou daaraan. Julle kan mos vir Fire afbring, ek sal bitter graag op hom wil ry tot by die kerkie."

"Hoekom verbaas dit my nie vir een oomblik nie. Jy en daardie perd is onafskeidbaar. Juffrou Mirabel doen seker die troue?"

"Ja, teen daardie tyd is sy self ook al getroud met Lorenzo. My beste vriendin trou met my beste vriend. Ek is so bly vir hulle."

"Dit is wonderlik. Weet juffrou Lara al?"

"Nee, ek sal eers die nuus met Vader wil deel, daarna sal ek haar vertel. Sy is so besig met haar nuwe lewe, jy weet mos die kind is 'n regte stadskind. Geniet om partytjie te hou en in die kollig te wees."

"So heeltemal anders as jy, Allegra kind. Daardie een sal eendag vir haar 'n baie, baie ryk man moet uitslaan. Nie dat ek dink dit sal te moeilik wees met haar *looks* en Dolly Parton lyfie nie. Ek kon nog nooit verstaan hoekom sy haar borste so erg moes groter maak nie."

"Ag Sofia, so het ons almal maar ons dinge. Ek wens haar net die beste toe in haar nuwe werk en lewe hier in die stad. Sy is mal oor mode, so sy sal haarself geniet."

Mirabel bel dadelik vir Lorenzo wanneer sy klaar maak met Allegra op die foon. Sy kan net nie glo dat Allegra ingestem het om so vinnig te trou nie.

"My liefling, dit is nou 'n lekker verrassing om vandag sommer twee maal met jou te kan praat," groet Lorenzo.

"Ek moes jou net bel, ek is in skok."

"Wat is verkeerd, my liefling?"

"Allegra het my nou net geskakel. Sy en Dante wil so gou as moontlik trou. Sy het my gevra wanneer my eerste oop datum is. Soos jy weet is dit 'n maand na ou troue. Dit is wanneer hulle gaan trou op Calvelli's Ranch!"

"Wat? Werklik ... as dit iemand anders was sou ek glo dat sy swanger is. Allegra weet ons mos nou is dit definitief nie die geval nie. Wat gaan aan, hoekom so gou?"

"Dit is juis wat my bekommerd maak, Dante het daarop aangedring dat hulle so gou moontlik moet trou. Dit beteken as Allegra se voorwaarde nie was dat sy sal trou wanneer my eerste oop datum is nie, was hulle teen die einde van die week getroud. Kamma omdat tyd so kosbaar is. Om sy punt te versterk het hy op Allegra se gevoelens gespeel oor haar moeder se afsterwe wat so skielik was. Bid jou aan."

"Ek is stomgeslaan, maar ek sal moet vir Ivano vertel. Hoe gouer hoe beter."

"Ek stem saam. Ek sê jou ek hou nie van die man nie, en nou dat hy my vriendin so vinnig in 'n huwelik in boelie, hou ek nog minder van hom. Ek sal my kop op 'n blok sit dat Allegra hom geensins lief het nie. Toe ek haar vra wat die haas is, het sy weereens baie ander redes gegee, maar nie een van hulle was dat sy die man lief het nie."

"Dit voel ook nie vir my reg nie. Ons het 'n wonderwerk nodig. Ek dink nie dit is reg dat Allegra met 'n man trou wat sy nie lief het nie."

"Baie beslis het ons 'n wonderwerk nodig. Ek sal nou nog harder bid. Ek is lief vir jou, Lorenzo. Sterkte met daardie nuus wat jy vir Ivano moet meedeel.

"Nie naasteby so lief as wat ek jou het nie, my liefling. Ek gaan Ivano gou bel. Lekker slaap, kyk mooi na jouself en bid."

"Ek doen presies so."

Ivano probeer konsentreer op 'n saak se inligting wat hy lees, maar sy gedagtes bly dwaal na Allegra en haar verlowing aan daardie man. Sy selfoon lui skril langs hom.

"Lorenzo, my vriend, waaraan het ek so laat 'n oproep te danke."

"Sit jy?"

"Ek sit, ja, wat is fout?"

"Allegra en Dante trou oor twee maande op Carvelli's Ranch. Mirabel het my nou geskakel." Hy vertel aan Ivano alles wat Mirabel hom meegedeel het. Ivano luister aandagtig totdat hy klaar gepraat het.

"Ek hoef seker nie vir jou te sê dat hierdie nie normaal is nie. Hoekom is hy so haastig? Ek voel so aan my jis dat hierdie nie reg is nie. Jy sê Allegra het weer niks genoem dat sy vir hom lief is nie. Dit is tog nie normaal nie. Dit is ook nie soos Allegra optree as sy iemand lief het nie. Kyk ek is meer as verheug as sy nie lief is vir die man nie, tog is iets dan beslis verkeerd as sy steeds met hom gaan trou."

"Jy is reg, ek voel ook so. Dink jy nie mens moet hom laat dophou nie?"

"Ek weet nie, nou is alles in my net in opstand omdat die vrou wat ek lief het gaan trou met die man wat sy nie liefhet nie. Ek moet eers daardeur worstel. Ek sal met jou gesels, my vriend. Dankie dat jy laat weet het. Miskien is die antwoord op die raaisel baie nader as wat ons dink."

"Die raaisel … natuurlik. Ek sien jy dink soos ek. Gaan dink jy en weet ek is hier as jy my nodig het."

"Dankie my vriend dat jy nie net 'n goeie vriend vir my is nie, maar ook vir Allegra."

Ivano dink aan alles wat Lorenzo hom vertel het en maak 'n paar besluite. Vir hom sal Allegra altyd die belangrikste persoon in die wêreld wees. Hy weet reeds dat Gustavo hom sal nooi en daaroor is hy dankbaar. Hy wil daar wees, naby haar.

Die volgend oggend voor sy te besig word, skakel Allegra vir Dante. Hy neem 'n rukkie om te antwoord.

"Dante, jammer as ek jou wakker gemaak het. Ek het gisteraand geskakel, maar jy het miskien al geslaap."

"My liefste meisiekind, ek is so jammer. Ek het nie gesien jy het my gesoek nie. Ek het net gestort en toe in die bed geval. Nee, jy het my geensins wakker gemaak nie. Hoe wonderlik is dit nie om jou stem so vroeg in die oggend te hoor nie."

"Ek het met Mirabel gesels, ons kan oor twee maande trou. Sy en Lorenzo trou oor 'n maand en dan gaan sy vakansie hou vir 'n maand. Die eerste Saterdag wat sy weer werk, is ons troue. Is dit reg met jou, Dante?"

"Dit is uitstekende nuus, my liefste! Net twee maande dan raak ek elke oggend langs jou wakker. Dit klink byna te goed om waar te wees. Jy het sowaar my dag gemaak."

"Mirabel wil ons die week kom sien oor die troue, wanneer sal vir jou pas?"

"Net wanneer vir jou pas. Jy is die besige een tussen ons twee, my liefste. Ek hoef eintlik nie eers daar te wees nie, net wat jy wil hê is goed. Ek sal daar wees om by jou te wees."

"Reg so, ek dink dan ons maak dit Woensdagaand. Mirabel kan sommer saam met ons eet. Jy moet jou dag geniet, by ons sal dit seker weer doller as kopaf gaan."

"Gaan jy vanaand oefen, of gaan jy bietjie rus na die byeenkoms?"

"Ek dink ek gaan bietjie rus. Fire het ook rus nodig, hy het hard gewerk. Dan sien ek jou later by die villa."

"Beslis sal jy my sien."

Sy wil haar vader skakel, maar dan kom daar 'n oproep op die landlyn in.

"Dokter Carvelli, goeiemôre, waarmee help ek?"

"Dokter, dit is Ed Carlson hier. Een van my volbloed perde is siek, en dit lyk nie goed nie. Kan u dadelik uitkom?"

"Ek kom dadelik. Sal julle hom in 'n aparte stal weg van die ander perde kan kry?"

"Ons gaan probeer."

Sy gryp haar tas, gaan na die apteek en kry Zanamivir om die dier mee in te spuit. In die verby gaan groet sy Matteo en noem dat sy uitgeroep is.

'n Halfuur later stop sy op die plaas van Ed Carlson. Hy boer net met volbloed perde.

"Dokter, dankie jy is hier. Ons het hom geskuif. Wat dink jy is dit?"

"Ek sal hom moet sien, maar van wat jy my vertel het, klink dit soos erge perdegriep." Toe sy die dier sien, weet sy dat sy reg was en berei dadelik die spuit voor om hom in te spuit.

"Dit is beslis perdegriep. Ek gaan hom spuit, dit sal die virus stop, maar dit gaan vier tot ses weke neem vir hom om gesond te word. Die ander stal moet julle asseblief steriliseer, dit is aansteeklik. Was die mure af met dip, en haal al die hooi uit en verbrand dit. Hy moet baie rus en sal ook baie lê vir die eerste ruk. Sorg asseblief dat hy altyd vars water het om te drink. Ek sal oor twee dae weer kom kyk hoe dit met hom gaan."

"Dankie, Dokter Carvelli. Ek is baie verlig dit is net perdegriep. Ons sien u dan weer oor twee dae."

Sy het pas in haar voertuig geklim as haar selfoon weer lui. Sy sien dit is Lara en is half verbaas.

"Lara, goed om van jou te hoor."

"Baie geluk met die verlowing, Sus. En binnekort hou ons troue. Dit is so opwindend. Nou sal daardie verwaande Ivano Liberti lekker op sy neus kyk."

"Lara, waar het jy gehoor van ons troue?"

"Pappa het my vertel, ons het nou net vinnig gesels."

"Ek sien. Ek sou jou self laat weet het, dit is net nog baie besig en ek is juis nou op 'n plaas waar ek na 'n siek perd moes kom kyk. Ons praat later weer. Dankie vir die gelukwense, ek waardeer dit opreg."

"Dit is alles so opwindend, dan praat ons later."

Allegra sit vir 'n wyle diep in gedagte, voor sy haar voertuig aanskakel en terugry na haar praktyk.

Hoe weet Lara, Pappa weet nog nie, so dit is 'n leuen. Miskien het sy haar in Mirabel vasgeloop en wou net nie sê nie.

Sy skakel haar vader terwyl sy op pad is terug na die praktyk.

"Ah, my dogter. Hoe gaan dit daar by jou op die Maandag?"

"Maar dol soos altyd. Ek wil net vir Pappa laat weet dat Dante en ek oor twee maande trou."

"So gou my kind?"

"Ja, Pappa." Sy vertel aan hom wat Dante se redenasie is.

"Dit is seker waar dat ons nie weet wat môre inhou nie, maar waarlik dit is darem baie vinnig. Buitendien as dit ons Vader se wil is dat julle trou, sal Hy dit so laat gebeur, of julle binne twee maande of binne twee jaar trou."

"Ai, Pappa, wat jy sê is seker waar, beteken dit dat ons troue nie jou goedkeuring wegdra nie?"

"Nee, dit is nie wat ek gesê het nie. Ek verstaan net nie die haas nie, ongeag al die redes wat Dante gee. Verder, jy het lank geneem om te besluit of jy in 'n verhouding met hom wil gaan, maar nou kan julle binne twee maande trou. Dit voel nie vir my reg nie. As jy dit net doen omdat Dante dit wil hê, doen jy dit vir die verkeerde redes my kind."

"Ek wil nie met Pappa baklei nie. Laat ons net trou en dit verby kry."

Gustavo is vir 'n wyle stil voor hy reageer.

"Trou dan maar my kind, weet net dit is 'n lewenslange taak waaraan jy jou verbind." *Nie een woord van liefde nie, nie een woord dat dit is wat sy ook wil hê nie. Dit klink asof dit net nog iets is wat sy voel sy moet doen. Vader, help asseblief my kind. Keer haar as dit nie U wil is nie.*

"Dit besef ek. Dankie Pappa. Ons praat weer, Matteo soek my."

Gustavo skakel dadelik vir Ivano as hy sy selfoon dooddruk met Allegra.

"Oom Gustavo."

"Het jy gehoor?"

"Ja, ek het... "

"Wat nou? Ek het nog altyd geglo dat ons Vader 'n weg sal maak, maar wat nou, ou Seun?"

"Oom Lorenzo is die een wat my daaraan herinner het dat daar nog hoop is totdat sy daar voor in die kerk 'ja' antwoord. Ek bid byna dag en nag en ek glo dit is wat oom saam met my moet doen. God se weë is nie ons weë nie."

"Dit is so, maar ek het nou weer gehoor hoe sy op my vraag hoekom dit so haastig moet gebeur reageer. Sommer so asof dit net iets is wat sy klaar en agter die rug moet kry. Ivano my kind kan nie met 'n man trou wat sy nie lief het terwyl die man wat haar liefhet nog vir haar wag nie. Ek voel so magteloos. Jy is reg, nou moet ons Vader haar keer, dit is net Hy wat haar kan keer van haar eie dwaasheid."

"Hy sal oom. As Hy dink sy is verkeerd, sal Hy. Ek weet nie hoe nie, maar hy sal."

"Jy weet natuurlik dat jy genooi is. Ek wil hê jy met sommer al 'n week voor die troue op die plaas kom kuier. Jy is my gas en niemand sal vir my voorskryf nie."

"Dankie oom Gustavo. Ek sal beslis jou uitnodiging aanvaar, hoe moeilik dit ook al vir my sal wees om hulle saam te sien. Mirabel sal ook daar wees die laaste week, so ek sal darem nog 'n persoon hê om mee te gesels."

"Dan is dit so gereël, ou seun."

Ivano sit in verwondering oor sy Vader wat een van sy gebede so verhoor het. *Daar het oom Gustavo my nou sowaar genooi om al 'n week voor die tyd na Carvelli's Ranch te gaan. Dankie, Vader, dankie vir U guns. Ek weet U het 'n ander plan. Help my om in gehoorsaamheid te wandel.*

Hy gaan na Luca se kantoor toe en klop.

"Binne."

"Luca, jy sal nie glo nie, oom Gustavo het my so pas genooi om 'n week voor Allegra se troue reeds plaas toe te kom."

"Uitstekend. Op kantoor sal ons tog met jou niks kan aanvang as jy jou net hier sit en bekommer nie. Dit gaan nie maklik wees om hulle saam te sien nie, maar dit is die beste vir jou."

"Dit is waarvoor ek gebid het. Ons Vader is getrou. Dankie vir jou ondersteuning."

"As alle so uitwerk, kan jy maar weet daar is 'n groter plan. Ek kan nie wag om te sien wat ons Vader gaan doen nie."

"Ek ook nie my vriend, ek ook nie," beaam Ivano.

Die tyd snel verby en voor Allegra haar oë uitvee is hulle op pad na Lorenzo en Mirabel se troue. Mirabel straal en Lorenzo se glimlag gaan omtrent heeltemal om sy kop. Nie een van hulle is werklik uit hulle velle oor Dante nie, maar sy aanvaar dit so. Hulle is vriendelik en bedagsaam met hom vir haar onthalwe.

"Baie geluk julle twee, ek is so dankbaar dat ek julle aanmekaar voorgestel het. Mag julle lank en gelukkig saam wees," wens Allegra haar twee beste vriende geluk.

"Baie dankie, Allegra. Nie meer lank nie dan is dit julle twee se beurt, maar nou gaan ek eers myself geniet as mevrou Scalera." Sy soen Lorenzo op sy wang.

"Julle twee moet julle wittebrood baie geniet. Lorenzo, gee haar darem so nou en dan kans om te laat weet dat sy nog lewe," lag Allegra.

"Ek sal, buurvrou."

"Dante, die twee vertrek later vanaand Griekeland toe vir twee weke. Klink dit nie hemels nie?" Probeer Allegra vir Dante in die gesprek betrek.

"Ja, dit doen. Mirabel, sal jy dan ons troue se reëlings betyds klaar hê?"

"Beslis Dante. Die meeste daarvan is reeds gedoen, dit is net die afronding wat ek kom doen as ek terug is. Ek het dit klaar met Allegra bespreek en Lorenzo stem saam, die week voor die troue gaan ek saam met julle daar op Carvelli's Ranch wees om seker te maak alles loop vlot. Moet jou nie bekommer nie, my vriendin se troue is vir my baie belangrik."

"Dan is dit reg so, maar hoef jy werklik daar te kom bly? Julle is dan net langsaan."

"Dante, ek wil haar graag daar hê en is baie dankbaar dat Lorenzo bereid is om haar af te staan vir daardie week."

"Natuurlik, net wat jou gelukkig maak my mooiste meisiekind."

Van die oorkant van die vertrek af sien Ivano en Gustavo hulle gesels en Ivano voel 'n koue rilling langs sy rug af hardloop. Gustavo volg sy blik en verstaan heeltemal hoekom hy skielik stil gebly het.

"Ek bewonder jou ou seun. Ek weet hoe lief jy vir daardie dogter van my is, maar jy is so kalm oor dit alles."

"Dit is nie altyd so maklik nie, ek probeer net onthou dat God 'n groter plan het as dit wat ek kan sien."

"Ek verstaan dit net alles nie van die begin af nie. Dit is asof ons Vader vir Allegra met blindheid geslaan het. Asof sy net nie sien wat ons almal sien nie. Die man is nie eers 'n Christen nie, en jy weet self hoe belangrik dit vir haar is. Dit is die een ding waarop ek gedink het sy nie sal 'n kompromie aangaan nie en hier is ons, 'n maand van hulle troue af."

"Glo en vertrou, my oom, glo en vertrou."

Allegra en Dante bly nie lank nie, want sy kan sien dat hy baie ongemaklik is tussen al die vriende wat sy voorheen saam met Lorenzo en Mirabel ontmoet het. Daarby maak Ivano se teenwoordigheid haar ook ongemaklik omdat Dante so hard probeer om vir hom te wys dat sy nou aan hom behoort.

"Vader, ons gaan eers, ek sien vir Vader later by die villa."

"Dit is in orde so, my kind, sien jou later."

Dante het aangedring om haar te gaan oplaai, dus gaan hulle nou na die villa terug.

"Ah, nou het ek my gunstelingpersoon vir myself. Ek sien jou so min my, liefste Allegra. Ek hoop werklik as ons getroud is, sal ek meer van jou sien."

"Ons moet nog daaroor gesels, Dante. Is die huis waarin jy woon, jou eiendom?"

"Nee, dit is nie, ek huur dit net. Ek wou eers wag totdat ek getroud is voor ek 'n huis koop. Nou neem ek aan jy sal eerder wil hê dat ek hier in die villa intrek saam met jou, my liefste."

"Beslis is dit dan die beter oplossing. Omdat ons in die middel van 'n maand trou, sal jy dan seker jou goed na ons troue oorbring. Jy kan ook nog steeds 'n eiendom aanskaf en meubeleer om te verhuur vir 'n ekstra inkomste vir jou. Eiendom gloei altyd."

"Jy is so 'n intelligente wese, my liefste. Dit is 'n briljante idee. Jy het mos reeds alles hier wat jy wil hê. Ek kan dan seker ook my perd van die stalle van die baan skuif hierheen."

"Ja, hier is 'n oop stal vir hom, ons sal dan net vir jou 'n sleepstal moet kry."

"Ons kan mos joune verkoop en 'n dubbele een kry."

"Ons kan nog daaroor besluit."

"Gaan jy darem meer tyd met my spandeer as ons getroud is, my liefste? Jou vennoot en hulp kan mos die praktyk behartig."

"Dante, om 'n veearts te wees en diere te help is vir my 'n passie en roeping soos wat ruitersport vir my is. Verder behoort jy my teen die tyd goed genoeg te ken om te weet dat ek nie die tipe vrou is wat heeldag sal kan sit en niks doen nie. Ons gaan in dieselfde huis bly, namiddae saam oefen, naweke saam deurbring. Dit is mos maar hoe dit met alle ander getroude mense ook is. Het jy nog nooit daaraan gedink om kinders en jongmens af te rig in ruitersport nie?"

"Nee, want ek het net my eie perd en die sal ek vir niemand ander gee om mee te oefen nie."

"Dit is mos nie 'n probleem as jy hier is nie, hier is genoeg perde en die oefen arena."

"Ek sal daaroor dink." Allegra kom agter dat Dante nie heeltemal tevrede is met die wending wat hulle gesprek geneem het nie, maar sy ignoreer dit net.

"Iets anders waaroor ons nog nooit gepraat het nie, is of jy wil kinders hê en as jy wil hoe gou."

"Kinders ... miskien eendag. Nou wil ek eers my vrou geniet, saam met haar die wêreld sien. Haar so bietjie kry om ook te lewe, want jy werk hopeloos te hart, my liefste Allegra."

"Dante, daar is soos die Bybel ons leer 'n tyd vir alles in ons lewens. Nou dat ons nog jonk is, is die tyd wat ons moet werk om eendag daardie dinge te doen wat jy nou van praat."

"Jy moenie so ernstig wees nie my liefste. Mens kan nie net werk nie."

"Dink jy werklik dat ek twee jaar agter mekaar die Wêreldkampioenskap sou kon inpalm as ek nie die werk ingesit het nie, Dante?"

Hy antwoord haar nie daarop nie. Hy staan op en trek haar ook op.

"Ek gaan jou nou ongelukkig moet los my mooiste. Jy moet jou rus inkry en ek sal jou môre vir middagete mos sien."

"Alles reg so. Sal jy dit nie oorweeg om saam met my kerk toe te gaan nie? Ek weet ek het al voorheen gevra, maar ek vra weer omdat dit vir my belangrik is."

"Ek het jou al gesê ek het nie in 'n gelowige huis groot geword nie en ken nie die dinge nie. Dit sal my net ongemaklik laat voel. Gaan jy gerus."

"Om vir Jesus aan te neem het niks te doen met in watter tipe huis jy grootgeword het nie, Dante. Jy ken Hom miskien nie, maar Hy ken jou en het jou lief. Dink bietjie daaraan."

"Goed, ek sal," reageer hy meer om haar te kry om nie langer daaroor te praat nie.

Sy sien hom af en is geskok oor hoe verlig sy voel as hy vertrek, maar besluit dat sy nou te diep in is en nie meer kan die gevoel ontleed nie. Daar is geen nut aan nie.

Hoofstuk 13

Dit is twee weke voor Allegra en Dante se troue, hulle het pas op Carvelli's Ranch aangekom. Die eerste week sal hulle net saam met Gustavo kuier. Hulle weet nog nie dat hy ook vir Ivano genooi het om te kom kuier vir twee weke nie.

Lara was gelukkig genoeg om ook verlof vir 'n week te kry en sal eers die volgende naweek aankom. Mirabel sal van die Sondag af daar wees om Allegra te ondersteun en toe te sien dat alles glad verloop vir die troue.

Dante is baie gelukkig, maar sy gelukkigheid hou nie lank nie. Ivano kom die namiddag aan. Allegra is net so verbaas om hom daar te sien. Sodra sy hom alleen in die sitkamer raakloop, konfronteer sy hom ook.

"Ivano, wat doen jy hier?"

"Jou vader het my genooi."

"Nee, jy is net hier om my lewer te versuur. Kan jy dit nie eers vir my gun om gelukkig te wees nie. Om in vrede te trou nie?"

"Ek kan jou vir seker dit is nie die geval nie, Allegra. Ek gun jou al die geluk in die lewe, al glo jy dit nie."

"Natuurlik glo ek jou nie ... hoe kan ek?"

"Allegra, ek is steeds lief vir jou en sal altyd wees. Daar is geen ander vrou vir my nie. Ek bid net dat jy eendag die waarheid sal weet, want nou lyk dit of jy verblind is daarvoor."

"Hoe durf jy vir my vertel dat jy my nog lief het en ek die enigste vrou vir jou is na wat jy aan my gedoen het? Nou maak jy asof dit ek is wat daar iets mee fout is. Bly net uit my pad uit weg!" Gustavo loop in op die onderonsie.

"Allegra, hoekom gaan jy so aan?"

"Pappa, dit is hierdie man wat my so ontstel met sy praatjies en leuens. Hoekom moet hy hier wees?"

"Hy is hier omdat hy my vriend is en ek hom hier wil hê. Ek glo ook nie dat hy jou wil ontstel of vir jou leuens sal opdis nie. My voorstel is dus dat jy dit moet aanvaar dat hy hier is as my gas en dit respekteer."

"Jammer Pappa, ek sal dit respekteer. Dit beteken steeds nie dat ek na hom hoef te luister nie. Verskoon my asseblief."

Sy storm ontsteld by die voorkamer uit.

Ek kan nie verstaan hoe Pappa nie kan deur Ivano sien nie. Na wat hy aan my gedoen het is hulle nog groter vriende as ooit. Ek sal hom net moet verdra.

Sy loop byna in Dante vas, as sy by die deur uit storm.

"My liefste, jy lyk omgekrap. Wie het jou omgekrap?"

"Jy behoort seker te weet dat daar net een persoon in ons huis is wat my sal omkrap, Ivano."

"Hy kan maar jou pa se gas wees, ek sal hom regsien as hy jou ontstel. Waar is hy?"

"Los dit net Dante, kom ons gaan ry 'n entjie met die perde."

"Dit klink na 'n blink idee my liefste. Jy kan maar net weet dat ek dit nie sal toelaat dat hy jou weer ontstel nie."

"Ek sal uit sy pad uit bly, toemaar. Kom ons gaan geniet die vars lug."

Sy het nog nooit haar en Ivano se verhouding met Dante bespreek nie, en wil ook nie hê hy moet nou betrokke raak en haar pa ontstel nie.

Hulle ry na die berg se kant toe deur die plantasie wat agter die opstal is. Op 'n afstand is daar iemand wat hulle volg, maar daarvan is hulle geensins bewus nie.

Allegra wil na haar koppie gaan, maar tog weerhou iets haar om haar ou wegkruipplek met Dante te deel. Sy neem die paadjie na die uitkyk punt en daar sit hulle 'n tydjie en gesels, voor hulle terug ry opstal toe.

Ivano het aan Gustavo belowe om uit Allegra se pad te bly, maar tog sorg hy dat hy nooit ver van haar is nie. Gelukkig gewaar sy dit nie. Die week gaan rustig verby. Saterdag kom Lara aan en dit is ook nie lank na haar aankoms wat sy vir Ivano gewaar nie.

"Wat de hel maak jy hier? Kan jy ons nie in vrede los nie?"

"Lara, Ivano is my gas en ek het hom genooi. Ons is vriende en dit is nou genoeg. Ek skryf nie vir een van julle voor wie julle vriende moet wees nie, so in hierdie huis is ek die baas en hy is my vriend. Julle sal hom met respek behandel."

"Respek... Gmf, hy verdien nie enige respek na wat hy aan Allegra gedoen het nie. Bly uit my pad uit Ivano."

"Lara, ek waarsku jou nie weer nie, ek sal nie toelaat dat jy so met Ivano praat nie. As jy dan nie in sy teenwoordigheid wil wees nie, bly jy dan uit sy pad uit." Gustavo is nou moeg vir albei sy dogters se optrede.

"Dit was goed om jou ook weer te sien, Lara. Ek verneem jy is besig om goeie opgang te maak in die modebedryf. Goed vir jou. Jammer as my teenwoordigheid 'n probleem is, maar die baas van die huis is my vriend. Dankie oom Gustavo dat jy vir my opgekom het."

Lara stik byna en storm die huis in. Ivano het 'n glimlag om sy mond en sy brein werk oortyd.

Nou moet ek nog met Ivano ook opsit, ek het reeds genoeg waaroor ek my vrek bekommer. Ek moet nog vir Dante eenkant kry om met hom te praat. Baie dringend, voor die troue.

Sy vlug na die veiligheid van haar kamer en besluit om Ivano net te vermy.

Vir Sondag het Gustavo vir Lorenzo en Mirabel vir ete genooi. Mirabel sal dan sommer agterbly vir die week.

Allegra is uit haar vel om vir Mirabel te sien.

"Mirabel, kyk net hoe pragtig lyk jy. Ek het jou gemis, vriendin. Lorenzo dit lyk of jy mooi na haar kyk. Dankie nogmaals dat jy bereid is om haar af te staan vir die week."

"Wat! Gaan Mirabel ook hier bly vir die week?" kan Lara haarself nie keer om te vra nie.

"Ja, sy gaan. Ons het lanklaas saam gekuier en verder moet sy 'n oog hou oor al die dinge wat gedoen moet word vir die troue," antwoord Allegra haar.

Ivano is dankbaar dat hy vir 'n slag ook mense om die tafel het wat sy vriende is. Verder is hy dankbaar dat Mirabel ook nou hier gaan wees, iemand wat aan sy kant is en heeldag saam met Allegra gaan wees. Hy, Gustavo en Ivano gesels heerlik. Lara wil opgooi by die gedagte dat sy nie net met Ivano nie, maar ook nog Mirabel moet opsit vir 'n hele week.

"Dit lyk nie of Lara baie van Ivano, Mirabel of Lorenzo hou nie, my liefste," fluister Dante.

"Nee, maar dit is maar net omdat sy Lara is. Hulle is almal wonderlike mense en uitstekende vriende. Ons kom almal al 'n baie lang pad saam. Jy sal hulle nog leer ken en dan sal jy weet dat ek reg was. Lara is ongelukkig baie bederf ... ons is steeds lief vir haar. Sy is die kleurvolle een in ons familie."

"Jy is so 'n vredeliewende mens, my liefste. Dit is hoekom ek so lief is vir jou. Vir my is jy meer as kleurvol genoeg, perfek."

"Dankie Dante, dit is mos maar hoe die Vader ons verskillende geskape het."

"Dante, jou pak en Allegra se rok sal teen Dinsdag hier wees. Ek dink jy gaan baie aantreklik lyk in daardie swaelstert baadjie," probeer Mirabel om hom ook te betrek, omdat sy agter kom die ander manne gesels alleen.

"Wonderlik, Mirabel. Allegra het my vir seker dat jy berge sal versit om te kry waarna ons soek."

"Dante, 'n swaelstert baadjie, is dit nie bietjie oordrewe vir 'n troue op 'n plaas nie?" vra Lara om die indruk te skep dat sy nie van sy keuse hou nie.

"Lara, Dante is 'n man wat smaakvol en volgens die nuutste modes aantrek. Dit pas hom perfek," verdedig Allegra hom.

"Dankie vir die wonderlike kompliment my liefste. Daar het jy dit nou Lara. Dit klink of ons darem een iets in gemeen het. Jy is mos ook 'n meisie wat van die nuutste modes hou, of hoe?"

"Ja, ek is..." antwoord sy nukkerig.

Na ete ontspan almal buite by die swembad. Lorenzo probeer Dante by hul gesprek betrek.

"Dante, volgende jaar gaan jy dus teen jou vrou meeding vir die Wêreldkampioenskapstitel. Hoe voel jy daaroor?"

"Lorenzo, ek dink nie my vrou gaan volgend jaar deelneem nie. Sy is mos dan 'n getroude vrou."

"Hoekom moet dit haar diskwalifiseer?" vra Ivano.

"Omdat ek haar man is en ek nie wil hê sy moet deelneem nie. Sy het die titel twee agtereenvolgende jare gewen. Dit is mos genoeg."

"Dante, het jy dit al aan haar genoem dat jy nie wil hê sy mag volgende jaar weer deelneem aan die Rolex nie?" vra Gustavo nou heel verstom oor die man se optrede.

"Nee, ek het nie. Ons was nog te besig om dit te bespreek."

"Wel, ek kan jou nou al waarsku, daardie oorlog gaan jy beslis verloor. My dogter se passie is al van baie, baie lank voor jy haar ontmoet het ruitersport. Sy gaan nie ophou omdat jy 'n trouring aan haar vinger sit nie. As jy dit dink, ken jy maar my dogter swak."

"Ons sal maar moet sien."

Lorenzo en Ivano kyk net ongemerk vir mekaar. Albei wil eintlik uitbars van die lag, want dit is die mees bisarre ding wat hulle nog gehoor het. Hulle weet albei dat Allegra 'n hartaanval sal kry as sy hierdie storie hoor.

Mirabel het die gesprek so met een oor gehoor, en kan ook net glimlag oor Dante se naïwiteit. *Allegra Carvelli gaan beslis nie haar sport vir jou opgee nie, daarvan kan jy vergeet. Hoekom moet sy ook? Die man is meer verwaand as wat ek gedink het. Ek wonder wat Allegra nog sal moet opgee? Hoekom dink ek nogal dat hy en Lara baie goed bymekaar sou pas.*

Lorenzo groet sy vrou en die ander net na ses. Dante en Lara slaak innerlik 'n sug van verligting omdat daar nou een minder persoon is om hulle te irriteer.

Lara onttrek weer na haar kamer en Mirabel is dankbaar daarvoor. Die meisiekind het nog steeds nie groot geword nie en tree nog op soos 'n bedorwe peuter. As sy haar sin nie kry nie gooi sy 'n vloermoer. Ivano gesels met Gustavo terwyl die ander drie oor die trou reëlings gesels.

Dante verskoon homself vroeg om te gaan rus, hy het nou genoeg van Mirabel en Ivano se gesigte gehad. Gustavo irriteer hom ook vandat hy hom so aangevat het by die etenstafel. *Ek was bevrees dat Allegra ons sal hoor. Daar sou seker 'n klein oorloggie uitgebreek het, wie weet miskien sal sy selfs geweier het dat die troue kan voorgaan. Dit kan nie gebeur nie.*

Die volgende oggend is almal aan die ontbyt tafel, behalwe Lara. Niemand dink dat dit enigsins vreemd is nie, want almal wat haar ken weet sy hou van laat slaap. Sy is egter wakker, maar baie naar en siek.

Ek moet met Dante praat ... ek moet hom vertel!

Sy hang oor die toilet en gooi op. Na 'n ruk, was sy haar gesig en trek aan. Haar angstigheid om met Dante te praat dryf haar en sy gaan af na die eetkamer.

"Lara, môre. Jy lyk verskriklik, wat is fout?" vra Allegra bekommerd.

"Ek voel nie te goed nie, ek dink die baie ryk disse van gister het nie met my maag geakkordeer nie. Ek sal nou-nou iets neem daarvoor."

"Dit is jammer. Ek is seker daar sal iets in moeder se medisyne kas wees wat sal help."

"Daar sal beslis, my kind kyk net daar in die kas in my badkamer," stel Gustavo voor.

"Dankie Pappa, ek wil net 'n droë snytjie roosterbrood eet om iets in my maak te kry. Ek glo ek sal daarna beter voel. Wat is julle planne vir vandag, Allegra?"

"Ek het gedink om bietjie te gaan perdry. Dante en Mirabel sal seker saam gaan, of hoe?"

"Nee, my liefste, ek dink ek sal julle meisies los om dit vir oulaas saam te geniet. Ek gaan net rustig lees, as dit met jou reg is."

"Heeltemal in orde, dan sal dit net Mirabel en ek wees."

"Ek het baie werk en gaan by die stalle wees," antwoord Gustavo. Ivano weet niemand verwag van hom om te antwoord nie en dit pas hom goed. Hy beweeg soos 'n skim in die huis, hoe minder aandag hy trek, hoe beter vir hom.

Dan is dit my kans, as almal weg is sal ek met Dante praat. Ek sal net moet seker maak dat niemand ons saam sien nie.

'n Rukkie later verlaat Allegra, Mirabel en Gustavo die huis. Dante verdwyn en Lara maak of sy na haar kamer gaan. Ivano verdwyn ook, en dwaal deur die tuin. Ivano sien vir Dante by die deur uitkom in die tuin en plaasneem op een van die sement bankies onder een van die bome. Glad nie bewus van Ivano se teenwoordigheid nie. Die bankie is naby die deur en so geposisioneer dat dit wegkyk van die huis.

Minute later kom Lara by die deur uit en gaan sit langs Dante. In die tussentyd het Mirabel teruggekeer na die huis om vir haar 'n serpie te kom haal. Sy het Lara by die deur sien uit verdwyn. Gewag tot sy gaan sit en net aan die binnekant van die glasdeur bly staan.

Ivano sluk byna sy tong in as hy sien hoe Dante sonder om te skroom Lara se hand neem sodra sy gaan sit het. Dante praat eerste en Mirabel besluit dat sy moet hoor waaroor die twee gesels. Hulle hou dan nie eers van mekaar nie.

"Uiteindelik is ons alleen. Weet jy hoe moeilik dit vir my is om jou nie te kan druk en soen nie, jou verleidelike meisiekind."

"Nie moeiliker as vir my om te sien hoe jy aan my suster se lippe hang nie. Maar dit is nou nie belangrik nie. Ek moet dringend met jou praat, dit is hoekom ek die kans gevat het om uit te kom."

"Wat is dit, my prinses?"

"Ek is swanger met jou kind, Dante. Jy sal 'n plan moet maak ... jy kan nie met haar trou nie. Dinge het nou verander, hoor jy my."

"Ek hoor jou. Jy weet mos ek is net vir jou lief, dat dit alles net 'n front is."

"Ontmoet my vannag in die plantasie. Sorg dat niemand jou sien uitglip nie. Ek sal vir jou wag. Stuur my 'n SMS as jy uitkom dan sal ek jou sê waar om my te kry."

"Ek maak so. Weet jy hoe graag wil ek jou nou soen?"

"Wag net tot vanaand. Dan kan ons praat en doen wat ons wil."

Mirabel staan versteen oor wat sy gehoor het. Ivano kon nie hoor nie, maar het Mirabel gesien en weet sy sou kon hoor. Mirabel kruip agter die swaar brokaat gordyne weg totdat Lara met die trap op is en hardloop dan terug na die stalle waar Allegra wag.

"Waar is jou serpie, vriendin?" vra Allegra.

"Ag tog, ek was in die badkamer en het dit seker nou daar vergeet. Toemaar, dit is nie so erg nie, ek sal sonder dit ry."

Hulle klim op die perde en galop weg. Gustavo kyk hulle agterna en glimlag vir die twee wat jare al vriendinne is en nog steeds so naby mekaar.

Ivano is woedend en kan moor. *Ek moet nou net hier wegkom, Allegra is saam met Mirabel, so sy sal okei wees. Ek moet nou net by Lorenzo uitkom.*

Hy stap na die stalle om Gustavo vir 'n perd te vra waarmee hy na Lorenzo kan gaan.

"Nee, ou seun, neem die vierwiel, dit is baie vinniger. Die sleutel is in dit, daar in die stoor. Stuur groete, die man is seker eensaam sonder sy vrou."

"Dankie oom, ek maak so."

Allegra kom nie agter dat Mirabel baie stil is nie, want sy gesels die hele tyd oor hulle jeug eskapades. Mirabel lag net nou en dan om te wys sy luister. Na 'n rukkie bereik hulle die koppie en los die perde onder om verder te klim. Albei ken die pad na bo goed. Wanneer hulle bo kom en vir sekondes die uitsig waardeer het, gaan sit Allegra soos oudergewoonte met haar bene oor die rots.

"Sjoe, vriendin, jy sal my gou moet verskoon, ek het 'n vreeslike nood. Ek gaan sommer daar in die grot piepie."

"Reg so, het jy 'n sneesdoekie by jou."

"Ja, gelukkig het ek." Sy verdwyn in die teenoorgestelde rigting en klim die paar tree af na die grot.

Daar haal sy dadelik haar selfoon uit en tik blitsvinnig vir Lorenzo 'n boodskap oor wat sy alles gehoor het.

"My man ek is in skok ..." begin sy en vertel dan die hele storie aan hom.

"Die vuilgoed ... hoe ironies is die lewe nie en sy glo steeds Ivano het haar verneuk. Wees jy rustig my liefling, God slaap nie."

"Ek moes dit net deel. Ek gaan haar konfronteer, en as sy nie vir Allegra vertel nie, gaan ek."

"Jy weet wat die eerste maal gebeur het toe jy haar probeer beskerm het, sy kan soms baie hardkoppig wees."

"Ek moet die kans vat. Kom ons kyk maar wat gebeur. Ek moet gaan Allegra wag vir my bo. Ek is lief vir jou."

"Ek is meer lief vir jou."

Sy klouter terug en gaan neem langs Allegra plaas.

"Dit is so salig hier bo, ek het al vergeet hoe lekker dit is."

"Ja, dit is die beste plek."

"Het jy al vir Dante kom wys?"

"Nee, ek weet nie hoekom nie, maar ek dink net hy sal nie so mal daaroor wees soos ek is nie."

"Ons is nie almal eenders nie en dit is ook goed." Sy bid in haar hart dat haar Vader haar die regte woorde sal laat sê en nie sal verraai hoe ontsteld sy werklik is nie.

Hulle vertoef 'n tydjie daar voor hulle weer rustig terugry opstal toe. Allegra vind vir Dante waar hy rustig in die tuin lees. Van Ivano is daar gelukkig geen teken nie. Sy en Mirabel begin besig raak met die geskenkies vir die tafels.

Ivano stop in 'n stofwolk voor Lorenzo se huis. Die het hom al van ver sien aankom en wonder waaroor hy so haastig is.

"Ivano, genade maar jy is haastig. Wat jaag jou ou vriend." *As hy moet weet wat Mirabel my vertel het, sal hy sekerlik wil moor.*

"Ek is nie so haastig as wat ek woedend is nie, Lorenzo. Jy sal nie glo wat ek jou nou gaan vertel nie."

"Wat is dit wat jou so ontstel het, Ivano?"

"Daai vuilgoed verneuk vir Allegra met Lara!" Hy trek weg en vertel hoe hy gesien het dat Dante haar hand vashou en nie kon hoor wat hulle gepraat het nie. Lorenzo haal diep asem, want hy weet Ivano gaan nou meer woedend wees as hy hoor wat Mirabel hom vertel het.

"Mirabel het dalk gehoor wat hulle gepraat het, ek kon sien sy het net binne die deur gestaan. Sy het my ook nie gesien nie. My vriend, ek sal daardie man met my kaal hande vermoor as hy Allegra se hart breek."

"Kom ons gaan in die huis in, ons moet ernstig gesels."

"Het Mirabel met jou gepraat?"

"Sy het my 'n SMS gestuur. Sy en Allegra is op die koppie. Sy het gemaak asof sy 'n nood het en na die grot gegaan en vandaar die SMS gestuur. Sy is vreeslik ontsteld, nog meer as jy. Maar binnekort dink ek gaan ek jou moet vasmaak om te verhoed dat jy nie iets onbesonne aanvang nie."

"Praat dan Lorenzo! Wat is dit wat nog erger is as wat ek gesien het met my eie oë?"

Lorenzo stap voor hom by sy studeerkamer in en maak die deur agter Ivano toe.

"Sit, want jy moet sit om hierdie te hoor." Ivano gehoorsaam die instruksie, maar sy bloed kook steeds.

"Lara is swanger met sy kind!" laat hy die bom bars.

"Wat! Wat de hel ... is Mirabel seker dit is wat sy gehoor het?"

"Ja, aan die gesprek klink dit of die twee al lankal saam konkel."

Ivano is vir sekondes stil, voor hy reageer.

"Natuurlik, vanoggend was die slet siek ... kamma van die ryk kos wat ons gister gehad het. Dink jy wat ek dink Lorenzo?"

Lorenzo kyk vir 'n wyle onbegrypend na sy vriend en dan is dit asof 'n lig in sy brein aangeskakel word.

"Slaan my dood ... dit is jou vermiste skakel. Jy weet natuurlik as ons reg is, is Allegra se lewe nou nog meer in gevaar as ooit."

"Jy is heeltemal reg my vriend. Nou sal ek haar eers moet oppas en daardie slangsleepsels ook. Het jy genoem dat hulle vanaand in die plantasie gaan ontmoet?"

"Ja, dit is wat Mirabel gehoor het. Jy moet versigtig wees Ivano, hierdie mense is gevaarlik. Ek wonder net wat hulle in die mou voer. Ek sal my vrou moet waarsku dat sy baie versigtig moet wees. As sy iets moet oorkom, is ek die een wat gaan moor."

"So waar as padda manel dra, al die tyd is die vuilgoed hier onder ons neuse. Vader, help my om hierdie gemors te ontbloot en hou Allegra veilig. Ek belowe jou as hulle haar skade aandoen, sal hulle sowaar daarvoor boet. Hierdie keer sal ek hulle nie weer laat wegkom nie."

"Die probleem is net, jy mag nie die een wees wat haar vertel of naby haar kom nie. Mirabel moet maar vir Lara dreig en kyk of sy haar vertel. Daarna moet ons 'n baie goeie oog op alles hou."

"Wat maak ons as sy haar weer nie glo nie, Lorenzo?"

"Dan moet ons maar die storie sy loop laat neem en paraat wees vir enige gebeurlikheid. Jy moet sorg dat jy Allegra volg, maar so dat sy dit nie weet en niemand anders dit weet nie. Dit is te gevaarlik. Ons kan haar nie blootstel aan hulle planne nie."

"Gelukkig ken ek die plaas beter as Lara en Dante, baie beter. So hulle sal nie van my weet nie."

"Moet asseblief nie vir Mario mis kyk nie, daardie man se instink is soos die van sy voorvaders, skerp in die dag en die nag. Bel my dag of nag as jy my hulp nodig het, Ivano. Hier is baie op die spel."

"Ja, Allegra se lewe. Ek sal sorg dat ek Mario saamneem, hy is al lank my kameraad. Laat ek teruggaan, ek kan haar nie alleen laat met daardie twee nie."

"Glo my hulle gaan nou begin foute maak, want hulle is onder druk. Dit is waarvoor ons sal wag."

"Jy is reg. Ek praat met jou."

Op Carvelli's Ranch kom alles dood rustig voor. Lara is die meeste van die tyd in haar kamer omdat haar maag ongesteld is en die ander is elkeen besig met iets. Mirabel en Allegra is saam besig in die sonkamer. Dante hang rond in die huis en dan weer buite. Ivano loer by die sonkamer in.

"Middag dames. Mirabel jou man stuur liefde en groete. Ek het gou by hom gaan koffie drink. Hy mis jou erg."

"Ah, my liefste Lorenzo. Ek sal hom later bel." Sy knipoog vir Ivano en besef Lorenzo het hom reeds vertel. Ivano se hart trek seer saam in sy borskas as hy daaraan dink dat Allegra hom verafsku en eintlik op trou staan met iemand wat haar werklik verneuk al die tyd. Hy bid dat hy nie in Dante nou sal vasloop nie, hy moet eers net sy emosies onder beheer kry.

Op 'n stadium maak Mirabel verskoning om gou iets bo in haar kamer te gaan haal. Dit is net haar plan om met Lara te gaan praat.

Sy klop saggies en Lara reageer dadelik.

"Binne."

Mirabel maak die deur op 'n skrefie oop en loer binne.

"Wat wil jy hê, Mirabel?" vra sy vererg.

"Kan ek asseblief binnekom, ek wil gou met jou praat."

"As jy moet, waaroor wil jy met my praat?"

Mirabel gaan binne en maak weer die deur toe. Lara bly op haar bed sit en kyk uitdagend na Mirabel.

"Praat nou, ek wil nie heeldag in jou gesig vaskyk nie. Jy het my suster verraai toe sy jou nodig gehad het."

"Wel, wel, ek kan nie glo wat ek hoor nie. Van verraai gepraat, wanneer is jy van plan om vir Allegra te vertel dat jy Dante se kind verwag. Dat jy al die tyd 'n verhouding met hom het en van plan is om te bly hê?" Sy sien hoe Lara se gesig spier wit raak.

"Waarvan praat jy? Jy weet nie waarvan jy praat nie? Dit is algehele snert."

"Stadig, nou Lara. Die mure het ore. Ek het jou self aan Dante vanoggend in die tuin hoor sê dat jy swanger is met sy kind. Moet ek jou verder vertel wat ek gehoor het, of glo jy my nou?"

"Wat wil jy nogal daaraan doen, Allegra se skoothondjie? Sy sal jou weer nie glo nie. Dit is jou woord teen myne."

"Ek gaan haar nie vertel nie, jy gaan self. As jy dit teen Donderdag nie gedoen het nie, sal ek haar vertel en moet ek maar net hoop sy glo my die keer."

"Sy sal jou nie glo nie ... hoekom het sy dan nie die eerste keer nie?"

"So jy erken dat jy ook die slang is wat agter daardie leuens sit? Jou klein flerrie!"

"Jy kan dit nie bewys nie en Mejuffrou Wêreldkampioen het daarvoor geval, wat wil jy nou daaraan doen?"

"Hoekom, Lara? Wat het sy ooit aan jou gedoen dat jy haar lewe so moes verwoes en haar soveel hartseer moes aandoen?"

"Wie is sy dat sy alles moet hê, 'n praktyk, 'n kleinhoewe, 'n man wat haar lief het en daarby nog my pa en die hele wêreld se lofprysinge elke dag. Sy is 'n vaal, oninteressante vroumens. Ek haat haar."

"Sy het vir dit alles gewerk en alles self betaal. Verder is jy die een wat sekerlik miljoene euros van jou pa gemors het op plastiese chirurgie en klere en verder het jy net leeggelê tot hy jou uitgeskop het. As ek dit so bekyk, is sy die een wat jou moet verafsku, maar sy is te 'n goeie mens daarvoor. Jy sal jou dag kry, Lara, glo my jy sal jou dag kry. Jy beter haar vertel, anders gaan ek."

Mirabel wag nie vir haar om weer te reageer nie en storm by die kamer uit. In haar eie kamer was sy haar gesig om net tot verhaal te kom en kalm te word. *Sy het dit waaragtig erken dat sy vir al Allegra en Ivano se hartseer verantwoordelik is, dit uit jaloesie. Sy is 'n gevaarlike mens.*

In Mirabel en Ivano se binneste woed daar vulkane oor dit wat hulle in hierdie dag alles uitgevind het. Niemand anders het enige idee nie. Lara laat haar nie van stryk bring deur Mirabel se besoek in haar kamer nie en is steeds van plan om Dante te ontmoet – sy moet hom vertel dat Mirabel weet en vir Allegra teen Donderdag gaan vertel.

Wanneer Allegra die namiddag nadat sy bietjie gaan oefen het gaan stort, WhatsApp Mirabel die inligting oor haar gesprek met Lara vir Ivano. Alhoewel daar niks by is wat hy nie reeds weet nie, ontstel dit hom nog steeds dat sy so arrogant, en haatdraend is.

"Ek gaan hulle volg vanaand, moet jou nie bekommer nie. Hulle gaan hulle vasloop. Die skade en seer wat hulle Allegra en my aangedoen het, sal ek nie toelaat dat hulle mee aangaan nie."

"Wees versigtig my vriend. Hulle is gevaarlik."

"Jy weet mos daar is niks gevaarlike as 'n gekweste dier nie, my vriendin. My wonde sal nie genees voor ek nie hulle aan kaak gestel het nie."

Daarna loop Mirabel in die tuin in, na waar sy kan sien as daar iemand aankom, voor sy vir Lorenzo skakel.

"My liefling, ek mis jou geweldig," antwoord hy.

"Toemaar, ek mis jou net so. Tog dink ek dat Allegra my nou meer as ooit nodig het met die nuwe drama wat besig is om dit hier af te speel. Gelukkig is sy nog van niks bewus nie."

"Jy is heeltemal reg. Wat daardie twee bose mense beplan sal ons nie weet nie, maar ek hoop Ivano raak vanaand iets wys. Jy kan seker raai hoe hy reageer het toe ek hom van die hele gemors vertel het. Kyk is ek dankbaar dat ons almal gelowig is en die sekere wete het dat ons Vader hierdie nie sal toelaat nie. Dit kan nie in Sy wil wees nie."

"My man, jy is reg, dit is nie. Dit sal nooit in Sy wil wees dat iemand hulle geluk op een van sy kinders se ondergang moet bou nie. Ek weet jy is gereed om vir Ivano te help, maar julle moet asseblief net versigtig wees, my liefste."

"Ons sal wees, en ons is mos onder ons Vader se beskerming, my vrou."

"Jy moet lekker slaap, ek is baie lief vir jou."

"Dankie, so is ek vir jou. Pas jouself mooi op."

Almal behalwe Lara is in die sitkamer as sy na binne gaan.

"Mirabel, wat kan ek vir jou aanbied om te drink," vra Gustavo.

"Oom, 'n Rock Shandy sal heerlik wees, dankie."

"As jou ogies so blink het jy seker met Lorenzo gesels."

"Ja, Allegra, ek het. Ek kan my voorwaar nie 'n tyd voorstel wat hy nie in my lewe was nie. Hy is so 'n wonderlike mens."

"Ja, daardie buurman van my is beslis 'n besonderse man."

"Ek sal mos jaloers raak as jy so van 'n ander man praat, my liefste."

"Dante, Lorenzo is soos 'n broer vir my. Ons is jare al vriende. Verder is hy met my beste vriendin getroud en glo my nie een van ons in hierdie vertrek sal enige ontrou duld nie. Dit is net eenvoudig gemeen. As jy nie by iemand wil wees nie, verbreek dan die verhouding en gaan aan met jou lewe."

"My kind jy is heeltemal reg. Daarmee kan ek net saam stem," beaam Gustavo. Mirabel kyk na Ivano wat net glimlag. Sy weet hy gaan homself nie verdedig teen iets waaraan hy nie skuldig is nie.

"Julle is almal so ernstig," reageer Dante.

"Dante, dit is vir ons 'n ernstige saak, is dit nie vir jou nie?" vra Allegra.

"Natuurlik is dit vir my, my liefste. Ek sal jou vir geen ander vrou in die hele wêreld verruil nie. Dit weet jy tog."

Mirabel voel hoe haar maag draai by die klomp leuens wat die man opdis aan Allegra. Sy weet sommer dat Ivano ook op sy tande kners.

"Allegra weet jy of Lara se maag nog ongesteld is?"

"Nee, Pappa. Sy was die hele dag in haar kamer. So miskien is dit nog steeds nie reg nie. Pappa weet mos sy hou niks daarvan om in haar kamer gesteur te word nie. Ons was die hele dag besig om die geskenkies vir die tafels te maak. Ons behoort môre daarmee klaar te maak."

"Julle is so fluks, ek is seker dit gaan pragtig lyk. Ek kan nie help om aan moeder te dink en hoe sy dit alles sou geniet het nie. Sy was so mal daaroor om dekor te doen en goed daarin."

"Ja, oom Gustavo, sy was goed daarin."

"Mirabel is dit dalk waar jy deel van jou liefde daarvoor ontwikkel het, by tannie Luna?" vra Ivano.

"Beslis, ek onthou nog goed toe Allegra en ek tienermeisies was hoe ons haar gehelp het om sale vir troues en ander geleenthede te versier."

Na ete maak Dante verskoning om sy boek te gaan lees. Ivano gesels nog bietjie met Gustavo en verskoon homself dan ook. Hy moet vroegtydig iewers buite stelling inneem waar hy Lara en Dante sal sien uitkom dat hy hulle kan volg.

Allegra en Mirabel gaan gesels nog in die kamer vir 'n wyle voor hulle ook nagsê en rustig raak. Mirabel is gespanne omdat sy weet Ivano is iewers buite en gaan die twee volg. *Ek hoop net hy vind uit wat hulle bose plan is met ons vriendin. Ek kan nie glo dat Lara haar eie suster soveel skade berokken het en nog verder wil berokken nie. Wat was hulle plan en wat gaan hulle nou doen? Dit is baie vreesaanjaend om te dink dat hulle haar wil seermaak of afskrik of wat die hel hulle ook al wil doen. Vader hou vir Allegra, Ivano en Lorenzo veilig asseblief.*

Ivano het aan die kant van die huis stelling in geneem agter 'n struik. Hulle moet hier verbyloop as hulle na die plantasie wil gaan. Hy het ook vir Mario gevra om net binne die plantasie stelling in te neem, en hom te help kyk en luister. *Ek sal 'n getuie moet hê om Allegra te oortuig. Hierdie keer sal ek seker maak dat ek nie weer as die skuldige uitgemaak kan word nie.*

Lara loop na die kombuis om kamma vir haar te gaan melk haal. Dit is net om seker te maak dat almal in die huis reeds slaap. Sy is tevrede as sy geen ligte meer sien brand nie. Vinnig tik sy 'n boodskap vir Dante.

"Ontmoet my nou-nou. Loop van die laaste stal af reguit aan met die paadjie wat tussen die bome in lei. Sodra jy tussen die bome in is, kyk vir my selfoon liggie wat ek vinnig aan en af sal skakel."

"Reg, ek maak so."

"Maak seker dat niemand jou sien nie, jy weet ons is met gevaarlike speletjies besig."

"Ek sal. Dit is alles die moeite werd, jou sexy meisiekind."

Sy glip by die agterdeur uit en sluip na die stalle. Sovêr moontlik beweeg sy in die skadu's van die bome. Ivano sien haar wanneer sy van die tuin na die motorhuis beweeg. Hy roer nie, want hy sal eers in beweging kom as Dante haar volg.

Nie lank nadat sy by die stalle verdwyn het nie, volg Dante. Hy gee hom kans om tot by die stalle te vorder, voor hyself begin beweeg na die motorhuis om Dante in sy sig te hou. Die maan is net sterk genoeg dat hy die figure in die donker kan sien beweeg.

Lara het pas vlak by Mario verbygeloop. Ivano voel sy selfoon vibreer en weet dat Mario vir Lara in die oog het. Sy vermoede is dat hulle na die skuiling by die stoom sal gaan. Hy en Allegra het al telkens daar piekniek gehou.

Hy wag eers dat Dante tussen die bome verdwyn, voor hy na die stalle sluip. Net toe vibreer sy selfoon weer en hy glimlag net. Mario is nie verniet van die Apaches Indiaan-stam van Noord-Amerika afkomstig nie. Hulle is uitstekende spoorsnyers en jagters en is net so bedrewe in die nag as in die dag.

Mario sien die selfoon liggie flits en beweeg nader om hulle te volg. Na 'n rukkie besef hy dat hulle op pad is na die skuiling by die stroom. Hy stop en wag, wanneer hy seker is dat hulle nie meer sy selfoon lig sal kan sien nie, bedek hy sy selfoon onder sy baadjie en stuur net een woord vir Ivano: skuiling.

Net soos ek vermoed het. Lekker gemaklik vir die twee duifies. Dit pas my goed.

Hy stuur 'n boodskap terug: 'Bly binne hoor afstand. Sluit nou by jou aan.' Ivano beweeg nou bietjie vinniger, maar sorg dat hy veilig is. Hy bereik Mario nie lank nadat die ander twee by die skuiling aangekom het nie. Oral om die skuiling is bome, net die voorkant na die stroom is oop. Hulle is dus heel veilig as hulle hulself agter die skuiling versteek. Selfs as Dante en Lara teruggaan opstal toe sal hulle hul nie sien nie.

"Uiteindelik, kom hier dat ek jou van jou voete af soen, jou sexy ding."

"Miskien is dit ek wat jou van jou voete af gaan soen, my liefling. Ek kan my honger na jou nie hou nie, nie eers nou dat ek swanger is nie. Kom hier!"

Ivano wil sy ore toedruk vir die klanke wat van binne die skuiling kom, en hy voel naar. Mario hou sy hand voor sy mond dat sy harde asem intrek gedemp moet word. Vir 'n hele ruk is daar net die gekreun van die twee wat mekaar op vry.

"Kom, ons moet gesels."

"Het jy 'n plan, Dante? Daar is nou geen manier dat jy eers met haar kan trou nie. Ons moet onmiddellik van haar ontslae raak, stem jy saam?"

"Ek stem saam. Sy het ons nou lank genoeg vermaak met haar sukses en geld. Ek sal haar dophou en volg en sodra ek die geleentheid kry iets aan die saak doen. Sy sal my nie verdink nie en niemand sal dit snaaks vind as ek haar volg nie. Dit sal perfek werk."

"Dit beter, ek dra jou kind en ek is nie van plan om jou aan haar af te staan nie, nie nou nie, nie ooit nie. Allegra het genoeg in haar lewe alles gekry wat ek wou hê. 'n

Loopbaan met aansien, 'n praktyk, twee maal die roem en glorie van die Wêreldkampioenskap. Genoeg is nou genoeg, ek het genoeg onder haar volmaakte lewe gely. Hulle sal ons in elk geval nie verdink met Ivano hier nie. Almal sal hom verdink as die jaloerse eks-verloofde. Hy het so reg in ons kraal gespeel toe hy hier aangekom het. Die dwaas."

"Jy is reg my meisiekind. Eintlik sou dit meer ideaal gewees het as ons eers getroud was en sy reeds al haar bates aan my bemaak het. Steeds sal dit die moeite werd wees om ontslae te raak van haar – vir soveel jare laat lyk sy ons mans ruiters soos verloorders en swakkelinge. Dit is genoeg. Die roem wat sy so maklik gekry het, kom my toe."

"Ek het amper vergeet, jy moet baie versigtig wees vir Mirabel. Sy weet ek is swanger met jou kind. Sy wil hê ek moet vir Allegra voor Donderdag vertel, anders gaan sy dit doen. Wat gaan ons daaraan doen?"

"Niks nie, laat sy vertel. Jy weet mos reeds Allegra gaan haar nie glo nie. Ons kan mekaar dan volgens hulle nie verdra nie. Ons het hierdie speletjie perfek gespeel. Allegra is ons teiken en klaar. As sy nie meer daar is nie, sal jou pa tog sekerlik dat jy in haar villa gaan bly..."

"Nee, ons moet padgee, so gou ons kan na alles verby is. Ons moet net lank genoeg bly om ons nie as verdagtes te laat sien nie."

"Jy is reg, my liefling. Ons sal nou moet teruggaan. Sien ek jou môreaand weer hier. Ek kan aan 'n paar goed dink wat ek met jou wil doen. Ek is nou al so uitgehonger van meneer *nice guy* speel met jou preutse suster."

"Vir seker. Wees net baie versigtig."

Hulle begin tussen die bome deur terugbeweeg. Ivano en Mario wag en begin hulle dan op 'n veilige afstand volg.

223

Wanneer die twee donker figure in die tuin langs die huis verdwyn stop hulle twee by die stalle.

"Meneer Ivano, sowaar as wat ek lewe, ek is geskok! Ek het nooit die man vertrou nie, nou weet ek hoekom," fluister Mario.

"Jy kon mos geweet het jou instink is reg, julle stam is mos baie fyn ingestel op mense se persoonlikhede. Ja, die hele hartseer gemors tussen juffrou Allegra en my is alles hulle toedoen. Dankie dat jy saamgegaan het. Jy weet natuurlik, jy mag nie 'n woord hieroor rep nie."

"Nooit se nooit nie, meneer. Wat gaan ons nou doen?"

"Nou Mario, gaan ek die vuilgoed volg. Ek gaan soos sy skaduwee wees, of dit dag of nag is. Jy het tog self gehoor dat hulle juffrou Allegra wil doodmaak."

"So gewetenloos en dit omdat sy so hard werk en suksesvol is. Dit nog haar eie suster. Ek sal sorg dat ek altyd naby meneer is net vir ingeval meneer hulp nodig kry."

"Dankie Mario, dit is 'n groot troos. Gaan rus nou lekker, ons werk vir die nag is klaar."

"Reg meneer Ivano."

Ivano maak dood seker dat hy alleen is, voor hy na sy kamer beweeg wat op die grondvloer is. *Vader, U het dit alles perfek laat uitwerk dat ek alleen op die grondvloer moes bly. Dankie dat U met ons was vanaand. Help my om Allegra te beskerm.*

Wanneer hy in sy kamer kom en sy selfoon uit sy sak haal, sien hy Lorenzo is angstig om te hoor wat gebeur het.

"Is jy veilig, ou vriend? Wat het gebeur? My senuwees is op."

"Veilig. Mario was saam met my. Hulle het na die skuiling by die stroom gegaan. Ons het alles gehoor wat hulle beplan."

"Wat beplan hulle?"

"Hulle wil Allegra uit die weg ruim..."

"Wat! Dood maak ... nee die vuilgoed."

"Toemaar, ek sal soos sy skaduwee raak. Jy weet mos juffrou Barbie Doll sal nie haar voet buite die huis waag nie. So die drommel sal alles alleen moet doen. Hy is van plan om haar te volg en sy kans af te wag waar dit veilig is om haar dan te vermoor. Hulle het dit mooi uitgewerk dat mense my sal verdink omdat ek die jaloerse eks-verloofde is."

"Verskoon my maar nou gaan ek sowaar vloek ... donnerse uitvaagsel. Daardie leë-kop-Barbie-pop kan nie werk behalwe op haar rug nie en dan skroom sy nie om haar eie suster te wil laat vermoor nie. Dink sy ooit aan oom Gustavo?"

"Nee, want jy sien dan erf sy mos alleen as Allegra weg is."

"Daaraan het ek nog nie eers gedink nie. Ivano, moet asseblief nie dat Mirabel uitvind hulle wil vir Allegra vermoor nie. Sy sal dit nie kan hanteer nie."

"Ek belowe. Kom ons gaan rus nou, môre is my werk vir my uitgeknip as nuwe lyfwag van die ene meneer Dante."

Wanneer Lorenzo die telefoon langs hom neersit, is hy steeds lam van skok oor die nuus wat Ivano hom so pas in 'n WhatsApp meegedeel het. Hy is so ontsteld dat hy opstaan en vir hom 'n beker tee gaan maak in die hoop dat die warm vloeistof hom sal kalmeer.

Hoofstuk 14

Woensdag verloop heel vreedsaam. Allegra beweeg nie van die werf af nie, want sy en Mirabel is met die troue se dinge besig. Die aand volg Mario en Ivano weer vir Dante en Lara. Hierdie keer word daar nie veel gepraat nie en net gedoen. Hulle moet hulle ore toedruk vir die klanke wat uit die skuiling kom van die twee se vurige liefdespel. Weereens vul dit Ivano met walging dat twee mense so laag en gemeen kan wees. Dat hulle doelbewus soveel verwoesting en seer in sy en Allegra se lewens kon saai en nog nie klaar is nie.

Donderdagoggend is Mirabel voor ontbyt al in Lara se kamer. Die is nog besig om te braak van die *morning sickness* van haar swangerskap.

"Jou klein flerrie, jy het nou nog nie vir Allegra vertel nie. As jy haar nie teen middagete vertel het nie, gaan ek haar vertel!"

Lara kyk op van die wasbak waar sy gebukkend staan.

"Maak soos jy wil, ek skrik nie vir jou nie. Sy gaan jou nie glo nie."

"Ek sal my kanse vat, jou lae gemene vroumens." Sy storm by die deur uit na haar kamer. *Nou moet ek eers kalmeer, kan een mens so verrot wees? Sy gaan sowaar nie vir Allegra vertel nie, haar toelaat om met daardie niksnuts te trou. Dan wonder ek wat hulle plan is? Ek moet haar so gou moontlik vertel.*

Weereens is almal aan die ontbyttafel, behalwe Lara.

"Weet een van julle of Lara al gesond is?"

"Pappa, ja sy is okei. Ek het gisteraand voor ek gaan slaap het by haar ingeloer om te hoor. Sy hou mos van laat slaap, ek gun haar dit. Sy is mos ook nou 'n werkende meisie."

"Miskien kan ons by haar iets leer, my liefste. As ons getroud is kan ons soggens gerus ook bietjie later opstaan. Jy is mos die baas en ek kan wanneer ek wil baan toe gaan."

"Dante, ek glo dat die baas die voorbeeld vir haar werknemers moet stel, so ongelukkig gaan dit nie gebeur nie."

"Ag, my liefste jy is so hard op jouself. Kyk net wat het jy al alles bereik en jy is nog nie eers dertig nie."

"Dante, dit is presies hoekom sy dit al so ver gebring het, omdat sy daarvoor gewerk het. Kyk na Ivano, hy is self pas dertig en het 'n suksesvolle prokureurspraktyk. Nie omdat hy heeldag leeg gelê het nie, maar omdat hy gewerk het daarvoor. Dieselfde met Mirabel en Lorenzo. Sukses val ongelukkig nie in 'n mens se skoot nie, jy moet daarvoor werk."

Dante is skielik stil na Gustavo se teregwysing. Hy weet hy het geen voet om op te staan nie, want hier aan hierdie tafel staan hy alleen en dit vuur sy wraak gedagtes net meer aan.

"Dante, jy moet dat my pa jou vertel hoe hy begin het met sy stoetery en hoeveel jare se harde werk dit hom geneem het voor sy perderas bekend geword het."

"Nee, my kind ek wil nie Dante daarmee verveel nie. Hy is immers 'n suksesvolle ruitersport ruiter en leef sy droom," maak Gustavo dit af, geensins lus om verder met Dante te gesels nie. Die jongman is definitief nie van die stoffasie wat Ivano Liberti is nie.

Na ontbyt is Mirabel angstig om met Allegra alleen te praat. Hierdie praat kan nie in die sitkamer gepraat word nie, dit moet gepraat word waar hulle alleen is.

Dante dwaal soos die hele tyd op die plaas al soggens buite rond, dan by die stalle, dan in die tuin tot hy gaan sit en lees.

Mirabel het skielik 'n idee om Allegra na haar kamer toe te lok.

"Vriendin, kan ons jou trourok aanpas net om seker te maak dat dit reg pas. Jy weet na die verstellings het jy dit nog nie weer aangepas nie."

"Dit is waar, ja, kom ons gaan doen dit, dan kan ons nog iets van die lys afmerk."

Die twee vriendinne is die trap op na Allegra se kamer. Wanneer hulle in die kamer instap, maak Mirabel die deur toe.

"Vriendin voor jy jou trourok aanpas, kan ons eers gesels?"

"Sekerlik, hoekom klink dit so gewigtig? Waaroor wil jy agter toe deure met my gesels Mirabel?"

"Dit is belangrik en ek wil vra dat jy sal luister. Jy weet hoe lief ek vir jou is. Al het jy in die verlede my nie geglo nie, hou ek dit nie teen jou nie. Ek is steeds lief vir jou en ek sal my lewe vir jou gee."

"Nou maak jy my benoud, wat is verkeerd? Ek hoop dit het iets te doen met my en Dante se troue nie."

"Dit het ongelukkig."

"Uit dan daarmee, asseblief."

"Goed ... Allegra Lara is swanger met Dante se baba. Hulle het 'n verhouding."

"Hoe weet jy dit?"

"Ek het Lara self dit aan hom hoor vertel in die tuin Maandag."

"Dit is nie waar nie. Lara sal nie so iets aan my doen nie, sy is my suster. Ons is wel baie verskillend, maar sy sal nie. Jy jok al weer vir my. Hoekom is dit so swaar vir jou om te aanvaar dat ek ook gelukkig wil wees, Mirabel? Ek glo dit nie. Nie van Dante nie en ook nie van Lara nie. Hulle sal my nie so verraai nie. Ek gaan nie verder na jou luister nie. Ivano het seker ook hiermee iets te doen. Julle plan gaan nie werk nie, ek gaan met Dante trou Saterdag! Dit is finaal." Sy storm by die kamer uit, by die trap af, reguit stalle toe.

Mirabel staan verstom en magteloos, sy gaan in haar badkamer in en bel eerste vir Ivano.

"Sy het my nie geglo nie, sy glo nie dat Lara swanger is met Dante se kind nie, Ivano! Wat de hel maak ons nou?"

"Los dit, ek moet dringend gaan, ons praat later."

Mirabel sak snikkend op Allegra se bed neer. *Vader, wat nou? Wat gaan ons doen om haar te keer? Hierdie keer is dit nie net 'n berig nie, dit is feite en hulle gaan haar lewe verwoes.*

Die kamer deur gaan op 'n skrefie oop en Lara loer in.

"Ek het jou mos gesê jou plan sal nie werk nie, siestog, so pateties. Jy sal my nie uitoorlê kry in my eie spel nie. Ek is 'n pro, jy sien. Lek maar lekker jou wonde en gaan terug na jou arrogante man toe."

Mirabel kyk haar net met veragting aan en kyk dan weg. Nog nooit in haar lewe het sy iemand gehaat nie, maar in hierdie oomblik haat sy vir Lara vir haar boosheid.

Lara gaan na haar kamer en bel vir Dante.

"Jy is baie waaghalsig my seksie meisiekind."

"Het jy gesien sy is op pad stalle toe. Jy moet haar volg. Mirabel het haar vertel van die swangerskap, maar sy het dit nie geglo nie."

"Waarheen sal sy gaan as sy so ontsteld is? Ek kan byna nie ons geluk glo nie, sy speel sowaar so reg in ons hand. Die verskrikte ou hasie!"

"Ek dink sy is op pad na die koppie. Dit is waarheen sy altyd gaan as sy ontsteld is. Ek het jou al daarvan vertel, dit is waar sy altyd op die rots by die afgrond gaan sit. Volg haar net op 'n afstand."

"Ja, ek onthou, ek hoop ek kry dit. Dit sal darem nou vir jou maklik wees. Sy gaan sit mos so selfvoldaan daar op die afgrond se rand soos jy my vertel het. Jy sal wel later hoor... Ons is amper daar, vinniger as wat ons albei kon droom."

Ivano het dadelik vir Lorenzo laat weet dat hy moet maak om by die koppie te kom en in die grot te skuil. Hyself sal moet wag totdat Allegra eers vertrek met haar perd. Gelukkig ken hy meer as een paadjie daarheen omdat Allegra hom telkens daarheen geneem het.

Nee, ek sal vinniger daar moet kom, sy mag my nie sien nie. Ek dink die vierwiel sal nou die werk moet doen. Hy loop na die stoor en spring op die vierwiel. So stadig as moontlik ry hy van die werf met die pad. Kort voor die hek, swenk hy in die veld in en jaag om by die koppie te kom voor Allegra. Wanneer hy daar kom het Lorenzo pas ook daar aangekom. Hulle versteek die vierwiele en klim vinnig aan die grot se kant op.

Sodra Dante sien dat Allegra wegjaag, wag hy 'n rukkie en gaan dan doodluiters stalle toe.

"Manne, het julle vir juffrou Allegra gesien. Juffrou Mirabel sê sy was ontstel en is weg uit die huis uit."

"Ja, sy het so 'n rukkie gelede baie haastig hier weggejaag die veld in."

"Saal asseblief vir my 'n perd op, ek sal moet gaan soek waar sy is."

Minute later verlaat hy die werf op 'n draf, maar maak ook seker dat dit glad nie in die rigting is waar die koppie is nie. Lara het hom van 'n paadjie vertel wat net nadat hy in die plantasie in is na die koppie lei.

"Sjoe, is ek dankbaar ons is voor haar hier. Daardie vuilgoed sal haar sekerlik volg. Sy slet sou hom ingelig het dat Allegra die huis verlaat het."

"Sy het beslis, Mirabel het my gebel, baie ontsteld en in trane. Lara het haar gaan koggel, blykbaar het sy hulle afgeluister en gehoor dat Allegra nie vir Mirabel wil glo nie. Die Vader behoed ons vandag dat ons haar gered kry, my vriend."

Nie lank nadat hulle in die grot stelling ingeneem het nie, sien hulle van daar bo Allegra aangejaag kom. Hoe sy haar perd vasmaak en teen die koppie uitklim. Kort na haar volg Dante. Sy is so ontsteld en in trane en hoor of sien hom glad nie.

Sy klouter oor die rotse en gaan sit dan op haar plekkie op die platrots met haar voete wat oor die afgrond hang. Al snikkende staar sy oor die landskap uit. Ivano en Lorenzo sien haar deur 'n rotsgleuf wat in die grot se dak is. Albei is baie gespanne.

"Ek dink ek moet nader beweeg, as die vuilgoed haar stamp, gaan ons haar nie kan red nie. Sy sal haar doodval. Die Here hoor my Lorenzo, dan vermoor ek hom," fluister hy aan Lorenzo.

"Maak so," fluister die terug.

Wanneer Ivano om die grot mond beweeg, sien hy dat Dante op pad is na Allegra. Sy hoor hom nie deur haar snikke nie.

Ek gaan nie betyds by haar kom as hy haar gaan stamp nie, wat gaan ek doen?

Ivano is nou heel paniekerig. Die vuilgoed gaan sy liefde van sy lewe voor hom vermoor en hy gaan nie betyds daar wees om haar te help nie.

Voor sy oë sien hy hoe Dante haar bekruip en hard agter haar rug stamp, sy beweging word egter gestuit deur iemand wat agter die rots beweeg en hom plat duik voor hy nog tot verhaal kan kom. Allegra se liggaam stort oor die rots en sy gryp verwoed en gil. Haar gille klief deur die lug, en Lorenzo se bloed stol in sy are. Die man wat Dante plat geduik het, gryp sy arms agter sy rug vas en maak in een beweging sy hande vas, dan ruk hy 'n lap uit sy sak en blinddoek vir Dante. Deur dit alles praat hy nie 'n woord nie, sy hand werk vinnig en sekuur.

Intussen het Lorenzo soos 'n ribbok uit die grot gespring en is by Ivano wat oor die rotswand loer.

"Sy lewe, sy het op die rotslys net hier onder geland. Dit lyk of sy net bewusteloos is van die slag. Klim af, Lorenzo, en gaan kyk. Sy sal my nie wil sien as sy haar oë oopmaak nie."

"Dankie Here, dankie. Wat het nou hier gebeur, wie is die man wat haar lewe gered het. Waar is hy nou met daardie vuilgoed?"

"Moet jou nie daaroor bekommer nie, hy is een van ons. Gaan na haar toe."

Lorenzo klim versigtig af aan die kant van die rotswand. Hy bereik Allegra vinnig.

"Allegra, buurvrou! Hoor jy my, hoor jy my, dit is Lorenzo."

"Lorenzo ... wat het gebeur?" vra sy baie deurmekaar.

"Allegra, dankie tog jy is by. Het jy pyn iewers? Jou kop, jou nek, of iewers anders?"

"My kop, ek dink ek het dit gekap met die val. Ek moes my ewewig verloor het. Dit het so vinnig gebeur. Ek het nog nooit hoogtevrees gehad nie en toe ek net voel toe voel dit of iemand my op my rug stamp."

Lorenzo reageer nie daarop nie, hulle kan haar later vertel wat gebeur het, vir nou wil hy haar eers veilig kry.

"Ek het met die vierwiel hier onder grensdrade patrolleer en gesien hoe jy op klim. Die volgende oomblik het ek net gille gehoor en besef dit moet net jy wees. Kom, sit regop, ek sal jou om die koppie help na waar my vierwiel is en jou opstal toe neem."

'n Rukkie later het hy Allegra op sy rug en beweeg met haar na die kant van die koppie waar daar 'n voetpaadjie is en hy makliker met haar kan afbeweeg.

Die man wat Dante gekeer het, sleep dra hom van die koppie af na waar sy perd staan. Help hom op die perd, ruk die blinddoek af en gee die perd 'n klap op sy boud.

Dante is so geratel, hy probeer omkyk, maar kan niks ander sien as 'n man heel in swart geklee, met 'n swart bedekking oor sy kop wat net sy oë oop los nie. Die man is haastig op pad teen die koppie op.

Hy jaag vir sy lewe terug opstal toe. *Wie de hel was hierdie? Hy het gesien wat ek gedoen het. Ek sal dit net ontken as iemand dit ophaal. Sal die vroumens nou dood wees, of wat?*

Mario bereik Ivano waar hy teen die rots leun en toekyk van hier bo hoe Lorenzo vir Allegra op sy vierwiel laai en met haar wegry.

"Mario! Dankie Vader vir jou, anders was sy nou dood. Ek is so lam ek kan nie beweeg nie. Ek was na haar toe op pad, maar het besef dat ek nie betyds by die drek sal kan uitkom om hom te keer nie. Ek was stomgeslaan toe ek jou sien verskyn en so verskriklik dankbaar."

"Meneer Ivano, ek was reeds op pad hierheen toe ek juffrou Allegra hierheen sien ry het. Kort daarna het meneer Dante by my verbygejaag en ek het 'n kortpad geneem en myself agter die rots kom versteek. Ek weet mos waar sy altyd kom sit. Gelukkig het hy ook nie geweet van die grot nie, dit is die dat julle veilig was en hy nie eers weet julle was hier nie."

"Dankie, dankie, dankie, my vriend. Juffrou Mirabel het vir haar vertel dat Lara swanger is met sy kind en sy wou dit weereens nie glo nie. Sy is nie lief vir die vuilgoed nie, maar sy wil steeds nie glo nie. Ek verstaan dit nie!"

"Toemaar, hy sal weer probeer. Ons is drie wat hom gesien het. Hy het nie een van ons gesien nie. Hy weet nie wie ek is nie. Kan ook nie sê hy het manne by die koppie gesien nie, want dan weet almal hy was daar. Die strop trek al hoe nouer."

"Maar ons was net gelukkig, sy kon dood gewees het, Mario!"

"Sy is nie dood nie. Hy sal weer probeer en ons sal daar wees."

"Jy is reg, en sy tyd is min, so dit sal of môre of Saterdag-oggend moet wees."

Dante kom by die stalle aangery.

"Manne, is juffrou Allegra al terug. Ek het haar nie gekry nie."

"Nee, meneer Dante. Moet jou nie bekommer nie, sy ken hierdie plaas soos die palm van haar hand. Sy sal terugkom wanneer sy genoeg oefening gekry het."

"Ek hoop werklik so. My bruid mag niks oorkom nie, sy is baie kosbaar."

Hy gee die perd oor om versorg te word en stap na die opstal. Eerste loop hy hom in Mirabel vas, wat reeds weet dat Lorenzo met Allegra op pad is opstal toe en dat sy geval het. Die besonderhede het hy nie aan haar gegee nie. Sy besluit om ook daaroor te swyg tot Allegra en Lorenzo aankom.

"Het jy vir Allegra gesien, Mirabel?"

"Nee, sy het gaan perdry," maak sy of niks verkeerd is nie.

Lara hoor hulle gesels, en gaan ook na die voorkamer waar hulle is.

"Lara, het jy besluit om ons te vereer met jou teenwoordigheid?" vra Dante gemaak sarkasties.

"Ja, ek het. Waar is my suster?"

"Sy het gaan perdry, en sal seker nou hier wees." Dan hoor hulle die vierwiel se dreuning en Gustavo wat die vierwiel sien aankom het, stap by die voordeur in.

"Dit lyk of jou man vir jou kom kuier het, Mirabel, maar daar is nog iemand by hom. Ek kon nie sien wie nie."

Net toe kom Lorenzo met Allegra wat op hom leun by die deur in. Sy is vol stof en het skrape aan haar arms en gesig.

"Wat de hel het gebeur, Lorenzo? Waar het jy haar gekry?" vra Gustavo ontsteld toe hy sy dogter sien.

"Kom ons versorg haar eers. Sy het iets vir skok nodig en dan moet ons na haar skrape kyk. Eintlik dink ek ons moet haar in neem dorp toe dat die dokter haar kan ondersoek."

"My liefste, wat het gebeur? Kyk hoe lyk jy? Is jy okei? Het jy pyn?" bombardeer Dante haar met vrae. Lara en hy het net onderlangs na mekaar geloer toe Lorenzo haar ingebring het.

"Lorenzo en waar het jy vir Allegra gekry?" vra Dante aanvallend.

"Op 'n rotslys op die koppie. Ek was besig om kampdrade om te ry. Ek het gesien hoe sy die koppie klim en 'n rukkie daarna gille gehoor. Ek het my daarheen gehaas. Gelukkig ken ek die koppie goed omdat ons as tieners baie daar gaan sit het. Sy was nie op haar ou plek nie, toe ek oor die rotswand kyk, het ek haar op die rotsplaat net onder sien lê en dadelik afgeklim na haar. Toe ek by haar kom was sy reeds besig om weer by te kom."

"Waar is Ivano?" vra Dante.

"Ek het hom en Mario by die stalle gesien. So ek dink hulle is terug van die heininginspeksie," antwoord Gustavo.

Allegra praat nie, sy is te geskok oor die gebeure en weet nog steeds nie hoe sy na al die jare haar balans so kon verloor het nie.

Ivano is al 'n geruime tyd terug saam met Mario, maar hulle hou hulle by die stalle besig.

"Dit is die beste dat ek 'n waterdigte alibi het Mario. Ek is so dankbaar vir jou. Hierdie mense is uitgeslape."

"Dit is reg meneer. Ek was mos die hele tyd saam met meneer. Ons het mos ook kampdrade omgery."

Mirabel het intussen die dokter gebel en die het gesê hulle kan maar vir Allegra bring.

"Oom Gustavo, dokter Piccini het gesê ons kan haar dadelik bring."

"Dankie Mirabel. Kom jy en Lorenzo saam asseblief."

"Wat van my?" vra Dante beteuterd.

"Natuurlik, Dante, maak net gou. Ons neem haar met die bussie, dan is daar plek vir ons almal."

Dante wil nog vir Allegra help, as Lorenzo haar opraap en na buite dra. Mirabel kan nie help om innerlik te glimlag al is sy ook bekommerd oor haar vriendin.

Mirabel dink op haar voete en SMS vir Ivano.

"Ons almal, bekommerde bruidegom inkluis, op pad na die dokter. Sal laat weet, hou maar ogie oor die Barbie pop."

"Reg so, waardeer baie."

Gustavo is bekommerd, en kan nie glo dat Allegra haar balans sou verloor het sommer net so nie. Sy gaan al jare na daardie koppie. Nou kan hy egter nie vir Lorenzo uitvra nie, want Dante is soos 'n lam vlieg, en moet oral saamgaan.

Die rit in dorp toe neem nie lank nie. Allegra lê met haar kop op Mirabel se skoot.

"Vriendin, dit is my skuld," fluister Mirabel.

"Dit is nie, dit het niks daarmee te doen nie. Ek het rustig op die rots gesit en toe net skielik het dit gevoel asof 'n rukwind of een of ander beweging my aftrek oor die afgrond."

"Ek is so jammer en hoop regtig nie daar is skade nie."

"Ek sal okei wees, nou net bietjie in skok. Ek is so dankbaar vir Lorenzo."

"My liefste, moet jou nie vermoei nie," maan Dante wat voor hulle sit en nie kon hoor wat hulle gesels nie.

"Dante, dink jy vir een oomblik ek sal my vriendin vermoei as sy so in skok is? Daar is fout met jou."

"My vrou, steur jou nie aan Dante nie, hy is ook net seker in skok oor Allegra se ongeluk."

"Ja, ek dink ons almal het ons boeglam geskik. Het iemand vir Ivano laat weet?"

"Ja, oom ek het hom laat weet dat ons op pad dorp toe is met Allegra omdat sy 'n ongeluk gehad het."

"Hoekom moet hy weet, sy is niks van hom nie!"

"Dante, of jy daarvan hou of nie, Ivano is soos 'n seun vir my en my gas. Allegra en hy was jare saam en hy dra steeds haar belange op die hart."

"Werklik, na wat hy aan haar gedoen het?"

"Dante, my raad aan jou is dat jy liewer stilbly oor dinge waarvan jy niks weet nie," maan Lorenzo hom.

'n Ongemaklike stilte kom lê in die voertuig.

'n Halfuur later is Allegra in die spreekkamer en dokter Piccini ondersoek haar deeglik.

"Allegra, net vir veiligheid gaan ek jou vir 'n scan stuur om seker te maak daar is niks gekraak of gebreek of bloeding op die brein van die stamp nie. Dit lyk my egter of jy baie gelukkig was."

"Ek dink ook ek was baie gelukkig. Ons Vader se engele het my beslis bewaar."

Die uitslae kom uit en alles is in orde. Die dokter gee vir haar 'n inspuiting vir skok en pyn medikasie vir ingeval sy dit later nodig kry.

"Jy is gelukkig baie fiks en jou liggaam soepel, ander sou jy dalk spierpyne ondervind het van die val. Gelukkig is julle meisies goed met poeier en *paint*, so ek is seker Mirabel sal daardie skrape in jou gesig en op jou arms kan wegtoor vir die troue. Rus asseblief nou net. Jy het nog twee dae om te herstel van die skok voor jou troue."

"Dankie, dokter. Ek glo sy sal kan. Ek sal rus, dankie. Ek is seker die klomp sal my nou nie weer by die voordeur laat uitgaan voor Saterdag nie."

"Ek dink ook nie so nie," beaam Mirabel.

Wanneer hulle terug is op Carvelli's Ranch, gee Gustavo dadelik opdrag dat sy moet gaan lê.

"Pappa, maar ek is nie siek nie."

"Jy is nie siek nie, maar in skok. Dokter het my vertel dat jy moet rus. Mirabel kan by jou sit."

"Ek stem saam met oom Gustavo," beaam Lorenzo.

"Dan sal ek nie eers my meisie kan sien nie. Dit is onregverdig."

"Dante, haar gesondheid kom nou eerste. Jy sal haar aan die etenstafel sien en Saterdag word sy jou vrou dan sal jy haar elke dag sien," antwoord Gustavo kortaf.

Lorenzo is met sy eie gedagtes besig. Hy sal met Ivano moet praat. Hierdie sage is beslis nie verby nie. Hulle het misluk, hulle sal weer probeer. Nou raak hulle tyd min, so hulle sal vinnig 'n plan wil maak.

Terug op Carvelli's Ranch, sorg Mirabel dat Allegra dadelik gaan rus. Sy sit en lees by haar.

Lorenzo stap na die stalle onder die voorwendsel dat hy Ivano darem wil gaan groet.

"Reg so, ou Seun. Dante, kan ek vir jou 'n bier aanbied? Ons sal seker binnekort middagete nuttig."

"Dit sal lekker wees oom. My senuwees was vanoggend op toe ek sien hoe Allegra lyk."

"Gelukkig is sy sterk en sal môre weer perdfris wees."

"Lorenzo, hoe gaan dit met haar? Gaan sy okei wees?"

"Sy gaan. Daar is niks gekraak of gebreek nie. Net erge skok en die skrape aan haar arms, nek en gesig. Mirabel sit by haar, sy moet baie rus het dokter Piccini gesê. Dit is dalk wat haar lewe gaan red."

"Dink jy hulle sal so maklik opgee? Ek dink nie so nie. Dank die Here vir Mario. Ek het nie eers geweet dat hy haar gevolg het nie. Toe ek so halfpad na haar toe is, het ek besef, ek gaan nie betyds wees nie. Die vuilgoed was baie vinnig op pad na haar en sy het hom glad nie gewaar nie. Die oomblik toe hy haar stamp, het Mario hom geduik en dit het die ergste momentum waarmee hy haar gestamp het gebreek. My hart het byna gaan staan toe ek haar gille hoor."

"Glo my, myne ook, want ek het nie soos jy gesien wat gebeur het nie. Mario het voorwaar haar lewe gered. Genadiglik het hy so vinnig met die vuilgoed verdwyn, anders het ek hom dalk daar af gemoker. Sal hy nie vir Mario erken nie?"

"Nee, Mario is 'n Apache en hulle is bedrewe in die kuns van vermomming. Net sy oë het uitgesteek en hy het dadelik vir Dante geblinddoek toe hy hom plat gemoker het. Ek het myself agter 'n rots verskuil en hom dopgehou. Toe Dante val, was hy op hom en het hom dadelik op sy gesig gedraai. Ek dink die vark wonder nog wat met hom gebeur het."

"Julle sal hulle vanaand weer moet volg, want hulle sal beslis weer wegsluip om hulle bose planne te gaan bespreek. Ek dink die volgende plan sal seker meer waterdig wees. Hulle is desperaat om sukses te behaal. Ek is so bly ons het nie vir Mirabel vertel wat hulle eindelike plan is nie."

"Glo jy my, ek sal sy elke beweging dophou. Hulle sal nie kan skiet nie, want dan gaan dit aandag trek, so hulle sal 'n ander bose plan moet bedink. Het niemand na my gevra nie?"

"Jy weet mos hulle het. Dante het gevra waar jy is. Oom Gustavo het sy glimlag vinnig van sy gesig gevee en bevestig dat hy jou saam met Mario by die stalle gesien het nadat julle heiningdrade omgery het met die vierwiel. Ek het ook daardie storie gespin. Beaam dat ek jou terwyl ek heiningdrade omgery het gesien het saam met Mario. As alles op die lappe kom is dit net meneer Dante wat nie 'n alibi het wat iemand kan bevestig nie. Hy was in die veld, waar in die veld?"

"Dit is soos Mario genoem het net na die gebeure, die strop is besig om vinnig nouer te trek. Glo my ek kan nie wag dat hierdie hele nagmerrie oor moet wees en Allegra veilig moet wees nie."

"En dan?"

"Dan is dit in ons Vader se hande my vriend. Jy weet wat ek wil hê. Jy moet gaan rus, miskien moet ons nog nagdiens doen vannag, wie weet."

"Ek is op pad, ek gaan net my vrou groet."

Na die harwar van die oggend is die namiddag en aand rustig op Calvelli's Ranch. Ivano, Lorenzo, Dante en Lara is almal egter so styf gespan soos snare. Dante en Lara oor 'n heel ander rede as Ivano en Lorenzo. Mario is paraat en wag net vir enige beweging. Hy het met Ivano ooreengekom dat Ivano vir Dante en Lara na hul ontmoetingsplek volg, hom dan laat weet wat hulle plan is en as dit nog vannag is, kan hy dadelik daarheen beweeg en sorg dat hy gereed is vir wat ook al hulle beplan. Lorenzo en Ivano kan dan dadelik vir Dante volg.

Na aandete onttrek almal vroeg na hulle kamers. Mirabel sorg dat Allegra water het en rustig is vir die nag voor sy self gaan inkruip. Sy is nog bewerig oor haar en Allegra se verskil en daarna die ongeluk.

Lara en Dante wag vir die huis om stil te raak en almal om te slaap. Ivano het vroeg al stelling ingeneem in die tuin. Net na nege is alles grafstil op die werf en die opstal is in donker gehul. Lara kom weer eerste uit en kort daarna volg Dante. Ivano wag totdat hulle in die plantasie in verdwyn en gaan dan na die stalle. Hy saal vir hom 'n perd op, want vannag moet hy baie paraat en baie vinnig kan beweeg. Hy is oneindig dankbaar dat Allegra hom elke hoek en draai van hierdie plantasie geleer het.

Mario sien hulle verbygaan en volg. Hulle praat nie totdat hulle by die skuiling kom.

"Wat de hel het verkeerd gegaan, my liefling? Hoekom het jou plan nie gewerk nie?"

"Ek kan dit nou nog nie glo nie. Ek was agter haar, en het haar al begin stamp toe iemand my plat duik. Dit moes die krag waarmee ek haar gestamp het gebreek het. Sekerlik is dit hoekom sy net op die rotsplaat beland het. Sy was net gelukkig, maar volgende keer sal ek seker maak."

"Wat, 'n man? Wie was dit? Dan is daar mos iemand wat weet wat jy wou doen? Was dit nie Lorenzo nie, hoe was hy dan so vinnig daar?"

"Nee, dit was 'n man in 'n swart gewaad. Hy was vrek sterk en sy gesig was ook bedek. Ek sê jou my liefling toe ek daardie grond tref, was hy op my en het my soos 'n lappop omgedraai, my hande vasgemaak en my geblinddoek."

"So jy kon hom glad nie erken nie? Het hy nie gepraat nie?"

"Niks. Hy het my aan 'n massiewe doodsengel laat dink."

"Wat gebeur toe?"

"Hy het my by die koppie afgesleep-dra, my op die perd getel, die blinddoek afgeruk, en die perd 'n raps op die boud gegee. Ek het nog probeer omkyk, maar dit was net een swart gewaad wat ek gesien het."

"Het jy niemand gewaar toe jy daarheen gery het of selfs die koppie geklim het nie?"

"Niemand nie, ek was baie versigtig."

"Wie de hel kan die misterieuse man in die swart gewaad wees? My pa het bevestig dat Ivano en Mario heinings omgery het en hom glo ek. Lorenzo is nie so sterk of lank dat hy jou kan sleep dra nie... Ons tyd is besig om uit te loop, dit weet jy. Ons het net vannag."

"Ons sal haar moet ontvoer en elders vermoor waar niemand haar dadelik sal kry nie. Jy ken mos die omgewing. Is daar so 'n plek?"

"Laat ek dink ..."

"Ons sal haar moet verwurg of in 'n plek los wat ons aan die brand kan steek of so iets. Sy moet geen kans hê om uit te kom nie."

"Jaaa, natuurlik. Ek het dit. Aan Lorenzo se kant van die plantasie is daar so 'n houthuisie waarin die houtkappers seisoen tye woon as hulle bome uitdun. Dit is verlate en die tyd van die jaar is daar niemand nie. As ons haar daar kan kry, kan ons haar toesluit en die hut aan die brand steek. Teen die tyd dat hulle gewaar daar is 'n brand is ons terug op die werf en sy lankal dood. Hoe tragies so voor haar troue..."

"Dit klink na die ideale plek. Ek is seker daar is kanne met brandstof in jou pa se stoor. Ek sal haar ontvoer, ek het vir die wis en die onwis chloroform saamgebring. Ek sal maak asof ek net bekommerd is oor haar, haar dan bedwelm met die chloroform en haar na die hut neem. Jy kan direk van hier na die hut gaan en vir my 'n lokasiesleutel stuur ek sal dit dan volg. Jy is briljant. Hierdie plan gaan werk. Juffrou *Perfection* se ure is getel."

Mario kry hoendervleis waar hy agter die skuiling staan en afluister. Dit is nou stil en dan hoor hy hulle is besig om mekaar te soen. Die volgende oomblik beweeg hulle, Lara in die rigting van die hut en Dante terug opstal toe om hulle bose plan in werking te gaan stel.

Sodra hy seker is dat hulle ver genoeg weg is, begin sy vingers oor die sleutelbord van sy foon dans. Ivano wip as hy die Whatsapp hoor inkom. Soos hy lees pak vrees om sy hart saam en neem woede besit van hom.

"Vader verskoon my ... bliksemse uitvaagsels. Vuilgoed." Dan is hy weer stil en stuur dadelik die boodskap vir Lorenzo aan.

Die hop ook van woede daar in sy huis, maar gaan dadelik tot aksie oor. Hy ken die pad na die hut beter as Lara en die donker sal haar ook nog ophou. Gewapen met twee brandblussers, een oor elke skouer, en vir die wis en die onwis sy pistool in 'n skouersak, trek hy daar weg asof die duiwel agter hom is. Hy sal ry tot 'n end van die hut af en dan verder te voet gaan. Daar moet 'n voertuig wees as hulle een nodig het vir Allegra.

Ivano sien Dante tussen die bome uitkom. Hy sal hom dophou. *Hy sal seker eers 'n perd kom opsaal sodat hy haar net daarop kan tel en met haar wegjaag. Die vuilgoed.*

Ivano se raaiskoot is reg. Hy hou Ivano uit Prins se stal uit dop en sien hoe Dante vir Freedom, Allegra se perd opsaal. Hy lei die perd terug in sy stal en sluip dan na die stoor se kant toe. Na 'n rukkie kom hy uit met iets wat soos 'n brandstofkan lyk. Hy sit dit ook in Freedom se stal neer en Ivano ruik die petrolreuk waar hy net in die stal reg oorkant wegkruip. Sy hande bewe van ingehoue woede.

Dante sluip nou van boom tot boom na die opstal en verdwyn by die agterdeur in. Ivano kom uit sy skuil plek en staan in die skaduwee by die stal se deur. Hier sal hy vir Dante kan sien as hy terugkom met Allegra.

Hy glip om die hoek en stuur aan Mario en Loranzo 'n SMS.

"Die vuilgoed het die perd opgesaal, die petrol gekry en is nou in die huis in. Ek hoop julle is gereed. Waar is daardie Barbie pop, Mario?"

"My voertuig is versteek en ek is te voet op pad na die hut, byna daar."

"Meneer Ivano, die vroumens is amper by die hut en ek is op haar hakke. Ek is gereed."

"Loranzo, kan jou foon duidelike foto's van 'n afstand af neem?"

"Ja, en ook baie goeie nag foto's. Sal 'n video nie nog beter wees nie?"

"Beslis, dan kan ons hulle stemme ook vasvang. Briljant, my vriend. Het jy brandblussers gebring?"

"Ja, twee. Gaan ons hulle net laat terug ry opstal toe, of gaan ons hulle vang?"

"Allegra is ons prioriteit. Mario, wil jy met hulle afreken?"

"Beslis, baie beslis. Sodra die vuur onder beheer is sal ek met meneer se perd hulle inhaal en met hulle afreken dat hulle nie kan wegjaag nie. Ek sal hulle agter die stoor in die stoorkamer gaan toesluit. Daar sal hulle nie kan uitkom nie. Wanneer meneer-hulle terug is met die polisie, kan hulle hul daar gaan haal."

"Dit is 'n goeie idee, Mario."

"Ek laat julle weet as hy met Allegra op pad is."

Nou net die chloroform en lap kry, dan gaan ek 'n nagtelike besoek doen aan my geliefde Allegra. Ek hoop sy sal bly wees om my te sien. Dit gaan die laaste maal wees... Ice Queen!

Hy sluip met die bottel en lap die gang af na Allegra se kamer. Baie versigtig maak hy haar deur oop en sluip na binne. Sy is vas aan die slaap. Wanneer hy byna by haar is struikel hy oor haar pantoffels en sy raak wakker.

"My liefste dit is net ek," fluister hy om haar gerus te stel.

"Dante ..." fluister sy terug.

"Ja, ek wou net kom kyk of jy okei is." Sy is nog baie deur die slaap, en hy handel vinnig voor haar oë aan die donker kan gewoond raak. Hy maak die bottel oop en maak die lap in een beweging nat.

"Wat is daardie snaakse reuk, Dante?" vra sy terwyl sy probeer regop kom. Hy druk haar egter plat en antwoord haar nie, maar druk net die lap oor haar neus totdat hy voel sy slap raak in sy arms. Hy druk die bottel en lap in sy baadjie se sak en raap haar van die bed af op. So vinnig as wat hy kan beweeg sonder om geraas te maak gaan hy met haar by die trappe af. Sy hart klop opgewonde omdat hy weet hierdie keer sal sy nie weer weg kom nie. Sodra hy buite kom, versnel hy sy pas, want die werf lê stil in die nagdonker.

Ivano gewaar hom as hy tussen die bome deur kom by die motorhuise verby in die rigting van die stal. Hy sien sy geliefde Allegra se bewustelose liggaam in die man se arms en moet homself bedwing om hom nie te stormloop nie.

Die vuilgoed moet opgesluit word vir die res van sy lewe, bedwing jou Ivano.

Dante stap so naby hom verby dat hy die stank van die chloroform kan ruik. Hy hou hom dop hoe hy vir Allegra soos 'n sak aartappels oor Freedom se rug gooi, dan die kan met brandstof vasgespe aan die saal en vir Freedom by die stal uit lei in die rigting van die plantasie. Sodra hy tussen die bome verdwyn, bestyg Ivano vir Prins.

"Ou grote, nou moet jy rustig wees, ek sal jou teuels gee as ek kan. Ons moet net naby genoeg bly dat hy nie van ons bewus word nie. Gelukkig weet ek hy is baie haastig om by daardie hut te kom. Laat ek gou 'n SMS aan Mario en Lorenzo stuur."

'Ondier is op pad met Skoonlief, wees paraat.'

Albei antwoord dat hulle reg is.

Ivano hoor hoe Freedom begin galop en gee vir Prins teuels om te volg. Dante volg die pad, so dit is maklik vir Ivano om hom te sien, en hyself hou net tussen die bome langs die pad.

Lara wag op die hut se stoep op 'n bankie. Sy hoor die perdepote en weet dit is beslis nou Dante.

Lorenzo en Mario sien dat sy opstaan, hulle het ook perdepote gehoor. Minute later verskyn Dante en hulle kan Allegra se liggaam dwars oor die perd se rug uitmaak.

"Nou moet ons vinnig werk, sy sal een of ander tyd wakker word. Ek wil hê sy moet wakker word as die vuur al so erg is dat sy nie meer kan uitkom nie. Kom meisiekind, ek sal hierdie vroumens aftel, hier is die petrol, gooi om die hut en teen die mure. Hou genoeg oor dat ek 'n lyn kan gooi dat ons eers kan wegstaan voor ek dit aan die brand steek."

"Ek maak so, my liefling. Ek kan nie glo die uur het eindelik aangebreek wat hierdie selfvoldane teef gaan vrek nie."

"Ek ook nie. Waar is haar vriende nou om haar te red? Almal in droomland." Hulle lag satanies vir hulle eie grappie. Lara begin die petrol om die hut gooi en Dante dra vir Allegra die hut in. Vir 'n wyle vertoef hy binne en kom dan uit, trek die deur toe. Hy buk af en tel 'n stok op wat hy in die haak steek om seker te maak sy sal nie die deur kan oopmaak van binne nie.

Die drie manne wag met opgehoue asems, gereed om toe te slaan, sodra die twee uitvaagsels tevrede weg vlug.

Dante neem die kan by Lara en gooi 'n straal petrol van die deur tot sowat tien meter van die hut af.

"Staan weg, my liefste. Ons gaan nou *fireworks* kyk." Sodra hy seker is dat Lara ver genoeg is, staan hy ook weg, steek 'n vuurhoutjie aan en gooi dit na waar die straal eindig. Dadelik vat die petrol vlam en begin hardloop in die rigting van die hut.

Binne het Allegra pas begin bykom. Sy voel die harde vloer en wonder waar sy is. Die volgend oomblik bereik die vlamme die hut en die hut gaan in ligte laai op soos die petrol vlam vat. Allegra besef meteens sy is in die moeilikheid en begin gil. Sy sukkel op en sien die deur in die vuur se lig wat deur die venster kom. Sy besef sy moet so gou moontlik uitkom. Sy stamp aan die deur, maar dit is gesluit.

"Die teef het wakker geword, hoor hoe gil sy. Vrek jou teef, vrek. Van nou af gaan ons die roem en glorie geniet wat jy van ons gesteel het," gil Lara.

"Kom, my liefste, ek sal ook wil kyk hoe sy vrek brand, maar ons moet hier wegkom voor die brand aandag trek." Hulle jaag weg op Freedom.

Dit is net waarvoor die manne gewag het. Lorenzo storm eerste vorentoe en Ivano en Mario is byna dadelik by.

"Mario vat so, spuit jy aan die agterkant, ek sal voor spuit."

"Spuit by die deur, dat ek haar kan uitkry, Lorenzo, spuit gou, voor die pale te goed aan die brand raak!" gil

Ivano. Die adrenalien pomp deur sy are, en sy hart wil gaan staan van vrees vir Allegra.

"Allegra, ek kom, ek kom!" Lorenzo kry die vuur by die deur onder beheer en Ivano storm nader, ruk die stok uit en skop die deur oop. Hy gee een tree na binne en vang vir Allegra in sy arms. Die rook is baie erg binne en al hoestende hardloop hy met haar na buite.

"Lorenzo, sy is bewusteloos, die rook het haar gevang. Ons moet haar by 'n hospitaal kry, gou!"

Mario kom van agter die hut, en neem die brandblusser van Lorenzo.

"Gaan, gaan julle, ek sal klaar maak. Agter is dit klaar dood."

Lorenzo hardloop na sy voertuig en Ivano volg hom met 'n bewustelose Allegra in sy arms. Hy vorder stadiger en Lorenzo bring die voertuig nader.

Ivano klim agter in die dubbelkajuit voertuig met Allegra en Ivano wag nie, hy jaag. Gelukkig ken hy hierdie paaie goed en sy voertuig het baie sterk ligte.

Sodra hy die teerpad slaan, gee hy sy selfoon aan Ivano.

"Ivano, soek vir ongevalle en laat weet hulle ons is op pad met Allegra."

"Ek maak so." Hy vind die nommer maklik en skakel.

"Naand, Ongevalle San Gregorio."

"Naand. Ons is op pad met 'n jongvrou wat deur rook oorval is in 'n hut wat aan die brand geslaan het. Sy is bewusteloos. Kan julle asseblief gereed maak om haar te help sodra ons daar kom. Die is Ivano Liberti wat praat. Die pasiënt is juffrou Allegra Carvelli"

"Goed, meneer Liberti, ons kry alles gereed."

"Lorenzo, sy mag nie iets oor kom nie, sy mag nie!"

"Glo net, bid en glo. Ek ry so vinnig as wat ek kan."

Terwyl Lorenzo en Ivano op hul wilde jaagtog is op pad na San Gregorio se ongevalle, het Mario die vuur geblus. Hy spring op Prins se rug en gee hom vrye teuels. Hy vleg tussen die bome deur omdat hy weet die ander twee jaag padlangs. Na 'n goeie vyftien minute hoor hy perde pote voor hom. Hy hits Prins aan en jaag tussen die bome verby hulle, net ver genoeg om om te draai. Dan stuur hy Prins in die pad in en jaag reg op Dante en Lara af. Wanneer hy langs hulle kom, ruk hy hulle albei van Freedom se rug af en hulle land in die pad. Binne sekondes bring hy Prins tot stilstand, spring af en is by hulle voor hulle nog tot verhaal kan kom. Hy stel eers vir Dante buite aksie deur sy hande vas te bind en hom te blinddoek. Lara is by die tyd so bevange dat sy net nie kan beweeg nie.

"Wie is jy? Waar kom jy vandaan? Hoekom bind jy my vas jou duiwel!" gil Dante op hom. Mario antwoord hom nie en rig sy aandag na Lara. Hy swaai haar om op haar maag, maak haar hande vas en blinddoek haar.

"Maak my los, maak my los, jou gedrog! Wie gee jou die reg om ons vas te bind..." Sy is nog so besig om te gil dan prop Mario in haar mond ook 'n lap en bind dit vas. *Ek beter seker die vuilgoed van 'n Dante se mond ook toe stop, ek wil nie hê hulle moet almal op die werf wakker raas as ons daar kom nie.*

Dante wil nog verder raas dan word sy mond ook toegestop. Met hulle albei buite aksie, laai hy hulle op Freedom se rug, klim op Prins en begin stadig met hulle in die rigting van Carvelli's Ranch beweeg. Hy weet Ivano en Lorenzo moet eers vir Allegra by die hospitaal kry voor hulle die polisie in kennis kan stel. Daar is dus nou meer geen haas nie.

So in die donker glimlag hy by homself, die verwaande Dante Rucci, befaamde ruitersport ruiter, lê dwars oor die rug van 'n perd met geen beheer nie. Dit is vir hom skreeu snaaks. Hy wens hy kon sy gesig so bietjie verander, maar hy weet ook dat meneer Ivano dit nie so sal wil hê nie. Verder vind hy dit erg amusant om te dink wat nou deur die twee se gedagtes gaan. Hy onthou meteens dat Lara mos nog swanger ook is.

Sy gaan sekerlik daardie baba in die tronk moet grootmaak. Die arme kind dat hy of sy nou sulke skurke vir ouers moet hê. O my liewe hemel en watter skok gaan dit nie vir meneer Gustavo en juffrou Allegra wees as hulle uitvind hierdie twee wou haar vermoor het nie. Vader help hulle asseblief. Sofia was al die tyd reg, sy het lankal aangehou dat die man 'n jakkals is. 'n Regte bloedsuier. Nou gaan sy bloed in die tronk gesuig word en die Rolex sal hy in sy hele lewe nie weer aan kan deelneem nie.

Mario kom byna geluidloos die werf van Carvelli's Ranch in gery. Hy ry tot by die stoorkamer en laai dan die twee daar af, sluit hulle toe en gaan dan eers die perde afsaal en bêre. Daarna neem hy voor die stoorkamer se deur met sy rug teen die deur gestut plaas. In sy lewe het hy al baie gesit en slaap, vanaand sal nie die eerste keer wees nie. En vir sy juffrou Allegra doen hy dit graag.

Hoofstuk 15

Wanneer Lorenzo met skreeuende bande by Ongevalle stop is die personeel dadelik by om Allegra te ontvang. Ivano tel haar uit en sit haar op die bed neer. Twee verpleegsters hardloop met haar die ongevalle in.

"Suurstof, sy moet dadelik suurstof kry! Ons moet 'n pyp in haar keel insit. Sy het beslis baie rook ingeasem, verpleegster." Minute later is dokter Cantore besig om die suurstof pyp behendig in Allegra se keel in te sit.

Intussen het Ivano en Lorenzo by die ongevalle in gestorm.

"Menere, wag julle asseblief net hier, dokter Cantore is besig om vir haar 'n suurstofpyp in haar keel in te sit. Ons moet so gou as moontlik so veel as moontlik suurstof in haar longe kry om die skade te probeer beperk. Sy sal hopelik nou ook bykom as die suurstof eers haar longe vul."

"Dankie verpleegster, ons wag," antwoord Lorenzo. Ivano is stil van spanning. Wanneer die verpleegster agter die gordyn verdwyn, praat Lorenzo.

"Ivano, ou vriend, sy sal okei wees. Sy is fiks en so sterk soos 'n bees. Haar uithouvermoë ken jy tog self. Bel jy vir Mario en vind uit wat daar aangaan." Hy knik net sy kop en haal sy selfoon uit. Dan staan hy soos 'n outomaat op en loop by die deur uit.

"Meneer Ivano, is sy okei?"

"Hulle is nou met haar besig, ons glo sy sal okei wees in 'n paar dae se tyd. Hoe gaan dit daar by jou?"

"Rustig. Ek sit hier voor die stoorkamer se deur. Die twee is binne. Ek het seker gemaak dat hulle nie 'n geluid kan maak of beweeg nie. So hulle is veilig tot die polisie kan kom. Neem julle tyd daar by juffrou Allegra."

"Mario, jy is my held, baie dankie vir wat jy die laaste week vir Allegra gedoen het. Ek glo as sy die hele storie hoor sal sy jou self ook bedank."

"Meneer daardie is my Juffrou. Hierdie mense het met my Juffrou gemors. Hulle sal dit sekerlik berou."

"Dit is vir seker, Mario. Ons sien later. Ek sal laat weet as ons met die polisie op pad is na Carvelli's Ranch."

"Reg so meneer Ivano."

Allegra kom stadig by soos die suurstof haar longe vul, sy wil sluk, maar vind dit moeilik. Sy maak haar oë oop en bo-oor haar staan 'n man met 'n wit jas aan.

"Juffrou Carvelli, is jy by? Ek is dokter Cantore by San Gregorio ongevalle."

Sy kan nie praat met die pyp wat in haar keel is nie, dus knik sy net haar kop. Deur die newel begin die onthou terugkom. Haar oë vertroebel skielik en die dokter sien dit. Hy het gee idee hoe sy in die brand beland het nie, daar was nog nie tyd om dit uit te vind nie.

"Juffrou, wees net rustig. Jy is veilig, jou vriende wag net hier buite en ons sal hulle nou by jou toelaat. Ons gaan jou opneem en jou baie mooi versorg totdat jy weer heeltemal gesond is." Sy kyk hom net aan met daardie groen oë.

"Verpleegster, gee haar 'n ligte kalmeerinspuiting en neem haar op. Daarna neem haar na saal vyf. Ek sal opdrag aan die susters daar gee om haar dop te hou en my te laat weet as daar enige verandering is. Ek roep haar vriende."

Hy stap deur die gordyne na waar Ivano en Lorenzo wag.

"Menere, dokter Cantore."

"Ivano Liberti en dit is my vriend Lorenzo. Hoe gaan dit met haar, sal sy okei wees, dokter."

"Ek het vir haar 'n suurstofpyp ingesit in haar keel, dit lyk baie erg, maar is al wat ons nou kan doen om haar te help. Sy het bygekom, maar kan nie kommunikeer as gevolg van die pyp. Dit lyk of iets haar kwel, hoe het sy in die brand beland?"

Die twee vriende kyk vir mekaar en weet hulle kan nie op die stadium aan die dokter die hele waarheid vertel nie.

"Dokter sy was in 'n houthut wat aan die brand geslaan het. Gelukkig kon ons haar betyds daar uit kry. Die volle omstandighede kan ons ongelukkig nie nou deel nie. Ons gaan hiervandaan polisie toe om 'n klag van moord aanhangig te maak oor die voorval."

"Dit is 'n ernstige saak, menere. Het julle bewyse?"

"Ja, oorgenoeg, dokter. So wanneer sy weer kan praat en sterk genoeg is sal die polisie beslis 'n besoek by haar aflê. Een van ons sal saam met hulle wees."

"Beteken dit dat sy bewaking sal nodig hê?" vra hy nou ernstig.

"Nee, dit sal nie nodig wees nie. Sy is nou veilig," antwoord Ivano vir die eerste maal.

"Goed, dan kan julle vir 'n kort rukkie na haar gaan, ons het haar 'n kalmeermiddel gespuit om haar te laat ontspan. Sodra sy opgeneem is, sal hulle haar na saal vyf verskuif. Julle kan haar môre weer besoek."

"Dankie Dokter," reageer Lorenzo.

Hulle stap saam deur die gordyne waar agter Allegra lê, haar gesig is swart van die roet en sy lyk verwese en hulpeloos. Ivano moet op sy tande byt om die trane te keer. Hy wil na haar gaan en haar vashou, haar vir seker van sy liefde, haar vertroos. In daardie bruin oë kan hy die duisende vrae sien. Die verwarring van wat en hoe alles gebeur het.

"Allegra, ek dank ons Vader dat jy lewe! Jy gaan okei wees het dokter Cantore ons verseker," praat Ivano eerste.

"Buurvrou, Ivano is reg. Hierdie nag kon baie anders uitgespeel het. Jy hoef jou nou oor niks te bekommer nie, ons sal by jou wees. Vannag moet jy net rus en beter word dat jy met ons kan praat. Ons besef dat jy seker 'n duisend vrae het. Wees vir seker ons het die antwoorde op hulle almal. Raak jy net sterk. Ons mag ongelukkig nou nie langer bly nie, maar wanneer jy môre wakker word sal een van ons daar wees by jou. Nou gaan ons eers jou vader inlig dat jy in die hospitaal is."

Allegra is swak, sy luister net en die vrae wat in haar kop maal raak net meer. Gelukkig skop die kalmeermiddel in en hulle kan sien sy raak rustiger. Ivano neem haar hand en druk dit.

"Jy is kosbaar, word vinnig gesond, Allegra." Sy hoor hom, maar verstaan nie hoekom daar trane oor sy wange loop nie.

"Lekker slaap buurvrou, ons almal sien jou môre."

Haar oë val toe en hulle stap uit. Wanneer hulle klaar haar inligting ingevul het by die verpleegster, is hulle albei haastig om by die polisiestasie uit te kom.

Wanneer die koel naglug hulle tref, is hulle wakker en beweeg doelgerig na Lorenzo se voertuig.

By die polisiestasie is dit hierdie tyd van die nag stil. Hulle vind Konstabel Stefano Ferranti by die toonbank.

"Naand menere, waarmee kan ons help?"

"Konstabel Ferranti, ek is Ivano Liberti en hierdie is my vriend Lorenzo Scalera. Ons wil 'n saak aanhangig maak van poging tot moord."

"Genugtig, is u seker?"

"Ja, ons is seker," reageer Lorenzo.

"Kom asseblief saam na my senior, Sersant Enzo Barella hy sal julle menere kan help."

Hulle volg hom na 'n kantoor net in die gang in op die regterkant. Hy klop liggies en wag vir die bevel om in te gaan.

"Binne," kom die saaklike stem.

"Sersant Barella, hierdie is menere Liberti en Scalera, hulle wil 'n saak aangee van poging tot moord."

"Dankie, Ferranti, ek sal met die menere gesels." Die konstabel verdwyn stil by die deur uit.

"Menere dit is 'n ernstige klag, kan julle my asseblief meer vertel."

"Ivano, vertel jy. Ek dink jy moet by die koerantberig begin."

"Reg, ek maak so." Ivano trek los en vertel die hele drama met die koerantberig. Luca en sy ondersoek en die bewyse wat hulle gevind het.

"Maar dit is nog nie poging tot moord nie?"

"Dit was net die begin, Sersant." Ivano gaan aan en vertel hoe Dante Allegra bly nader het totdat sy ingestem het om aan hom verloof te raak. Hoe hy daarna haar gedwing het om byna dadelik te trou. Die voorval op Carvelli's Ranch waar Mario haar lewe gered het net 'n dag gelede. Dan hoe hulle afgeluister het hoe die twee beplan het om Allegra vannag te vermoor en hulle voorsorg getref het om haar te red.

"Liewe bliksem, maar dit is mos poging tot moord met voorbedagte rade. Goed deurdrenkte plan. En julle sê haar suster is swanger van die man waarmee sy sou trou?"

"Ja, Sersant. My vrou wat Allegra se vriendin is, is vir die week op Carvelli's Ranch omdat sy die troue doen. Sy het hulle twee in die tuin hoor gesels. Dit is waar ons ook gehoor het dat hulle gaan ontmoet en Ivano en Mario hulle agtervolg en afgeluister het."

"Is juffrou Carvelli dan nie vir die tweede agtereenvolgende jaar die Ruitersport Wêreldkampioen nie?"

"Ja, dit is reg Sersant, sy is. Dit is blykbaar deel van die motief hoekom hulle haar uit die weg wou ruim. Jaloesie en afguns," reageer Ivano.

"Waar is die skuim nou as julle hier is?"

"Hulle is veilig opgesluit in 'n stoorkamer. Mario, die man wat Allegra se lewe die eerste maal gered het, het hulle vasgebind en opgesluit terwyl ons met haar hospitaal toe gejaag het. Sy is nou veilig in die hospitaal en versorg. Nou kan ons aandag gee aan die vuilgoed."

"Nou ja, kom dat ons gaan. Ek dink hulle hoort agter tralies. Julle sal net môre almal moet kom verklarings aflê en ons van enige bewysstukke waaroor julle beskik voorsien."

"Dit sal ons graag doen. Die ergste gaan wees om nou-nou vir oom Gustavo te vertel wat gebeur het en dat hy moet toekyk hoe sy jongste dogter weggevat word deur julle."

"Ja, ek ken hom goed. Hy is 'n goeie mens en sy vrou is ook onlangs oorlede. Kom ons gaan, ek sal vir konstabel Ferranti saamneem en julle volg."

"Kan ek net vra dat ons so stil as moontlik op die plaas moet aankom. Ek sal graag eers my vrou wil gaan wakker maak en haar bolangs inlig en dan vir oom Gustavo. Hy sal ons almal se ondersteuning nodig hê."

"Sekerlik, solank as wat jy dit doen, sal ons solank sorg dat die skuim veilig in die vangwa kom."

'n Halfuur later ry twee voertuie stil die werf van Carvelli's Ranch binne. Lorenzo parkeer voor die motorhuise en wys vir die konstabel om om die gebou te ry. Daar vind hulle Mario, op sy pos voor die deur van die stoorkamer.

"Mario, ons is uiteindelik hier. Juffrou Allegra sal okei wees. Nou gaan die manne van die gereg oorneem en ons sal môre verder gesels. Kom ek stel jou net gou voor en dan kan jy gaan rus. Baie, baie dankie vir jou aandeel vannag."

"Dit is reg meneer Lorenzo."

"Sersant, Konstabel, hierdie is die groot held, Mario."

"Naand, Mario. Nou kan ek sien hoekom jy hulle so maklik kon uitoorlê, dit is omdat jy Apache bloed in jou are het. Welgedaan. Ons sal môre verder praat, laat ons die vuilgoed hier uit kry."

"Reg, Sersant." Mario maak die deur oop en staan opsy.

Ivano en Lorenzo stap na die opstal en so sag moontlik op met die trap. Lorenzo gaan na Mirabel se kamer en Ivano na Gustavo se kamer.

Lorenzo kyk in die swak maanlig na haar gesig en sy hart pyn as hy dink hoe geskok sy oor die nag se gebeure gaan wees. Hy gaan sit op die kant van die bed en streel teer oor haar wang. Sy kreun liggies.

"Mirabel, my liefling, wakker word," praat hy saggies om haar nie te laat skrik nie. Sy kreun weer en dan dring die boodskap tot haar brein deur en haar wimpers fladder oop.

"Mirabel, my liefling, dit is ek ... moenie skrik nie."

"My man, want maak jy in die middel van die nag hier? Wat is fout?"

"Kan ek die bedliggie aanskakel?"

"Ja, jy kan." Sy sit meteens regop en Lorenzo vou haar in sy arms toe. 'n Ontsettende dankbaarheid neem van hom besit dat sy vrou veilig is.

"Dit is 'n lang storie, maar ek gaan net vinnig vir jou die feite gee." Met Mirabel so in sy arms vertel hy vir haar van wat alles die nag gebeur het. Hy voel hoe sy van skok bewe.

"Is Allegra okei? Waar is sy?" vra sy paniekerig.

"Sy is okei, sy is in die hospitaal. Die polisie is nou hier om vir Dante en Lara weg te neem. Ivano is besig om vir oom Gustavo wakker te maak. Ek moes net eers self vir jou vertel, my vrou. Kom, trek gou aan, ons moet vir oom Gustavo gaan ondersteun."

"My liefling, ek kan dit nie glo nie. Hoe kan Lara en Dante haar wou vermoor. Dood maak en dit oor jaloesie en afguns?" Sy trek bo-oor haar slaapklere 'n sweetpak aan. Hulle stap saam na Gustavo se kamer en hoor as hulle aankom hoe hy huil.

"Ivano, my seun, hoe kon hulle haar wou vermoor! So alles was hulle gemene spel om jou van Allegra af weg te kry. My eie kind wil haar suster vermoor, so gruwelik. Wou haar verbrand, nee, Vader, nee. Hoe kan Lara so boos wees en daardie arrogante Dante vent. Hy het my kind genader om haar in 'n lokval te lei onder die voorwendsel van liefde. Hoe gemeen kan 'n mens wees..."

"Oom Gustavo, kalmeer, sy is nou veilig. Ons moet voorwaar vir Mario 'n medalje gee. Hy het haar die eerste maal daar op die koppie gered. Kom, oom sal moet aantrek. Die polisie wag buite."

"Dit is reg ou seun. Dankie dat jou liefde my kind se lewe gered het. Dat jy nie opgegee het nie. Ek kom nou."

Ivano ontmoet Larenzo en Mirabel net buite Gustavo se deur.

"Kom ons gaan af, ek dink jy sal vir ons almal baie sterk koffie moet maak Mirabel. Oom Gustavo is baie ontsteld. Ek gaan gou na die Sersant toe om hulle binne te nooi. Ek dink nie oom Gustavo moet nou vir Dante en Lara sien nie."

"Ons stem saam," beaam Mirabel dit.

258

"Goed ons wag vir julle en sal oom Gustavo hier in die huis hou," belowe Larenzo.

Hy staan by Mirabel en help om die koppies gereed te kry terwyl sy die koffie maak.

"Sersant, is hulle in die vangwa?"

"Ja, Ivano. Hoe het meneer Carvelli die nuus gevat?"

"Maar sleg. Ek wil juis voorstel dat hy nie hulle nou moet sien nie. Hy kan môre hulle by die selle gaan sien. Kom ons gaan drink koffie, ek dink ons het dit almal nodig. Hierdie was 'n baie lang en spanningsvolle nag."

"Dankie, kom Ferranti, laat ons bietjie kafeïen gaan kry vir wanneer ons die twee by die stasie moet hanteer."

Nadat die manne van die gereg weg is met Dante en Lara is daar nie eintlik enige sprake van slaap vir een van hulle nie. Ivano en Lorenzo is die meeste uitgeput. Mirabel en Gustavo het darem 'n paar ure se rus gekry.

Mirabel dring daarop aan dat Lorenzo in haar kamer gaan probeer rus. Hulle verskoon hulself en Gustavo en Ivano bly in die sitkamer agter. Ivano is nou al wie hy het om op te steun.

"Ek kan net nie glo dat Lara al vir so lank soveel haat teen Allegra koester nie. So erg so dat sy bereid is om haar so 'n verskriklike dood te wil laat sterf nie. Dit terwyl sy die een is wat altyd deur haar moeder bederf is en sekerlik ook deur my. Sy het alles gekry wat haar hart begeer het. Nie geleer nie, haar eie motor gekry. Soos 'n filmster selfs plastiese chirurgie ontvang om haar liggaam perfek te maak. Dit is asof sy die ware feite in haar brein omgedraai het om haar wraak te voed. Verder het sy nie net Allegra soveel pyn en hartseer aangedoen nie, maar ook vir jou Ivano, ou seun. Hoe word al daardie skade ongedaan gemaak? Hoe vergoed ek vir jou en Allegra vir al die hartseer waardeur julle moes gaan. Allegra het byna twee keer met haar lewe geboet." Gustavo is in algehele skok.

"Oom Gustavo, dit is nie jou skuld nie. Allegra sal dit ook nie voor jou deur lê nie en ek beslis ook nie. Lara is 'n volwasse vrou en het presies geweet waarmee sy besig is. Al het tannie Luna haar hoe bederf, sou sy dit beslis ook nie goed gekeur het nie."

"Het Allegra jou herken toe jy haar gered het, of was sy nog te bedwelm?"

"Sy het my herken, maar ek kon sien dat sy vreeslik verward was die oomblikke voor sy haar bewussyn verloor het."

"Na alles wat julle vannag vir haar gedoen het, kan ek net bid dat sy uiteindelik tot haar sinne sal kom en vir jou verskoning sal vra. Sy het ook deel aan jou hartseer."

"Oom dit is agter ons. Ek sal altyd vir haar lief wees, maar sy moet nou eers herstel en genees van hierdie skok. Daarna sal net tyd ons leer wat ons Vader se plan verder met ons lewens is. Oom weet dat ek môre met Allegra sal trou, maar sy sal na my toe moet kom."

"Dit kan ek verstaan en jy is 'n man uit een stuk om so verstandig daaroor op te tree. Die toekoms sal moet leer. Nou moet ons eers deur hierdie krisis kom. Allegra wat moet herstel en geestelik deur die trauma sal moet werk en Lara wat sekerlik vir poging tot moord en sameswering vir poging tot moord aangekla sal word. Haar hele lewe lê voor haar. Nou gaan sy 'n groot deel van haar beste jare in die gevangenis deurbring. Wat 'n vermorsing."

"Ai oom Gustavo, my hart breek werklik vir jou. Onthou net ek sal altyd daar wees."

"Ou seun, jy weet nie hoe dankbaar ek vir jou is nie. As my Allegra-kind vannag iets moes omkom in daardie hut, was my lewe ook oor. Ek sal jou vir ewig dankbaar bly.

"Die eerste maal op die koppie, was ek te laat en het Mario haar lewe gered. Ek kan nie vir oom vertel hoe bevrees ek was toe ek besef het dat ek te laat gaan wees nie. Vannag was ek so bang dat ek weer te laat gaan wees, die vlamme het so vinnig sterker geraak. Glo my as sy vannag moes sterf, was my lewe ook verby net soos oom s'n sou wees. Om hulle op heterdaad te kon betrap en die video te kon maak as getuie, kon ons hulle nie voor die tyd stop nie."

"Dank ons Vader dit het uitgewerk, ander het daardie Dante vent haar dalk vermoor net na hulle troue en kon sy skuld nie bewys word nie."

"Dit was eintlik sy plan, maar toe het Lara se swangerskap alles verander, oom."

"Wat op aarde gaan van daardie arme baba word? Ons sal sekerlik die kind moet grootmaak. Hoe vertel jy vir 'n kind dat sy of haar ma 'n moordenaar is?"

"Ons Vader sal 'n uitweg gee, laat ons eers oor die onmiddellike trauma kom. Oom Gustavo, dit is nou drie uur, miskien kan ons gaan probeer rus vir nog 'n paar ure. As die son vir hierdie dag opkom, gaan dit nie maklik wees nie. Ons gaan almal al ons kragte nodig hê,"

"Jy is reg ou seun, ek voel nou ook rustiger vandat ek met jou gesels het. Ek hoop Lorenzo rus ook goed."

"Hy sal oom, want hy is langs die vrou wat hy liefhet en dit sal sy onstuimige gemoed kalmeer. Dit is mos maar hoe dit werk."

Ivano het nie besef hoe uitgeput hy eintlik is nie, sy kop het skaar die kussing gevat of hy val in 'n diep slaap.

In die hospitaal slaap Allegra ook soos 'n baba, nadat hulle vir haar 'n sterker kalmeermiddel gespuit het saam met die antibiotika. Soos dit in hospitale gaan, word sy net na vyf wakker gemaak om haar bloeddruk en koors te meet.

Sy is nog net so vuil soos toe sy vannag ingekom het en die suster besluit hulle gaan haar was.

"Juffrou Carvelli, ons gaan jou nou lekker was en 'n skoon jurk aantrek. Ek dink daarna sal jy ook baie beter voel. Ek is seker dokter sal later vandag die suurstofpyp uithaal en jou net op normale suurstof sit. Dit sal beter wees, dan sal jy darem weer kan praat. Jy gaan beslis vir 'n dag of twee 'n hees stem hê, maar dan sal dit ook beter word. Die scans wat vannag gedoen is wys dat daar redelik skade aan die longe is. Dit sal 'n tydjie neem voor dit heeltemal gesond sal wees. Dokter Cantore sal die skade en jou herstel in meer besonderhede met jou bespreek."

Allegra knik net.

Die verpleegster kom byna dadelik in met warm water om haar te was. Nadat sy haar gewas het, trek sy haar bed skoon oor terwyl Allegra in die stoel voor die bed sit. Wanneer sy weer op haar bed gaan sit, is sy gedaan. Die verpleegster help haar terug in die bed en maak haar toe.

"Dit is mos nou beter."

Sy knik weer net. Dan skakel die verpleegster weer haar lig af en verlaat haar kamer.

Vir die eerste maal vandat sy in die hospitaal in gekom het, is sy by haar volle bewussyn en sy begin die vorige aand in haar kop terugspeel.

Mirabel het vir my nag gesê en kort daarna het ek aan die slaap geraak. Sekerlik van die pille wat die dokter my gegee het vir my kop wat so seer was van die val. Iets het my wakker gemaak? Dante was by my ... hy het iets gesê van hy wou kom kyk of ek okei is. Wat het toe gebeur? Die volgende oomblik wou ek regop sit, maar hy het my platgedruk teen die kussing en 'n lap voor my neus gehou met daardie ontsettende sterk reuk. Dit is die laaste wat ek kon onthou.

Die volgende keer toe ek weer tot verhaal begin kom het ek die vlamme gesien en daardie vreeslike hitte en rook. Alles om my het gebrand. Deur die venster kon ek Dante en Lara sien staan, en toe wegloop, op die perd klim en wegry. Ek was vreesbevange. Die hitte en rook het al hoe meer geraak. Toe het die deur van die hut opgevlieg en daar was Ivano. Hy het my opgeraap in sy arms … daarna kan ek niks verder onthou nie.

Het Lara en Dante my na die hut geneem? Het hulle dit aan die brand gesteek in 'n poging om my te vermoor? Kan dit wees? Dit moet wees … hoekom anders het hulle my dan net so gelos nadat ek gegil het toe ek nie kon uitkom nie. Hoekom anders sou hulle dan weggery het? Hoe het Ivano daar gekom? Het hy hulle dalk gevolg? Vader, dit is te veel om te verwerk!

Die monitor langs haar bed begin te skree. Die suster kom in gehardloop en sien dat sy in 'n staat van paniek is en dit die monitor afgesit het.

"Juffrou Carvelli, rustig, raak rustig. Dit is nie goed dat jy so angstig raak nie. Ek gaan kry gou 'n kalmeerinspuiting."

Was wat Mirabel my vertel het dan tog waar … is Lara swanger met Dante se baba? As dit so is, beteken dit hulle het al die tyd 'n verhouding gehad … Hoekom het Dante my dan so hard probeer oortuig om in 'n verhouding met hom te gaan? Hoekom? Hoekom het Ivano my lewe gered as hy my met 'n ander vrou verneuk het? Was almal reg daaroor dat dit alles 'n leuen was en net ek te hardkoppig om dit te glo. Niks maak sin nie, ek gaan mal word.

Die verpleegster kom net betyds terug en gee haar die inspuiting.

"Juffrou Carvelli, u moet probeer ontspan. Probeer nou slaap. U familie sal u beslis met oggendbesoektyd kom besoek. Een van jou vriende wou hier gebly het, maar dokter het gesê jy het rus nodig. Ek is seker een van hulle sal van vandag af by jou bly. Dit is normaal dat jy sal angs ervaar as gevolg van die brand." Sy wag 'n rukkie tot sy sien Allegra is rustiger en loop dan.

Vader, maak my gedagtes stil. Help my om rustig te raak. Dit help tog niks ek bespiegel oor dit alles nie. Later as hulle my kom besoek sal ek seker hoor wat werklik gebeur het. Dankie dat U my lewe gespaar het. Help my asseblief dat ek vinnig sal genees en help my om antwoorde op al my duisende vrae te kry.

Op Carvelli's Ranch is Mirabel eerste wakker. Sy probeer so sag as moontlik opstaan, maar dan voel sy Lorenzo se hand wat haar terugtrek teen hom.

"My liefste vrou, waarheen is jy so vroeg op pad? Sê eers vir my môre."

"Môre my liefling, ek het gehoop jy kan nog bietjie rus." Hy trek haar nader en soen haar.

"Ek is heeltemal okei. Ek hoop net dat Ivano ook bietjie slaap in gekry het. Daardie vriend van ons is deur 'n baie rowwe paar maande en gisternag was vir hom verskriklik. Veral nadat hy nie self Allegra se lewe kon red op die koppie nie."

"Dit moes vir hom verskriklik wees om te weet hulle beplan om Allegra te vermoor en nog op so 'n afgryslike manier en te moes wag tot dit gebeur het om haar te red. Dat hy haar met sy hele lewe lief het, het hy beslis gisternag bewys."

"Ja, vandag gaan 'n baie moeilike dag vir oom Gustavo en Allegra wees. Sy gaan vandag seker eers mooi besef wat gebeur het as ons haar vertel. Ek weet nie of sy baie van gisteraand sal onthou nie. Eers was sy bedwelm en nie lank daarna nie bewusteloos. Ek wonder of sy ooit besef het dat Ivano haar uit die hut gered het?"

"Ek kry koue rillings as ek daaraan dink dat Allegra vandag dood kon gewees het as julle nie voor die tyd van hulle bose planne uitgevind het nie. Dis nou eers genoeg, ek wil nie vir nou daaraan dink nie. Kom ek gaan maak vir ons koffie."

"Jy is reg, kom ons praat oor meer positiewe dinge. Ek gaan net koffie drink en dan gaan ek eers huis toe. Ek is nog vuil van gisternag se drama. Ek behoort my te skaam dat ek so langs my mooi vrou geslaap het."

"My liefste, dit is mos nie belangrik nie. Wat belangrik is, is dat ons mekaar het. Rook en roet kan jy mos weer afwas."

Wanneer Mirabel en Lorenzo in die kombuis kom, is Sofia reeds besig om koffie te maak. Sy help uit terwyl sy hier is, want van vakansie hou wil sy niks weet nie.

"Sofia, jy het my voorgespring. Ek wou nou net kom koffie maak."

"Nee juffrou Mirabel, jy is dan 'n gas in die huis. Hoe gaan dit vanoggend met ons bruid, na gister se val?"

Lorenzo en Mirabel kyk na mekaar en besef een van hulle sal haar moet vertel wat gebeur het. Sy is byna soos 'n moeder vir Allegra.

"Sofia, kom sit gou hier, daar is iets wat ek jou moet vertel," nooi Lorenzo.

"Hoe klink meneer dan nou so bekommerd, wat gaan aan? Hoekom moet ek sit?"

"Sit asseblief Sofia, die nag wat agter ons is, was 'n verskriklike nag. Ons is net dankbaar dat ons hier is om vir jou die storie te kan vertel."

Sofia gaan sit en Lorenzo begin vertel. Mirabel skink vir hulle drie koffie en neem dit na die tafel, en gaan dan langs haar man sit. Sofia se gesig raak al hoe witter, hoe verder die drama ontvou. Mirabel is bevrees dat sy gaan flou word en spring op om vir haar suikerwater aan te maak.

"Sofia, drink eers gou die en daarna jou koffie. Hierdie nuus moet vir jou vreeslik ontstellend wees. Ek weet hoe hard dit vir my is om dit te verwerk."

"Dankie, juffrou Mirabel. Wat meneer vir my vertel is dat my kind byna doodgebrand het gisternag en dit omdat daardie bedorwe vroumens niks anders kan doen as leeglê en kwaad uitdink nie. Het sy nie al juffrou Allegra genoeg skade aangedoen nie?"

"Ja, in kort is dit wat dit is," antwoord Lorenzo.

"Ek het van dag een af die gevoel gehad dat daardie man net moeilikheid is. Ek wou nie hê dat sy met hom moet trou nie, maar darem ook nie dat sy byna met haar lewe moet boet voor dit moet gebeur nie. So nou is daar môre geen troue nie, daarvoor dank ek ons Vader. Hy weet mos altyd die beste."

"Sofia, nou sê jy 'n ding wat ek deur alles nie onthou het nie. Die troue moet kanselleer word! Genade tog, ek sal vir Allegra moet vra waar ek die mense wat sy genooi het se e-posse kan kry. Die blomme en kos is maklik, dit was mos my deel."

"Dit is waar, my liefste, ek het ook nie onthou dat die troue nou moet kanselleer word nie. Ons gaan besoek mos vir Allegra vanoggend, dan kan jy die inligting by haar kry."

"Die arme kind, ek glo nie sy sal 'n traan stort oor Dante nie, maar oor dit wat hulle aan haar gedoen het, beslis. Sy het daai man nooit liefgehad nie. Ek weet nie eers hoekom sy aan hom staan en verloof raak het nie. Hy het soos 'n bloedsuier aan haar vas geklou en dit terwyl hy met daardie flerrie besig was. Vader, vergewe my!"

"Ja, Sofia, ek dink jy is reg. Sy het hom beslis nie lief nie. Ek het dit al lankal gesê."

"Is meneer Ivano okei?"

"Ja, hy is en baie dankbaar dat die hele gemors nou tot 'n einde gekom het en hulle motiewe ontbloot is."

"Dit kan ek glo. Hy het al die maande gereeld met Mario en my kommunikeer om seker te maak sy is okei. Hy het daardie kind ontsettend lief."

"Dit weet ons almal, maar Allegra wou dit nie glo nie. Miskien sal sy dit nou glo."

"Die Vader hoor my, so blind kan sy darem nie wees nie," antwoord Sofia.

"Lorenzo, my man, jy sal seker moet gaan stort en skoon aantrek. Miskien kan jy voor jy ry vir oom Gustavo en Ivano wakker maak. Ek dink nie hulle gaan self wakker word nie, die nag was te lank vir hulle."

"Ek maak gou so my vrou. Sofia, al die dinge moet eers geheim gehou word omdat daar 'n ondersoek gaan wees. Mario was deel van die alles, met hom kan jy gesels, maar die ander moet nie weet nie."

"Dit is reg so meneer Lorenzo. Ons Mario is dan mos ook 'n held, hy is ook net so erg oor ons juffrou soos ek."

Lorenzo gaan maak eers vir Gustavo wakker en daarna vir Ivano.

"Ou vriend, hoe voel jy?"

"Dankbaar – dankbaar dat Allegra leef en dat ek haar lewe kon reg. Nog meer dankbaar dat die waarheid van die hele koerant sage ook nou blootgelê kan word."

"Voorwaar. Ek gaan gou huis toe om te stort en kom dan weer dat ons na Allegra kan gaan. Daarna sal ons almal polisiestasie toe moet gaan vir ons verklarings. Mirabel moet nog al die gaste kontak om die troue te kanselleer."

"Genugtig, daaraan het nie een van ons nog gedink nie."

"Ja, dit is Sofia wat ons nou net in die kombuis daarop attent gemaak het. Ek gaan eers."

"Reg my vriend, baie dankie dat jy daar was vir my en Allegra. Sonder jou hulp sou ek haar nie kon red nie. Mario het ook 'n baie groot rol in dit alles gespeel. Ek gaan ook nou stort en gister se gemors van my af was. Ek wens Allegra kon ook net deur 'n stort gaan en alles wat die laaste maande met haar gebeur het af was. Steeds weet ek so maklik gaan dit ongelukkig nie vir haar wees nie."

Loranzo knik sy kop en stap dan weg.

Hoofstuk 16

Die besoek aan Allegra is vir almal baie emosioneel en vir haar 'n massiewe skok. Sy het gespekuleer oor wat gebeur het, maar om dit te hoor van Ivano en Lorenzo, is vir haar baie moeilik. Gelukkig is die suurstofpyp verwyder voor hulle gekom het, want met die pyp in haar keel sou sy nie die ontstellende nuus kon hanteer nie.

"Ivano, is wat jy sê dat dit alles Lara se toedoen is? Dat sy die hele ontmoeting met die vrou onder valse voorwendsels gereël en die foto's laat neem het. Dit met die uitsluitlike doel om ons lewens te verwoes en jou weg te kry van my af?" snik Allegra dit uit. Gustavo wens dat hy vir haar net tyd kon terug draai na voor al die verskriklike dinge begin gebeur het.

"Ja, Allegra – sy en Dante het dit so beplan. Dit is hoekom die berig ook eers die Sondag in die koerant verskyn het, net nadat jy die kampioenskap gewen het."

"Nee! Hoekom?"

"Vriendin, jy moet probeer sterk wees. Die ergste kom nog," bemoedig Mirabel. "Om jou te antwoord, sy het dit aan my beken. Alles is deur 'n siek jaloesie en afguns gedryf. Dan ook die feit dat sy vir Ivano probeer verlei het en hy nie daarvoor geval het nie, maar haar weggestuur het."

"Wat? Sy is dan my suster, hoe kon sy dit aan my doen?"

"Allegra, dit was net die begin..." gaan Ivano voort om verder vir haar te vertel van hul bose planne om haar te vermoor.

"Nee, nee, nee! Die ongeluk op die koppie was dus nie 'n ongeluk nie?"

"Nee, Lorenzo en ek was daar, ek was op pad om Dante te keer, maar het besef ek gaan te laat by jou uitkom. Sonder dat ons geweet het, het Mario Dante gevolg omdat hy vermoed het hy is op pad na jou. Mario het jou lewe gered op die koppie. Ons kon nie bekend maak dat ons daar was nie, anders sou Dante agterna die blaam op ons gesit het vir die ongeluk."

"Mirabel, ek is so jammer. So ontsettend jammer dat ek vir 'n tweede maal nie jou wou glo nie. Dit terwyl jy my net probeer help het. Ek hoop jy kan my vergewe."

"My vriendin, daar is niks om te vergewe nie. Hoekom jy my nie moes glo nie, weet nie een van ons nie. Tog het ons Vader sekerlik daarmee 'n doel gehad."

Ivano vertel verder, en Allegra huil nou byna histeries. Die monitor begin weer skree. Die suster kom ingehardloop.

"Juffrou Carvelli, hoekom is jy so ontsteld? Sy mag nie so ontstel word nie, haar longe is nog te swak. Ek sal haar dadelik weer 'n kalmeerinspuiting moet gee."

"Suster ek is jammer dat sy so ontsteld is, maar ongelukkig sal ek haar die gebeure van gisternag moet klaar vertel. Anders gaan sy haar eie gevolgtrekkings maak en dit gaan haar meer skade doen as wanneer sy die waarheid weet."

"Goed, maar wag julle net eers buite tot sy bietjie kalmeer het."

"Mirabel, bly by my, asseblief?" Mirabel bly langs haar bed staan en hou haar hand vas.

"Raak net rustig, vriendin. Dit is alles nou verby. Die feite kan jou skok, maar jou lewe is nie meer in gevaar nie."

Die suster spuit haar en Mirabel praat paaiend met haar.

"Sodra ons terug gaan plaas toe sal ek die gaste gaan in kennis stel dat die troue af is. Is die adresse op jou laptop?"

"Ja, dit is. Ek het nooit eers daaraan gedink nie. Dankie Vader dat u my gestop het om met 'n man te trou wat ek nooit liefgehad het nie!"

"Ek het dit vermoed, ek dank ook ons Vader daarvoor. Jy verdien die beste, my vriendin."

"Hoekom het jy nie harder probeer om my te oortuig dat Ivano nie skuldig was nie?"

"Ons het almal probeer, selfs Sofia, maar dit was asof jy met blindheid geslaan was."

"Ja, jy is reg. Roep asseblief die ander, ek wil graag dit agter die rug kry. Ek is oneindig moeg."

"Jy sal wees, want jou longe funksioneer nie reg nie en nog al die skok. Ek roep hulle."

Ivano vertel vir haar hoe Dante en Lara die vorige aand die tweede aanslag op haar lewe beplan het en hulle dadelik tot aksie oorgegaan het om dit te verhoed dat sy in die vuur sou sterf.

"Is dit hoe jy so vinnig daar was ... ek kan onthou dat ek Lara en Dante deur die vlamme deur die venster gesien staan het en toe sien wegry het op Freedom, die volgende oomblik was jy daar. Hoe sal ek ooit in my hele lewe vir jou, Loranzo en Mario kan bedank en vergoed vir wat julle vir my gedoen het?" vra sy deur die trane.

"Dat jy lewe, Allegra, is vir ons almal genoeg vergoeding," antwoord hy haar.

"Vader, is dit nie verskriklik nie? Ek kan my nie verbeel hoe erg dit vir Vader moet wees nie. Lara is tog ook jou dogter."

"My kind, sy is, maar wat sy gedoen het kan ek nooit in my hele lewe goed praat nie. Sy en Dante moet boet vir hulle dade. As jy in daardie vuur moes sterf, was my lewe ook oor. Ek het vandat Ivano en Lorenzo my alles vertel het, nog nie opgehou om ons Vader te dank dat jy lewe nie. Ek het haar nog nie na die drama gesien nie. Ek wil haar nie sien nie, ek verag haar. Sy het geen rede gehad om te doen wat sy gedoen het nie. Jou moeder draai in haar graf om as sy dit moet weet."

"Pappa, ek is so jammer ... deur my het jy nou soveel hartseer."

"Nee, niks hiervan is jou skuld nie, my kind, niks. Ek sal nie toelaat dat jy die skuld dra vir Lara se onbesonne dade nie."

"Beslis is niks hiervan jou skuld nie, Allegra. Ja oom Gustavo is reg," beaam Ivano. "Ons almal besef dat hierdie vir jou 'n verskriklike skok is. Dat jy tyd nodig het om dit te verwerk. Sersant Barella sal ook nog jou verklaring kom afneem. Ek stel voor dat jy so gou moontlik met 'n geestelike- en traumaberader begin gesels dat hulle jou kan help om hierdeur te werk. Verder is ek dankbaar dat jy fiks is en jou gees sterk is. Sonder dit sou jy nie hierdeur kom nie."

"Ivano is reg, buurvrou. Dokter Cantore ken nie die volledige gebeure nie, dit is ook dalk beter dat hy dit nie ken nie. Dit is 'n poging tot moord saak en hoe minder stories rondgaan, hoe beter. Jy sal hom moet vra om jou te verwys. Miskien kan jy as rede aanvoer dat die brand vir jou baie traumaties was en dit is ook waar."

"Ek sal Lorenzo. Ivano kan ek jou vra om vir Stefania te laat weet dat ek ongesteld is en nog nie weet wanneer ek terug sal wees in Rome nie, asseblief?"

"Sekerlik. Jy kan haar maar wanneer jy terug gaan self vertel. Dit sal sekerlik net daarna in die koerante ook wees. Jy weet mos hoe dit gaan, die media raap elke saak se inligting op en pleister dit oor die voorblaaie."

"Daaraan het ek nie eers gedink nie, ou seun. Dit ook nog?"

"Ja, oom, en julle is albei prominente figure in die perde teel en ruitersport kringe, so die sensasie sal net nog meer wees."

"Miskien moet ons eers vir Allegra alleen laat dat sy kan rus. Sy het baie om te verwerk," stel Mirabel voor.

"Mirabel, jy is reg. Kom ons gaan, daar wag nog 'n baie onaangename taak vir ons. My kind, rus en raak gesond. Probeer om nie jouself verder te kwel oor die gebeure nie. Dit is agter ons, ongedaan kan ons dit nie maak nie. Ons kan net positief vorentoe gaan."

"Ek sal probeer, Pappa. Die inspuiting sal my sekerlik nou eers laat slaap. Baie dankie vir julle almal wat my so beskerm het. Julle is die engele wat ons Vader op my pad gestuur het."

Terwyl Ivano, Mirabel en Lorenzo hulle verklarings aflê, neem Sersant Barella vir Gustavo na Lara waar sy in die sel is. Sodra sy hom sien, begin sy aangaan.

"Pappa, Pappa, laat hulle ons net uitlaat. Hulle is almal mal en beskuldig ons van goed wat nie waar is nie. Pappa is seker hier om ons borg te betaal. Hulle is mal, Pappa."

"Lara, bly stil! Nee, ek is nie hier om enige borg vir enigiemand te betaal nie. Jy en daardie uitvaagsel wie se kind jy verwag en waarmee jou suster amper getrou het, het my kind se dood beplan en haar en Ivano se geluk gesteel. Die gereg sal sy loop neem en julle sal boet vir julle dade. In die gevangenis hoop ek jy kom tot jou sinne en sal berou hê en jou lewe vir God gee. Dit is al hoop wat ek vir jou het. Dante hoop ek nie sien ek ooit weer in my lewe nie. Ek mag hom dalk net vermoor omdat hy my dogter so mislei en haar byna vermoor het. Verder dank ek vandag ons Vader dat jou moeder nie hier is om te beleef wat jy aangevang het nie. Dit sou in elk geval haar dood gekos het. Ek het niks verder vir jou te sê nie."

Gustavo draai om en loop weg, sy skouers hang van die swaar las wat hy moet dra.

'n Week later word Allegra ontslaan. Mirabel en Gustavo kom haar haal.

"Sjoe, jy lyk darem aansienlik beter as 'n week gelede my kind. Jy is ook nie meer hees nie. Nou moet jy net rus en sterk word. Sofia en Mario kan nie wag dat jy terug moet wees op Carvelli's Ranch nie. Ek dink Fire treur ook al oor jou."

"Pappa, wat sal ek sonder al julle wonderlike mense in my lewe gedoen het? Ek mis ook vir Fire. Ek sal seker nie nou al kan ry nie."

"Beslis nie, vriendin. Jy moet eers rus. Die dokter sal jou fiks moet verklaar voor jy weer kan ry. Jy sal darem elke dag vir Fire kan gaan kuier van môre af," stel Mirabel haar gerus.

"Ek sal beslis. Jy is seker ook verlig dat jy weer terug is by Lorenzo. Jammer dat ek met my drama jou van jou man weg gehou het."

"Nee wat, hy was gereeld by my, daar is niks om voor jammer te wees nie. Kom ons kry jou by die huis dat jy kan gaan rus. Daar weet ek Sofia sal sorg dat jy nie 'n voet verkeerd sit nie."

"Ja, sy is reeds besig om 'n feesmaal voor te berei vir middagete omdat jy huis toe kom, my kind."

Op pad na Carvelli's Ranch, laai Gustavo vir Mirabel by die huis af, voor hy en Allegra huis toe gaan. Wanneer hy by Carvelli's Ranch se hekke inry, ry hy reguit stalle toe.

"En nou, Pappa?"

"Ek weet tog jy sal nie rus voor jy vir Fire en Mario gesien het nie. Nou hoef jy nie so ver te stap nie."

"Pappa, jy is kosbaar, baie dankie." Sodra hy stop, klim sy uit en stap so vinnig as wat haar longe haar toelaat na Fire se stal. Mario sien haar en hardloop haar tegemoet.

"Juffrou Allegra, is jy tuis? Hoe gaan dit met jou? Sjoe, dit is wonderlik om jou te sien." Hy steek sy hand uit om haar te groet.

"Mario, dit is net so goed om jou te sien. Ek hoor jy is een van my helde. Baie, baie dankie vir jou deel om my veilig en lewendig te hou. Ek waardeer dit uit my hart."

"Juffrou, dit is mos my werk om jou te beskerm. Vandat meneer Ivano weg is, het hy my gevra om soos jou skadu te wees, en is ek dankbaar dat ek geluister het na hom. Ek is so bly dat jy lewe."

"Dierbare Mario. Kom gaan wys my of Fire ooit na my verlang het."

"Hy het juffrou, hy het baie. Hy wou nie eers die laaste dae vreet nie. Nou sal hy seker weer daarvoor opmaak."

Sy stap voor hom uit na Fire se stal. Wanneer sy nog 'n ent weg is van die staldeur, begin Fire al runnik van opgewondenheid. Sy lag floutjies, want haar asem jaag al weer.

"Fire, my kampioen, het jy my gemis? Ek het jou verskriklik gemis. Nou is ek terug. Ons kan nog nie ry nie, maar ek belowe om elke dag vir jou te kom kuier totdat ek sterk genoeg is om weer te ry. Dan gaan ons weer die baan oprol, my perd. Is dit reg met jou?" Die dier gee fyn runnikkies terwyl hy met sy kop teen haar hand skuur.

"Ek moet eers gaan, ek is maar sleg, my ou dier. Wag net, binnekort sal ek weer sterk wees, soos jy my ken."

"Ai Juffrou, juffrou moet nou rus en gesond word. Juffrou hoort op Fire se rug."

"Ek sal, Mario, ek sal. Dankie dat jy hom so mooi versorg. Sien môre weer."

By die huis wag Sofia haar in en is in trane as sy haar toevou in haar arms.

"My liefste kind, dit is wonderlik om jou te sien. Kyk net hoe bleek is jy. Kom, dadelik bed toe met jou. Ek sal geen teëpratery duld nie, of hoe meneer Gustavo?"

"Heeltemal reg met my, Sofia."

"Maar kan ek nie eers net vir Ivano groet nie, waar is hy?"

Gustavo kyk na haar en besef sy het gedink Ivano is nog hier op die plaas.

"My kind, Ivano is terug Rome toe."

"Wanneer?"

"Nadat dokter ons vertel het dat jy vandag ontslaan word."

"Hoekom? Ons het so baie om oor te praat?"

"Ek dink dit sal jy hom self moet gaan vra wanneer jy weer in Rome kom."

Hy kan sien dat sy dogter nou diep dink. Hy sê niks verder nie, want hy wil net soos Ivano hê dat sy self haar oordeelsfout moet regstel. Hy weet ook dat sy op hierdie minuut meer as ooit die impak voel van haar fout. Nou dat sy verwag het om Ivano hier te vind en hy weg is.

Vir die volgende twee weke rus Allegra en die dae sleep verby. Dae waarin sy te veel tyd het om te dink aan die verskriklike fout wat sy gemaak het. Aan al die seer wat haar fout haar en Ivano deur gesit het.

Vader, hoekom, hoekom het ek nie die man wat ek so liefhet geglo nie? Ek het geen, maar geen rede gehad om hom nie te glo of te vertrou nie? Hoe kon ek so blind wees? Myself en hom deur soveel hartseer sit. Ja, Lara en Dante het vir my 'n lokval gestel, maar ek het gekies om reg daarin te val. Wat as Ivano nie weer met my wil praat nie? Die laaste twee weke het hy geen kontak met my gemaak nie. Net elke dag gebel en by Pappa gehoor of ek okei is.

Kan ek hom kwalik neem as hy niks met my te doen wil hê ooit weer nie? Nadat ek hom so sleg behandel het, het hy steeds my lewe gered ...

Teen die einde van die derde week, besoek sy weer vir dokter Cantore.

"Allegra, ek dink jy is nou sterk genoeg om weer te begin werk. Ek sal steeds nie aanbeveel dat jy vol dag werk nie. Gelukkig is jy mos jou eie baas en soos jy my vertel het, is jou vennoot en assistent baie bekwaam. Begin stadig."

"Wat van perdry, dokter? Kan ek al ry?"

"Nee, ek dink jy moet nog bietjie geduldig wees. Wanneer jy in Rome kom, gaan besoek 'n goeie Fisioterapeut. Hulle sal jou help om jou longe weer sterk te kry."

"Ek sal beslis dit doen. Ek weet nie wie van Fire of ek die meeste gefrustreerd is nie. Dankie vir wat dokter vir my gedoen het, ek waardeer dit opreg."

"Alles 'n plesier. Kyk mooi na jouself."

Die Sondag gaan Allegra, Sofia, en Mario terug Rome toe. Gustavo is hartseer om haar te sien gaan, want hy sal haar mis. Tog weet hy ook dat haar nuwe lewe nou moet begin. Hy troos hom daaraan dat hy dikwels vir besigheid Rome toe gaan.

"My kind, ek weet jy stenig die afgelope weke jouself oor jou oordeelsfout. Ons maak almal foute. Die belangrikste is dat ons dit erken en dit reg maak. 'n Fout wat jy reg gestel het, is nie meer 'n fout nie. Ons Vader het 'n plan gehad. Jy is die enigste een wat die fout kan gaan regstel."

"Pappa, dankie dat jy my steeds ondersteun het selfs deur die tye wat ek so hardkoppig en verkeerd was."

"Ek sal altyd daar wees vir jou my kind. Ek is ontsettend lief vir jou. Laat weet as julle veilig is. Ek is so bly dat Mario hier is om te bestuur. Rus asseblief genoeg."

"Die Sersant-Majoor, Sofia, sal toesien, Pappa weet mos. Ek is ook baie lief vir Pappa."

Epiloog

In Rome het tyd vir Ivano gaan stilstaan en dit voel of hy net asemhaal. Sy hele wese is in afwagting op Allegra se terug kom van Carvelli's Ranch.

Wat maak ek as sy my nie kontak nie? Wat maak ek as sy dink ek gee nie meer vir haar om omdat ek myself die laaste weke geheel en al onttrek het van haar? Vader, het ek die regte ding gedoen om terug te kom en nie te bly totdat sy uit die hospitaal was nie?

Gustavo skakel Ivano sodra Allegra vertrek het.

"Ou seun, sy is op pad terug Rome toe. Sy is baie sterker, maar nog nie fiks nie. Nou kan ons net bid dat dinge sal uitwerk."

"Het sy enigiets gesê oom of gevra hoekom ek nie vir haar bel nie?"

"Nee, niks nie. Ek dink sy het vir die laaste weke 'n verskriklike stryd gevoer met haarself oor die fout wat sy gemaak het om jou nie te glo nie. Om jou nie te vertrou nie. Ek kon sien dit het haar opgevreet van binne."

"Dit is nie wat ek wou vermag nie. Ek wou nie nog vir haar meer kommer en seer veroorsaak nie."

"Moet jouself nie daaroor stenig nie. Dit was nodig. Mens kan net jou foute regstel as jy die volle omvang daarvan besef. Ek glo sy besef dit nou."

"So oom dink ek moet net wag vir haar om my te kontak?"

"Ja, wag net."

"Wat maak ek as sy my nie kontak nie?"

"Ou seun, sy sal ... ek ken my dogter. Jammer dat jy nog langer moet ly, maar dit is vir die beste."

"Ek sal na oom luister, hoe moeilik dit ook al vir my is."

"Laat my asseblief die oomblik weet wanneer sy jou kontak. Glo my dit sal die beste dag in my lewe wees."

"Ek sal oom. Baie dankie vir al oom se ondersteuning en dat oom altyd in my geglo het."

"Dit is my voorreg."

Allegra begin werk, en dit gaan vir die eerste week moeilik tussen werk en fisio afsprake. Elke oggend staan sy op met Ivano in haar gedagtes en saans is hy haar laaste gedagte voor sy slaap. Sy is net te moeg om iets daaraan te doen.

Teen die naweek na die eerste week, is Sofia se geduld op. Vrydagaand nadat Allegra en sy klaar geëet het, kyk sy half kwaai na Allegra.

"As jy my nou so boos aankyk, Sofia?" vra sy.

"Nou luister jy vir my, my kind. Dit is nou genoeg van hierdie martelbesigheid. As ons hier opstaan, gaan bel jy dadelik vir meneer Ivano en jy nooi hom vir ete of nooi jouself vir ete by sy huis. Watter een jy ook al verkies. Hoekom wil jy langer sy hart en jou eie so martel? Genoeg is nou genoeg, hoor jy my kind?"

"Sofia, ek hoor jou. Ek sal dit doen. Ek wou al Maandag dit doen, maar ek is so moeg."

"Dan nooi jy hom hierheen. Ek sal die kos maak, julle kan net al die nonsens uitsorteer."

"Reg so, ek gaan hom nou dadelik bel."

Sy staan op en stap na haar studeerkamer. Moeg, maar opgewonde sak sy in haar stoel neer. *Vader, laat hy my nie wegstuur nie. Asseblief laat hy my nie wegstuur nie.*

Ivano wat besig is om hofstukke oor te lees, om besig te bly en nie van sy kop af te gaan nie, wip soos hy skrik toe sy selfoon langs hom op die lessenaar lui. Hy raap dit op en antwoord sonder om te kyk, want sy senuwees is op.

"Ivano Liberti, naand."

"Ivano..." hoor hy die stem waarvoor hy meer as 'n jaar gewag het om hom weer te bel. Van daardie dag in Duitsland wat die verdoemende berig op die koerant se voorblad was, het hy elke dag vir haar gewag om te bel. Na die drama op die plaas het hy van voor af begin wag, met elke oproep wat hy ontvang het gebid dat dit haar stem sal wees.

"Allegra..." sy stem breek so aangedaan is hy.

Allegra hoor dit en weet nie hoe om te reageer nie. Haar brein vries. 'n Lang stilte volg.

"Allegra, is jy daar?"

"Ek is. Sal jy asseblief môreaand by my kom eet."

"Dankie vir die uitnodiging, ek sal beslis. Hoe laat?"

"Kan ons dit sesuur maak, asseblief?"

"Dit is perfek. Hoe gaan dit met jou?"

"Ons kan môreaand daaroor gesels. Ek is ontsettend moeg na hierdie week, my longe wil nog nie lekker saamwerk nie."

"Ek is jammer om dit te hoor. Gaan rus, ek sien jou môreaand."

"Dankie, lekker slaap, Ivano."

Vader, dankie. Ons is nog nie by die wenstreep nie, maar dit is al 'n begin. Sy het gebel! Ek het waarlik begin twyfel of sy gaan. Nou kan ek vir die eerste maal in baie lank gaan rus sonder om stukkend te voel.

Sofia stap in met haar warm melk. Sy merk dadelik die verandering in Allegra se oë.

"Ek kan sien jy het hom gebel en ek weet ook reeds dat hy ingestem het om te kom. Gaan rus nou my kind, die einde van hierdie vyand se werke is uiteindelik in sig. Kom, ek neem jou melk op na jou kamer."

Sofia los Allegra om te slaap tot sy wakker word, en laat haar dan 'n goeie ontbyt nuttig.

"Mario het gesê hy gaan vir Fire bietjie laat oefen, as jy wil gaan kyk, Allegra."

"Ek gaan beslis kyk. Ek is so dankbaar dat Mario hom so mooi in oefening hou. Nou moet ek net regkom. Ek is al so moeg van niks doen nie, tog is ek nog te swak."

"Wees net geduldig, die Woord leer ons mos alle goeie dinge kom na die wat wag."

"Ja, Sofia, wat sal ek sonder jou wysheid gedoen het."

"Gaan kyk na Mario en Fire dat jy kan kom rus voor meneer Ivano kom. Vanaand sal jy al jou energie nodig hê."

"Ja, baas, ek maak so," terg Allegra goedig.

Sy kyk haar agterna en glimlag tevrede as sy merk dat Allegra bietjie van die gewig wat sy na die drama verloor het weer aangesit het.

Net voor ses lui die voordeur klokkie van die villa. Sofia is daar om te gaan oopmaak, want Allegra is nog bo besig om aan te trek.

Sy het besluit om dieselfde pragtige helder uitrusting aan te trek wat sy die aand met haar en Ivano se verlowing aangehad het. As dit enigsins moontlik is is sy vanaand meer opgewonde en in afwagting as wat sy daardie aand was. Haar tydsberekening is ook perfek, sonder dat sy die so beplan het. Wanneer Ivano by die voordeur instap, is sy op die tweede trap van bo af. Hy kyk op asof sy hom geroep het.

"Allegra, jy lyk asemrowend."

"Baie dankie, Ivano. Welkom hier," heet sy hom welkom terwyl sy met die trap afstap na waar hy vir haar onder wag. Sofia, maak haarself skaars.

Op die laaste trap huiwer sy, nie seker hoe sy moet optree nie. Haar hele wese skree dat sy in Ivano se arms moet instap en die aaklige verlede moet agter los.

Hy sien die onsekerheid in haar oë, maar ook daardie hunkering. Meteens weet hy presies wat om te doen, want sy hart lei hom.

Hy hou sy arms vir haar oop en wag.

Sy kyk in sy oë en sien dit waarna sy vir meer as 'n jaar so verlang het ... daardie liefde wat haar heelmaak. Sonder om te huiwer reageer sy op sy uitnodiging en stap in sy arms in.

Hy vou haar toe en druk haar teen sy hart. Hy voel haar bekende warmte teen hom. Sy voel sy hartklop en weet dit is net vir haar. Warm trane van blydskap loop oor hulle wange. Dan hou hy haar 'n entjie van hom en kyk weer na haar.

"Allegra Carvelli, weet jy hoe ontsettend lief ek vir jou is. Vir meer as 'n jaar het my hart ophou klop, was ek dood. Sal jy met my trou?"

"Ivano, my liefling, jy het my lewe vir my teruggegee en nou ook my asemhaling. Jy is die enigste mens wat my kan voltooi. Ek het jou net so ontsettend lief, nog meer as voorheen. Al het ek hoe daarteen gestry in my dwaasheid, my liefde vir jou het net gegroei. Dit sal die wonderlikste voorreg wees om met jou te trou."

Ivano lag uit sy maag, tel haar op en draai van skone vreugde in die rondte met haar. Wanneer hy haar neersit, sak sy kop en hy soen die enigste vrou wat hy ooit nog liefgehad het. Sy hart jubel as hy voel hoe sy op sy liefde reageer. Hy wil haar nie los nie, hy kan nie glo wat so pas gebeur het nie. Baie dankbaar dat hy na daardie stemmetjie geluister het wat hom gemaan het om haar verloofring saam te bring, dank hy sy Vader.

"Ek het iets vir jou," sê hy as hy uiteindelik hulle soen verbreek. Sy kyk hom vraend aan terwyl hy in sy binnesak vroetel. Dan haal hy die fluweel dosie uit, maak dit oop, haal haar ring uit en sit dit aan haar vinger.

"Dit is waar dit hoort, uiteindelik tuis." Sy kyk gelukkig en met oë wat skitter van vreugde daarna.

"Ek het gehoop dat jy my vanaand sou kon kom vertel dat jy my sal vergewe vir my dwaasheid en die pyn wat ek vir jou veroorsaak het. En hier kry ek soveel meer. In my hele lewe sal ek nooit genoeg ons Vader kan dank vir hierdie groot stuk genade nie, my liefling."

"Daar was niks om te vergewe nie. Dit was alles die vyand wat vir jou 'n lokval van liefde gestel het om jou na jou dood te lei. Ware liefde het egter oorwin. Wanneer kan ons trou, my liefste Allegra? Ek wil nooit weer weg van jou wees nie."

"Kom ons bel vir Pappa en vertel hom die goeie nuus. Dan hoor ons of hy kan reël dat ons pastoor op San Gregorio ons volgende Saterdag op ons koppie kan trou."

"Jy is briljant. Bel dadelik, my liefste." Sy bel en Gustavo antwoord dadelik.

"My kind, hoe gaan dit?"

"Pappa, sit jy?"

"Ek sit, ja. Wat is fout, my kind?"

"Hier is iemand wat met jou wil praat." Sy gee die foon aan Ivano.

"Naand oom Gustavo, jy praat met jou aanstaande skoonseun. Ek hoop dit dra jou goedkeuring weg."

"Ivano, moet nou nie 'n ou man se hart onnodig bly maak nie."

"Pappa, dit is werklik so. Ons het pas verloof geraak," beaam Allegra.

"Vader, dankie, dankie vir U genade."

"Ons wou net hoor of oom sal kan uitvind by pastoor of hy ons volgende Saterdag op die koppie op Carvelli's Ranch kan in die eg verbind?"

"Hy het nie 'n keuse nie, wat ander kan hy hê wat belangriker as dit is?"

"Ons wag om te hoor, Pappa."

"Ek gaan hom nou dadelik bel. Ek laat julle binne vyf minute weet."

"Ons wag vir oom se oproep." Hy druk die foon dood en soen weer vir Allegra.

"Ek kan dit nie glo nie, my liefling. Dit voel asof ek droom."

"Moet ek jou weer wys dat jy nie droom nie." Hy wag nie vir haar om te antwoord nie en soen haar weer. Hulle staan nog net daar by die onderkant van die trap waar hy haar ontmoet het.

Haar selfoon onderbreek hulle soen en sy antwoord.

"Pappa, en?"

"Julle trou volgende Saterdag op die koppie."

"Het jy gehoor, my liefling? Ons trou volgende Saterdag!"

"Baie geluk julle twee. Toe bel nou dadelik vir Mirabel en Lorenzo, hulle het ook nou genoeg gebid en gewag."

Ivano en Allegra lag vir Gustavo se uitlating, maar weet dat hy reg is.

"Lekke slaap, Pappa. Ons is lief vir jou. Ons sal hulle nou bel."

"Kom ons gaan sit net eers, my liefling. My ou longe is nog sleg."

"Ai, my meisie, ek is jammer dat ek so onbedagsaam is." Hy raap haar op en dra haar na die bank, waar hy haar neersit en styf langs haar plaasneem.

Hy haal sy selfoon uit en skakel Lorenzo se nommer.

"Ah, my ou vriend."

"Lorenzo, waar is daardie mooi vrou van jou?"

"Net hier onder by blad, ons kyk 'n movie."

"Sit jou foon op speaker asseblief."

"Ek maak so."

"Naand, Ivano. Hoe gaan dit met jou?"

"Naand, Mirabel en Lorenzo. Ons wil julle net uitnooi na ons troue volgende Saterdag op die koppie op Carvelli's Ranch," hoor hulle Allegra se stem en is vir sekondes verstom.

Dan vind hulle saam hulle stemme.

"Wat? Wonderlik! Prys die Here, Hy is so goed."

"Voorwaar is Hy, ons het so pas verloof geraak. Ons wil nie langer sonder mekaar lewe nie. Ons Vader se liefde en guns het ons beskerm en terug bymekaar gebring."

"Ons het nie woorde nie, ons is so dankbaar en bly vir julle. Gaan skink daardie vonkelwyn, ons sal hier elk 'n glasie skink en saam met julle drink op julle geluk waarvoor julle so baie moes deurstaan," regeer Lorenzo.

"My vriende, dit was alles die moeite werd vir hierdie vrou van my hart. Dankie vir julle goeie wense. Ons gaan beslis nou lekker eet en ons liefde vier. Tot volgende Saterdag." Hulle groet.

Sofia kom in om aan te kondig dat die ete gereed is. Sy steek vas as sy sien dat 'n stralende Allegra in Ivano se arms sit.

"Sofia, kom hier. Of nee, kry eers vir ons drie glase en die bottel vonkelwyn in die yskas asseblief," vra Allegra. Sy draai om en gaan voer Allegra se bevel uit.

"Wat vier ons? Vier ons dat meneer Ivano weer hier by ons kuier?"

"Nee, liewe Sofia, ons vier Allegra en my verlowing," kondig Ivano uitgelate aan.

"Werklik, werklik. Uiteindelik het julle albei tuis gekom. Baie geluk. My hart wil sommer bars van dankbaarheid. Ons Vader is so goed vir ons."

"Sofia, dit is nog nie al goeie nuus nie. Ons trou volgende Saterdag op die koppie op die plaas. Dit sal net ons, jy, Mario, Pappa, Mirabel en Lorenzo wees. Dit is my hele familie en al wie ek die wonderlikste dag in my lewe mee wil deel."

"Verskoon my, ek moet vir Mario gaan vertel. Mag ek maar?

"Vir seker mag jy maar," reageer Ivano.

Hy skink vir hulle elk 'n halwe glas vonkelwyn. Dan kyk hy diep in daardie groen oë wat hy so gemis het en hy sien sy eie liefde daar weerspieël.

"Vir ewig en altyd my liefste meisiekind, sal ek jou beskerm en naby my hart hou. Mag ons Vader my help dat ek jou veilig sal kan hou."

"Vir ewig en altyd, my liefling weet ek ek sal veilig wees by jou. Want wat ons Vader saamgevoeg het, sal geen vyand kan breek nie.

Geagte Leser,

Ons hoop dat u ons boek geniet het en dit boeiend gevind het. U terugvoer is baie belangrik vir ons en vir toekomstige lesers.

Ons sal dit baie waardeer as u 'n paar oomblikke kan neem om 'n resensie op Amazon te skryf. U mening help ander om ingeligte besluite te neem en dit help ons om beter te verstaan wat ons lesers waardeer.

Baie dankie vir u ondersteuning!

Vriendelike groete,
Malherbe Span

www.ingramcontent.com/pod-product-compliance
Lightning Source LLC
Chambersburg PA
CBHW060521260626
47161CB00003B/715